文春文庫

64《ロクヨン》

上

横山秀夫

文藝春秋

64

ロクヨン

上

1

夕闇に風花が舞っていた。

タクシーを降りる足が縺《もつ》れた。ポリスジャンパーを着込んだ鑑識係員が、署庁舎の玄関前で待っていた。促されて署内に入った。当直勤務員の執務スペースを抜け、薄暗い廊下を進み、裏の通用口から職員用駐車場に出た。

霊安室は、敷地の奥まった一角にひっそりとあった。窓のないバラック建ての小屋。低く唸《うな》る換気扇の音が「死体保管中」を告げている。鍵を外した鑑識係員はドアの脇に退いた。ここでお待ちします。そんな控えめな目配せを残して。

祈ることすら忘れていた。

三上義信《みかみよしのぶ》はドアを押し開いた。蝶番《ちょうつがい》が鳴く。クレゾールが目と鼻にくる。肘《ひじ》の辺りに、コートの生地を通して食い込む美那子《みなこ》の指先を感じていた。

天井から眩《まばゆ》い照明が降ってくる。腰の高さほどの検視台に青いビニールシートが敷かれ、その上に、すっぽりと白い布に覆われた人形《ひとがた》の隆起が見て取れた。大人にしては小さく、かといって幼い子供だとも思えない、その中途半端な布の膨らみに三上はたじろいだ。

――あゆみ。

瞬時に呑み込んだ。娘の名を呼べば、娘の遺体になってしまう気がした。

白布を捲《めく》る。

髪……額……閉じた目……鼻……唇……顎《あご》……。蒼白い少女の死顔が露《あらわ》になった。

凍りついていた空気がふっと動き、美那子の額が肩口に押しつけられた。肘を刺していた五指が弛緩していくのがわかる。

三上は天井を仰いでいた。腹の深いところから息が吐き出されていく。身体特徴を確かめるまでもなかった。D県から新幹線とタクシーを乗り継いで四時間、遺体の身元確認作業はほんの数秒で終わった。

若い娘の入水自殺。そう連絡を受けて駆けつけた。少女は昼過ぎに近くの沼で発見されたのだという。栗色の髪にまだ湿り気を残している。十五、六歳か、あるいはもう少し上だろうか。そう長い時間沈んでいたわけではあるまい。顔には浮腫《むく》みもなく、頬から顎にかけてのほっそりとした輪郭や、あどけない口元や、そうした生前の面立ちを損なうことなく留めている。

皮肉な思いにとらわれる。あゆみが欲しがっていたのは、この少女のような儚《はかな》げな顔だったのかもしれない。

三月《みつき》経った今でも冷静に記憶を辿れずにいる。二階の子供部屋で音がした。床を踏み抜くような激しい音だった。鏡が粉々に割られていた。あゆみは灯のない部屋の隅でうずくまっていた。自分の顔を拳《こぶし》で叩き、ひしゃげさせ、掻きむしった。こんな顔いらない。死にたい――。

三上は少女の亡骸《なきがら》に合掌した。

この娘にも親がいるだろう。今夜中か、明日になるのか、いずれにせよ肉親は、この場所でこの現実と向き合わねばならない。

「出よう」

声が掠《かす》れた。乾いたものが喉に張りついていた。

美那子は頷くでもなく虚ろだった。ぽっかりと開いた大きな瞳が、意思も感情もないガラス玉のように映る。これが初めてではない。三カ月の間に二度までも、あゆみと同じ年頃の少女の遺体と対面した。

空はみぞれに変わっていた。

駐車場の暗がりで、三つの人影が大きな白い息を吐いていた。

「いや、なんにせよ、よかった……」

いかにも善良そうな色白の署長は、名刺を差し出しながら複雑な笑みを覗かせた。勤務時間外だというのに制服姿だ。傍らの刑事課長と係長までもがそうだった。三上の娘であると確認された場合に備え、礼を失せぬようにとの配慮だったに違いない。

三上は深く頭を下げた。

「わざわざご連絡いただき、ありがとうございました」

「よしましょう」

同じ警察官じゃないですか。続く台詞《せりふ》を省き、署長は「さあ、中で温まって下さい」と署庁舎に向けて体を開いた。

コートの背中が小さくつつかれた。視線を流すと美那子の懇願の瞳にぶつかった。早くここを離れたいと言っている。思いは三上も同じだった。

「せっかくですが、このまま直《ちょく》で戻ります。新幹線の時間がありますので」

「そんなぁ。泊まっていって下さい。宿も手配しましたから」

「お気持ちだけいただいて帰ります。明日の仕事もありますので」

仕事と聞いて、署長は手にしていた名刺に目を落とした。

――D県警察本部警務部秘書課調査官〈広報官〉警視　三上義信――

小さな溜め息とともに視線が上がった。

「記者の相手は大変でしょう」

「ええ。まあ……」

三上は言葉を濁した。

広報室に置き去りにしてきた記者たちの挑み顔が浮かぶ。警察発表の中身を巡って激しくやり合っている最中に水死体発見の電話連絡が入った。無言で席を立つや、三上の家庭事情を知らない彼らは息巻いた。話はまだ終わってないでしょう。逃げるんですか広報官――。

「広報は長いんですか」

署長は同情顔だった。所轄の広報担当は副署長か次長だが、規模の小さい地方の署では署長が記者対応の矢面に立つ。

「この春からです。若い時分にも少し齧《かじ》りましたが」

「ずっと警務畑を？」

「いえ、長らく二課で刑事をしていました」

こんな時でも某《なにがし》かの自負心が頭を擡《もた》げる。

署長は曖昧に頷いた。この県警でも刑事あがりの広報官は例がないのだろう。

「捜査に明るいのなら、記者も少しは聞く耳を持つでしょう」

「そうだと助かるんですが」

「いや、実際ウチも困ってるんですよ。あることないこと書き飛ばす記者がいましてね」

口を尖《とが》らせた署長は、その顔のままガレージに向かって手を上げた。黒塗りの署長車にライトが点灯したので三上は内心慌てた。待たせてあったはずのタクシーは消えていた。また背中をつつかれたが、この段になってタクシーを呼ぶと言い張るのは土地の好意を踏みにじるようで躊躇《ためら》われた。

駅までの道は暗かった。

「ほら、この沼なんですよ」

車窓の右手に一際深い闇が広がると、待ちかねていたように助手席の署長が口を開いた。

「インターネットは本当に厄介な代物ですね。『自殺新名所ベスト10』なんてタチの悪いのがありまして、この沼がランクインしてるんですよ。契《ちぎ》りの沼だとか妙な名前をつけられて」

「契りの沼？」

「見ようによってはハート形に見えるんです。来世で恋が成就するんだとか言って、今日の娘で四人目です。このあいだなんか、東京からわざわざですよ。それを新聞が興味本位に書くものだから、とうとうテレビまでやってきて」

「それはお困りですね」

「まったくです。一般人の自殺まで記事にされたのではたまったもんじゃない。お時間があれば三上さんに記者対策のコツをご教授願いたいところだ」

沈黙を恐れるかのように署長は喋り続けた。さりとて弾む会話など望むべくもなかった。気遣いに感謝しつつも、三上の相槌《あいづち》は途絶えがちになった。

人違いだった。あゆみではなかった。なのに胸の重苦しさは、この地に向かっていた時のままだった。死体が我が子でないことを願う。それは別の誰かの子であってくれと願うことなのだと思い知る。傍らの美那子は身じろぎもしない。触れ合う肩がいつになく小さく感じられる。

車が交差点を折れた。真正面に光眩い新幹線の駅舎が現れた。駅前広場は広く、幾つものモニュメントが配されていた。人影は疎《まば》らだ。乗降客の数など度外視した政治駅なのだと前に耳にしたことがあった。

「署長、濡れますから、どうぞお乗りになったままで」

三上は早口で言った。もう後部座席のドアを半分開けていたが、車を降りたのは署長のほうが早かった。顔が上気している。

「不確かな情報で心労をお掛けしてしまいました。身長やホクロの場所が近かったので、もしやと思ったものですから。どうかお許し下さい」

「そんな――」

恐縮する三上の手が強く握られた。

「大丈夫です。お嬢さん、元気でいますよ。必ず見つかります。二十六万の仲間が二十四時間気に掛けています」

三上は腰を深く折ったまま署長車のテールランプを見送った。

美那子のうなじが氷雨《ひさめ》に濡れていた。正体の乏しい体を引き寄せて駅舎に向かった。駅前交番の灯が目に入っていた。酔っ払いとおぼしき老人が路上に座り込み、若い巡査の腕を振り払っている。

二十六万人の仲間――。

署長の言葉に誇張はない。所轄。交番。駐在所。全国津々浦々の警察施設にあゆみの顔写真が行き渡っている。見ず知らずの同僚たちが昼夜を分かたず「身内の娘」の消息に気を配ってくれている。警察一家。それは心強く、ありがたく、自分がその強大な組織の一員であった幸運を思わない日はない。だが——。

三上は冷気を嚙み締めた。

想像だにしなかった。組織に縋《すが》ったことが、よもや己《おのれ》の弱みになろうとは。服従——。

血が沸騰しそうになる時がある。

美那子には言えない話だった。失踪した一人娘を捜し出す。生きてこの腕に抱く。そのために親が耐え忍べないことなど一つとしてあるはずがなかった。

新幹線ホームにアナウンスが流れた。

車内は空席が目立った。窓際に美那子を座らせ、三上は小声で言った。

「署長も言ってたろう。無事だ。元気にしてる」

「……………」

「じきに見つかる。心配するな」

「……ええ」

「電話だってあったじゃないか。本当は帰りたがってるんだ。痩せ我慢さ。そのうちひょっこり帰って来るさ」

美那子は虚ろなままだった。暗い車窓が端整な横顔を映している。随分とやつれた。化粧も美容院も頭にない。だが、それが却《かえ》って素の造作の美しさを際立たせていると知ったら、美那子はどんな思いを抱《いだ》くだろうか。

三上の顔も窓にある。その両眼があゆみの幻像を見つめている。

父親似の顔を醜いと罵《ののし》った。

母親の美しさを憎悪の的にした。

三上は窓から目を逸らした。

いっときのことだ。麻疹《はしか》みたいなものなのだ。いずれ目が覚める。幼い頃のように、何か失敗をしでかしてしまった時のように、ぺろりと舌を出して帰って来る。そうとも、あの子が本気で親を憎んだり悲しませたりするはずがないじゃないか。

車両は揺れた。

美那子は三上の肩に凭《もた》れていた。不規則な息遣いは寝息とも喘《あえ》ぎともつかなかった。

三上も目を閉じた。

そうしてみても、不釣り合いな夫婦を映した車窓は、瞼《まぶた》の裏に居座り続けた。

2

D県平野部は朝から北風が強まった。

前方の信号は青だが、渋滞につかまり車は遅々として進まない。三上はハンドルの手を放して煙草に火を点《つ》けた。また一つ高層マンションの建設が始まり、フロントガラスのフレームから山の稜線が消えつつある。

五十八万世帯、百八十二万人……。朝刊で目にした人口動態調査の数字が頭に残っていた。その県人口の三分の一近い人間が、ここD市に住むか勤めるかしている。難産の末に近隣市町村と合併を果たし、地方版一極集中が加速したが、真っ先に行うはずだった公共交通機関の整備はいまだ手つかずだ。電車もバスも本数が少なく、不便極まりないので道路は車で溢《あふ》れ返る。

——いい加減動け。

三上は呟いた。師走《しわす》の声を聞いて五日、今朝の渋滞はとりわけひどかった。ラジオは今にも八時の時報を打ちそうだ。前方にはもう県警本部の五階建て庁舎が見えている。見飽いた灰色の外壁が、何やら懐かしいものに感じられる。不思議だ。たった半日、北国を覗いてきただけだというのに。

遥々《はるばる》訪ねるまでもなかった。最初から無駄足とわかっていた。一夜明ければそう思う。人一倍寒がりなあゆみが北へ向かうはずがない。ましてや凍《い》てつく沼に身を投げたりするものか。

三上は慌てて煙草を消し、アクセルを踏んだ。前方に車数台分の空きができていた。

どうにか遅刻は免れた。職員駐車場に車を置いて本庁舎へ急ぐ。目は習慣で報道関係者用の駐車場をチェックする。思わず足が止まった。この時間、いつもならガラ空きのスペースがびっしりと車で埋まっていた。各社のサツ廻り記者が参集しているということだ。重大事件の発生を疑ったのは一瞬だった。昨日の続きをやる気だ。彼らは申し合わせて集まり、今や遅しと三上の登庁を待っている。

——朝っぱらから揉む気か。

三上は本庁舎の正面玄関を入った。広報室までは廊下を十歩と歩かない。ドアを押し開くと三つの硬い顔が同時に上がった。壁を背にして並ぶ執務机に諏訪《すわ》係長と蔵前《くらまえ》主任。ドアに近い末席に美雲《みくも》婦警。部屋が狭苦しいので朝の挨拶は抑えた声になる。春先に、隣り合う資料室との壁を取り払って若干スペースを広げたが、いざ記者たちが一斉に押し掛けてくれば改修前と変わらず立錐《りっすい》の余地もない。

そんな光景を想像して入室したが、部屋に記者の姿はなかった。肩透かしを食わされた思いで背窓の広報官席につく。呼ぶ前に諏訪が寄ってきた。いつになく神妙な顔だ。

「広報官。あの……昨日は……」

記者の動きを聞く頭になっていたから三上は面食らった。遺体確認の顚末《てんまつ》は、昨夜遅く、直属の上司である石井《いしい》秘書課長に報告の電話を入れた。当然、室員には伝わっていると思っていた。

「人違いだった。心配掛けてすまなかったな」

途端に部屋の空気が和らいだ。諏訪と蔵前は安堵《あんど》の顔を見合わせ、美雲は生き返ったように席を立って戸棚から三上の湯飲みを取り出した。

「それより諏訪、集まってるのか」

三上は顎で壁をしゃくった。すぐ隣が記者室だ。普段は「記者クラブ」と呼ぶが、それは正確には記者室に常駐する十三社の親睦団体の名称だ。

諏訪の表情が再び曇った。

「全社揃い踏みです。広報官を吊し上げると息巻いてました。まもなく押し掛けてくると思います」

吊し上げ。胸中に熱が生じる。

「昨日の途中退席は、広報官の親戚が危篤だったということになっています。お含み置きを」

一拍置いて三上は頷いた。

機転の利く広報マン。諏訪はそうだ。警務部育ちの警部補で、広報室勤務は既に三年。巡査部長時代にも二年在籍しているので、今どきの記者の生態を熟知している。時に小利口な言動が鼻につくが、本音と建前を破綻なく出し入れして記者を懐柔する手並みには舌を巻く。二度目の広報室詰めで記者あしらいに磨きが掛かり、それが警務部内における諏訪の評価を押し上げてもいるらしい。

同じ二度目でも、三上の広報室勤務は筋が悪い。四十六歳にして二十年ぶりの出戻り異動だ。この春までは捜査二課の次席、それ以前は長く知能犯捜査係の班長として汚職や選挙違反事件捜査の現場指揮を執っていた。

三上は席を立った。デスクの横に置かれたホワイトボードに向き合う。『D県警発表・平成十四年十二月五日（木）』——記者向けの発表用紙をチェックするのが広報官の朝一番の仕事だ。県下十九の所轄管内で発生した事件事故の概要は、時々刻々、電話やファックスで広報室に送られてくる。パソコンが行き渡った最近では電子メールも使われるようになった。室員はその事案内容を所定の用紙にまとめ、ここと、記者室のホワイトボードの二カ所にマグネットで貼りだす。同時に県庁内にある「テレビ記者会」にも連絡を入れる。警察が取材の便宜を図っているということだ。なのに往々にしてその「警察発表」が記者との軋轢《あつれき》を生む。

三上は壁の時計に目をやった。八時半を回った。記者たちはどうしたか。

「ちょっとよろしいでしょうか」

デスクの前に蔵前が立っていた。名前を見事に裏切る細身の体。いつもながら声も細い。

「例の談合の件なんですが」

「ん。聞けたか」

「それが……」

蔵前は口籠もった。

「どうした。八角《はっかく》の専務が落ちないのか」

「わかりません」

「わからない？」

思わず蔵前を睨《にら》みつけた。

捜査二課がコンベンション・ホール建設を巡る入札談合事件を挙げたのが五日前だ。中堅どころの建設会社六社に強制捜査を掛け、役員八人を身柄にしたが、二課はまだ突き上げに色気を持っている。的《まと》は入札を陰で仕切っている地方ゼネコンの八角建設だ。その八角の専務をひそかに所轄に呼び、連日任意で取り調べているとの情報を三上は耳にしていた。首尾よく「黒幕逮捕」となれば地方版のビッグニュースだ。二課事件では被疑者の自白や逮捕状執行が夜にずれ込むケースが多い。つまりは記者発表の時間が各社の締切時間帯にぶつかる事態が予想されるので、そうなった場合に混乱をきたさぬよう二課の動きを把握しておけと蔵前に指示してあった。

「専務を署に呼んでるかどうかもわからないのか」

蔵前は俯《うつむ》いてしまっていた。

「先ほど次席に訊いてみたんですが……。こちらを向いてもくれなくて……」

事態が呑み込めた。スパイ行為。そう見なされたのだ。

「わかった。あとで俺が当たってみる」

肩の落ちた背中を見送り、三上は苦い息を吐いた。

以前、蔵前は所轄の刑事二課で内勤をしたことがある。そのツテで情報を取れるだろうと指示を出したが甘かった。広報室に情報を流せば記者に筒抜けになる。組織とマスコミの取引の材料にされる。刑事の多くは未《いま》だにそう信じ込んでいる。

三上とて例外ではなかった。ヒラ刑事の頃、広報室はただ胡散《うさん》臭いだけの存在だった。「記者の手先」「警務部の犬」「昇任試験の勉強部屋」。うるさ型の先輩に倣ってそれぐらいの雑言は口にしたろう。実際、遠目にも馴れ合いの関係が疎《うと》ましかった。記者をおだてて夜な夜な飲み歩く。事件現場に現れても汗一つ掻かず、傍観者然として記者と雑談に興じている。そんな彼らを同じ組織の一員と思ったことはなかった。

だから刑事三年目に広報行きを下命された時は凍りついた。「刑事失格」の烙印を押されたと思った。捨て鉢な気持ちで広報室の勤務に就いたので「広報マン失格」のほうは自覚していた。記者対策の何たるかを知る間もなく、たった一年で刑事部に戻された。原隊復帰の喜びは格別だったが、しかし刑事の修業期にぽっかり空いた一年を、人事の気まぐれと受け流すことができなかった。組織に対する不信感が胸に燻《くすぶ》った。その何倍もの恐怖心を植え付けられもした。「次の人事」を恐れ、尻に火が点いたまま遮二無二に働いた。五年経っても十年が過ぎても定期異動の季節は落ち着かなかった。怯《おび》えが精勤を支えたと言っていい。遊興にも怠け心の誘惑にも付け入る隙を与えず、それが三上に実績をもたらした。捜査一課時代は盗犯から強行犯、特殊犯まで担当して賞を重ねた。が、本当の意味で刑事の職能が開花したのは捜査二課に移籍してからだった。一貫して知能犯を担い、本部、所轄の別なく刑事部屋の一角に確かな居場所を築いてきた。

それでも「生粋《きっすい》の刑事」を名乗るのは憚《はばか》られた。忘れたくとも周囲がそうさせてくれなかった。書かれてはならない捜査情報が新聞に出るたび、上司と同僚の視線は不自然に三上を避けた。被害妄想として自己処理するにも限界があった。「魔女狩り」の見えざる手が忍び寄ってくる、あの悪寒《おかん》にも似たおぞましい感覚は体験した者にしかわからない。どれほど仕事で上司を唸らせようが、警部補から警部へと昇任を果たそうが、三上が情報漏洩の犯人を狩る側に組み入れられることは一度としてなく、その意味で広報の勤務経験は「前科」も同じだった。

広報官をやってもらいます。この春、赤間《あかま》警務部長に異動を内示された時、真っ白になった頭を駆け抜けたのも前科の二文字だった。赤間はつらつらと任命理由を語った。〈大義も定見もなく、ただ警察の権威を貶《おとし》めんがために失策を論《あげつら》う昨今のマスコミは看過できません。甘やかしたからつけ上がったんです。あなたのように無愛想で、記者に睨みの利く強面《こわもて》の広報官が必要です〉

額面通りには受け取れない話だった。もとより警察は「男」を売りにしている猛者《もさ》集団だ。強面の者など刑事部の内にも外にも幾らだっている。刑訴法の運用しか頭にない働き盛りの警部をひょいと摘《つま》み上げ、警察本来の職務とは次元を異にする、組織防衛の門番に据えることにいかなる人事上のメリットがあるのか。赤間のほうは「抜擢」の口ぶりだった。広報官は警部では座れぬ調査官級ポストだ。内示は警視昇任を確約していたが、そのまま刑事部に残ったとしても、三上の二年後三年後の昇任は見えていたから、お門違いの栄転話に出世欲をくすぐられることもなかった。

「前科」が広報官の人選に影響したのは明らかだった。一つのポストに複数の候補者名が挙がった場合、保険を掛ける意味合いから過去の勤務経験者を充当するのが警察人事の常道。だから三上にとっての問題は広報官に自分を選んだ警務部ではなく、三上を差し出すことを了承した刑事部の本音にあった。意を決して夜更けに荒木田《あらきだ》刑事部長の官舎を訪ねた。決まったことには従えと一蹴された。二十年前と同じ穴に落ちた。職能を見限られたのか。何らかの内省を求められたのか。刑事として生きた歳月の長さが、落胆と混乱をより深刻なものにさせた。

二年で刑事部に戻る。幾つもの感情をその一言に封じ込めて広報官の任に就いた。消沈してはいたが、決して腐りはしなかった。投げやりな気持ちで徒《いたずら》に日々を浪費する愚は二度と犯すまい。何より長年の精勤で出来上がった脳と体が、突きつけられた課題の放置を許さなかった。

広報室の改革。それが最初にやるべき仕事であることはわかっていた。

二十年前に垣間見た広報の現場は多分に偽善的だった。ビジョンも戦略もあやふやなまま、記者とうまく付き合うことがただ求められた。ソフトな物腰で警察官臭を消し、報道という仕事の理解者を装い、警察組織の閉鎖性に苛立《いらだ》つマスコミの八つ当たり的な抗議を一手に引き受ける。世間に向けては「広報」と「広聴」の両面を謳っていながら、その広聴の業務にしたって専《もっぱ》ら記者の刺々《とげとげ》しい言葉に分別顔で頷くことであり、世論の代弁者を気取る彼らに日々ガス抜きの場を提供していただけだった。俺たちは消波ブロックだ。当時の広報官はそう自嘲《じちょう》した。マスコミの機嫌を取り、なあなあの関係を築き、警察批判の矛先《ほこさき》を鈍らすことが仕事のすべてだと言わんばかりだった。

まだ広報の歴史が浅かった。それがそのまま記者対策の未熟さに直結していたのは確かだ。しかし元を正せば、情報のアウトプットを広報室に一元化するという、警察庁のお仕着せによるシステムが地方警察に馴染まなかったのだとも言える。事件を挙げるのは刑事部をはじめとする警察の「現業部門」だ。その業績発表の場を警務部が取り仕切る方式には、現業の権限を剝《は》ぎ取る思惑が見え隠れする。それまで刑事部は、部長や課長の裁量でダイレクトに報道をコントロールしていたし、下は下で一線の刑事が手柄話を記者に小出しにする程度のことは黙過されていた。「魔女狩り」なる禍々《まがまが》しい言葉は、そもそも刑事部内に存在しなかったのだ。

広報制度は「黒船」だった。初代の広報官はそんな感慨を漏らしたという。幕末よろしく刑事部はがたついた。導入まもない頃こそ警務部に対する嫌悪を剝《む》き出しにしていたが、やがてそれも影を潜め、じわじわと管理部門的な新制度に染まっていった。いや、意識的に取り込んだのかもしれない。刑事部が損得勘定抜きの職人集団だった時代は終焉《しゅうえん》を迎えていた。現場経験に乏しい、管理職一辺倒の脳を持った捜査幹部が少なからず出現し始めていた。彼らは新設された広報制度をスケープゴートにした。野放し状態だった現場からの情報漏れに歯止めを掛けるべく巧みに利用した。そう読み解けば合点がいくのだ。

実際、現場は屈折した。総じて刑事たちは夜廻りの記者に対して口が重くなった。「広報に訊け」が流行《はや》り言葉のように蔓延《まんえん》し、刑事部屋にも情報漏れを互いに牽制し合う気配が漂い始めた。そうした部内の空気の濁りは苛立ちに変化し、鬱憤晴らしのごとく広報室に向けられた。実のある捜査情報は一切寄越さず、それでいて新聞に特ダネが載ると広報室に責任をなすりつけた。やっかみや畏《おそ》れが敵視に拍車を掛けた。広報室は警務部秘書課の直轄部署だ。即ち室員は本部長の息の掛かったお庭番的な部下と見なされる。他のセクションから向けられる視線は、だから常に冷ややかで刺々しい。

広報室は不幸な生い立ちを背負わされた。情報を一元化するための窓口とは名ばかりで、入ってくる情報の量と速度は「離島」に近かった。協力的なのは交通安全施策をPRしたがる交通部ぐらいのものだ。そんなざまだから広報室は記者たちに舐《な》められた。記者発表のお膳立てをするだけの部署だと見切った彼らの振る舞いは不遜だった。片や二階の警務部長室は、記者を飼い馴らせと無理難題の霰《あられ》を降らせてくる。明けても暮れても板挟みだった。警務部長室と記者室の間で、そして刑事部と記者室の狭間《はざま》で、翻弄《ほんろう》され続けた広報室は消耗し、疲弊し、嘆息の巣と化していた。

その構図は二十年経っても本質的に変わっていなかった。諏訪のような広報のエキスパートが幾人か育ちはしたものの、「上」「現業」「マスコミ」の三方塞がりの状況には苔《こけ》が生えた感すらあった。D県警の特殊事情もある。よその県警の広報は、この十年ほどの間に「室」から「課」への移行が駆け足で進んだ。幹部ポストのインフレ化が後押しした面もあったろうが、広報が名実ともにエリートコースとなっている大規模県警に追いつけとばかりに、中小の所帯の県警は次々と看板を掛け替えた。昇格すれば発言力が増すのは個人の昇任と同じだ。現業部門との関係にも変化が生じた。情報交換が活発化し、利害の調整を図って連携し、結果、事件のガサ入れ情報などを戦略的にマスコミに流す広報システムが今や主流になりつつある。

なのにD県警は未だ「室」のまま据え置かれ、昇格はおろか人員拡充の話すらない。歴代の警務部長が機構改革に消極的だった。四年前に一度、本庁の指示で昇格の案が浮上したことがあったが、赤間の前任者だった大黒《おおぐろ》部長が潰した。記者と結託されたら厄介だぞ。どこぞで痛い目にでも遭ったのか、大黒はマスコミの力をバックに組織内で幅を利かせる広報マンの出現を極度に恐れていたという。赤間も人員不足を理由に現状維持の方針を踏襲した。飼い殺し。矮化《わいか》栽培。D県警広報室の歴史は、そうした抑圧的な単語の羅列で解説できる。

負の歴史を断ち切るために広報官になった。三上はそう自分に言い聞かせた。広報室を「自治」するという、至極当たり前のことを当面の目標に定めた。真っ先に起こした行動は刑事部への斬り込みだった。戦略カードとして使える捜査情報が欲しかった。記者対策を行う上で、ナマの捜査情報こそが唯一絶対の武器だと知っていた。武装して記者と対峙《たいじ》する。互いを牽制し合う「大人の関係」を築く。さすれば、自ずと警務部長室の干渉も弱まり、三方塞がりの状況から脱却できる。三上が描いた広報改革の道筋はそうだった。

現業部門の雄を自任する刑事部の壁は厚かった。三上が長く在籍した捜査二課はまだしも、捜査一課の口の堅さは天晴《あっぱ》れと言うほかなかった。その一課を軸に昼間は各課に日参し、幹部との雑談の中から捜査状況の感触を探った。勤務時間外は人脈を頼りに中堅の刑事を当たった。手土産をぶらさげ、先方の非番や公休日を狙って官舎に押しかけた。駆け引きはせず本音で迫った。記者に対抗するために情報が必要なのだと口説いて回った。もう一つの本音は胸の奥にしまっていた。先を見ていた。二年後に刑事部に戻れたとして、しかし今度は「前科二犯」だ。三上が広報官でいる間、刑事部の人間たちに敵とみなされてはならない。善くも悪くもこちらの思考を問断なく彼らに知らせておくことが、刑事部復帰に向けた必須の準備と心した。

二カ月、三カ月と刑事詣でを続けた。さしたる収穫は得られなかったが、密かに期待していた別の効果は出始めた。およそ広報官らしからぬ三上の動きは記者たちのアンテナに引っ掛かり、少なからず刺激を与えた。一目置く。彼らの視線に変化の兆《きざ》しが見て取れた。そもそも「現住所」は広報室でも「本籍」は捜査二課の異色広報官だ。数年後に刑事部の要職に就くかもしれない三上に対しては、着任当初からある種の遠慮と模様眺めの空気があった。記者にとって刑事部が情報収集の「最重点地区」なのは今も昔も変わらない。三上の刑事詣でが、その刑事部と広報室の「近さ」を彼らに意識させた。接近してくる記者が増えた。ウエルカムの顔を見せずに起きた初めての現象だった。

三上はその機に乗じて記者たちの妄想を掻き立てる戦略をとった。僅かな手持ちの情報を目一杯利用した。動いている事件の話を匂わせ、オブラートに包んだ言葉や微妙な表情の変化で各社個別にサジェスチョンを与えた。彼らを引きつけ、求心力を高め、これまで軽んじられていた広報官の存在を見直させた。馴れ合いの関係は避けた。暇つぶしに広報室に現れる記者には笑みを封印して緊張感を強いた。薄っぺらな警察批判や苦情は毅然と撥ねつけた。その一方で真っ当な主張には耳を傾けた。交渉にも時間無制限で応じた。決しておもねることなく、しかし納得すれば一定の譲歩もした。順調だった。記者絶対優位の歪《いびつ》な関係は大きく改善され、彼らもそのこと自体に不満を抱いているふうはなかった。際限なく情報を引き出したがるマスコミ。組織にとって有益なことだけを書かせたい警察。政略的に一致点のない関係であっても、面と向かうその瞬間、瞬間に一握りの信頼感を持ち寄りさえすれば、双方が許容しうる落としどころが見つかる。そんな自信めいた思いを三上が抱くまでに記者対策の下地は整いつつあった。

問題は警務部長室だった。干渉は弱まるどころか強まった。赤間部長は三上の広報室運営に不快感を示し、ことあるごとに疑義を差し挟んできた。譲歩で折り合いをつける交渉は敗北主義だと面罵《めんば》され、日々の刑事詣では未練がましい行為と嘆息された。不可解だった。「強面」の広報官を欲した赤間は、三上の「本籍効果」も織り込み済みだったはずだ。その効果を最大限活用した。結果もついてきた。それがなぜ気に食わないのか。肚《はら》を決めて赤間に意見した。広報室は今、本来の機能を発揮しつつあります。百の言葉より、たった一つの捜査情報が物を言う世界です。広報室の情報力を高めることこそがマスコミ対策の決め手と考えます――。

〈およしなさい。あなたが情報を得れば記者に漏らしてしまう可能性が生じます。何も知らなければ何も話せない。違いますか〉

言葉を失った。赤間が求めていたのは「強面の案山子《かかし》」だった。何もするな。考えるな。そのごつい面相で記者を睨みつけていろ。そう言われたも同じだった。記者対策ならぬ記者支配。真性のマスコミ嫌い。赤間が内包する屈折した攻撃性は三上の想像を遥かに超えていた。

おいそれとは引き下がれなかった。ここで赤間に盲従したら、広報室は二十年前に逆戻りだ。ようやく緒《ちょ》についた改革を前に進めたい。水泡に帰するのはいかにも惜しい。その歯嚙みは自分でも驚くほど強かった。外の風を肌で感じていたからだと思う。刑事時代には意識すらしなかったものが見えていた。警察と世間の間には尋常ならざる高い壁がある。広報室は外に向かって開かれた唯一の「窓」なのだ。どれほどマスコミが偏狭でエゴイスティックであろうとも、こちらから窓を閉ざしてしまえば警察組織は完全に社会性を喪失する。

もとより刑事としての内面は発火していた。唯々《いい》諾々《だくだく》、警務の案山子役を演じ続けることは本籍抹消を意味する。人事権者に歯向かう馬鹿はいない。山間部の所轄にでも飛ばされようものなら、刑事部復帰どころか組織の中で一気に過去の人になりかねない。

しかし見方を変えれば奇貨だった。事態が変わって古巣への復帰が現実味を帯びた時、県警ナンバー2の警務部長に楯突いた武勇伝は「前科二犯」を浄化して余りある。

三上は細心の注意を払って赤間と対峙した。それまで以上に弁《わきま》えた部下を装い、感情を抑制し、筋を通すことだけを考えた。殊勝顔で話に聞き入り、どうあっても呑めない指示命令に対してのみ「お言葉ですが」を枕詞《まくらことば》に反論した。あるべき記者対策の具申も忘れなかった。そして粛々と広報改革を継続した。まさしく薄氷を踏む思いだった。苛立つ赤間の脈動までもが伝わってきた。それでも三上は「お言葉ですが」を繰り返した。今にして思えばリスクを取ったことで気持ちが高揚していた。半年に亘って赤間の眼光から視線を逸らさなかった。戦っている実感があった。勝ってはいないにせよ、決して負けてはいなかった。だが——。

あゆみの家出が事情を一変させた。

煙草の灰が机に落ちた。続けざまに二本吸っていた。

三上は壁の時計を見た。その視界に蔵前の薄暗い横顔が入った。捜査二課が情報提供を拒んだ。神通力が消えたということか。蔵前の背後には三上がいる。少なからず現業部門は意識してくれていたはずだった。

刑事詣でをやめたからだ。赤間に言われるがまま記者対策までも——。

にわかに廊下が騒がしくなった。

来るぞ。諏訪と蔵前が目配せを交わした直後、ノックもなしにドアが開かれた。

3

瞬く間に部屋は記者で埋まった。

朝日、毎日、読売、東京、産経、東洋、地元のＤ日報、全県タイムス、Ｄテレビ、ＦＭケンミン……。重なり合う顔はどれも硬かった。彼らに対しても神通力が薄れたということだろう、肩を怒らせ露骨に三上を睨みつけてくる者もいる。大半は二十代の記者だ。羞恥なく感情を剝き出しにできる若さというものが、こんな時にはひどく恨めしい。少し遅れて共同通信と時事通信の記者も入室してきた。体は半分廊下にはみ出してしまっているが、ＮＨＫの記者も人垣の後ろで首を伸ばしている。Ｄ県警記者クラブに加盟の十三社が勢揃いした。

「始めようぜ」

記者の間から苛立ちを含んだ声が上がり、先頭にいた東洋新聞の二人が三上との距離を詰めた。こうした時、クラブの今月の幹事社が場を仕切る。

「広報官、まずは昨日の途中退席の件、きちんと説明願います」

口火を切ったのはブレザー姿の手嶋《てじま》だった。『東洋新聞サブキャップ。Ｈ大卒。二十六歳。思想背景なし。生真面目。敏腕記者症候群』。三上の手帳にはそう書き込んである。

「親戚の人が危篤だったことは諏訪係長から聞きました。しかし、だからといって話し合いの最中に黙って出ていくことはないでしょう。それきり連絡もつかないなんて、記者クラブを軽視してるとしか――」

「すまなかった」

三上は遮って言った。途中退席の理由は思い出すのも詮索されるのも嫌だった。

手嶋はちらりと隣の秋川《あきかわ》を見た。『東洋新聞キャップ。K大卒。二十九歳。左傾。粘着質。記者クラブのボス格』。その秋川は取り澄ました顔で腕組みをしている。追及は部下に任せ、大物然と振る舞うのがこの男の常だ。

「謝罪する、ということですね？」

「そうだ」

手嶋はまた秋川の顔色を窺《うかが》い、それから記者たちを振り向いて、「各社――」と了解を求めた。

その件はもういい、本題に入れ。無言の催促に頷いた手嶋は、手にしていたコピー用紙を三上のデスクの上に広げた。

《大糸市内における重傷交通事故について》

改めて目を通すまでもない。昨日、記者向けに貼り出した発表文の複写だ。脇見運転の主婦が老人を撥ねて全身打撲の重傷を負わせた。事案それ自体はありふれた交通事故だったが、発表の中身に火種が潜んでいた。

「では改めて伺います――なぜ加害者の主婦が匿名なんですか。ちゃんと実名で発表すべきでしょう」

三上は指を組み、手嶋の尖った目を見据えた。

「昨日説明した通りだ。この主婦は妊娠八カ月だった。事故を起こしてひどく取り乱していた。このうえ新聞に名前が出たらショックでどうなっちまうかわからん。だから匿名で発表した」

「説明になってませんよ。住所も『大糸市内』だけで所番地は伏せている。三十二歳の主婦A子さん。これじゃあ実在する人物かどうかもわからない」

「実在する生身の人間だから母胎への影響を考慮したんだ。それのどこがおかしい」

反問が尊大に映ったらしい。部屋がざわつき、手嶋は気色《けしき》ばんだ。

「なぜ警察がそこまで気を回す必要があるんです。過剰な配慮ですよ」

「主婦は逮捕されていない。老人は横断歩道じゃない所を横切った。しかも酒に酔ってたんだ」

「主婦だって前方不注視でしょう。それにこれ、重傷って発表してるけど重体事故ですよ。この銘川《めいかわ》って老人、意識不明なんだから」

三上は目の端で秋川を見た。どこまで手嶋にやらせるつもりか。

「広報官、答えて下さいよ。結果の重大性は到底無視できるレベルじゃない。主婦の過失も問われて当然です」

食い下がる手嶋に目を戻す。

「だから新聞に名前を出して断罪するってわけか」

「あ、そういう言い方はないでしょう！　そんな話をしてるんじゃありません。警察が勝手に判断して名前や住所を隠すのがおかしいって言ってるんですよ。実名で書くか書かないか、それは我々が公益性に照らして判断することです」

「なぜこっちが判断するんじゃ駄目なんだ」

「事実関係が曖昧になるからですよ。発表された事件や事故が尾を引いたり中身が間違ったりしていても、当事者の名前も住所もわからないんじゃ、こっちは検証のしようがないじゃないですか。それに本部が匿名発表を連発するようになったら、所轄が手抜きの報告を上げてこないとも限らないでしょう？　極端な話、匿名を隠れ蓑《みの》にして事実を曲げて発表したり、警察の都合で隠蔽に利用したり、そういうことだって起こりえますよ」

「隠蔽？」

「いや、だからさぁ」

横から長身の山科《やましな》がしゃしゃりでてきた。『全県タイムス暫定キャップ。Ｆ大卒。二十八歳。代議士秘書の三男。迎合屋。トロッコ』――。

「必死こいて隠されるとさ、ひょっとしてとか思うわけよ。お偉いさんの娘だから名前伏せたんじゃないかとか、被害者が酔っ払いだったんで主婦に甘くしたとか」

「ふざけたことを言うな」

思わず声を荒らげた。山科は首を竦《すく》め、だが部屋は一気に沸騰した。

ふざけてるのはそっちでしょうが！　何でもかんでも隠すから疑われるんですよ！

妊婦なら誰でも匿名にしてたわけ？　違うでしょ？　ちゃんと説明しなよ！

三上は罵声の降るに任せた。口を開けばこっちも怒声になる。

「ねえ、三上さん」

ようやく秋川が声を掛けてきた。ゆっくりと腕組みを解く仕種に「真打ち登場」の自己演出臭が漂う。

「記事に名前が出て妊婦や胎児に何かあった場合、発表した警察が世間から責められる。それを恐れているわけですよね」

「そうじゃあない。事情によっては加害者にだって書かれない権利があるってことだ」

「書かれない権利？」

秋川は鼻先で笑った。

「それ、ひょっとして加害者の人権って話ですか」

「そうだ」

部屋はまた騒然となった。

もう！　聞いたふうなことを言うなって！　人権無視はそっちのお家芸でしょうが！

警察に人権をどうのこうの言われる筋合いはない！

「どうしてそんなにいきり立つんだ。匿名報道は世の趨勢《すうせい》だろう。最近は新聞もテレビも多用してるじゃないか。警察の段階でセレクトすることばかりをなぜ責める」

それが思い上がりだって言ってるんだよ！　警察にそんな権限はありませんよ！　報道の自由についてまったく理解してない！　匿名発表は国民の知る権利を妨げる行為なんですよ！

「ああもう広報官、名前言っちゃいなよ。その妊婦がホントに具合が悪いんなら書いたりしないからさ」

またしても山科が口を挟んだ。揉みほぐすような口ぶりだ。

「結局のところ同じでしょ。匿名で発表したって、こっちは必要なら取材して名前も住所も調べるんだから。その妊婦だって、俺たちに直接取材されたらしんどいでしょうが」

ろくに取材しない記者に限ってそんなまやかしを口にする。「汽車」になれない「トロッコ記者」。広報制度のぬるま湯にどっぷりと漬かり、だから六年も警察を担当していながら一向に取材力が身につかない。だが――。

山科の打算を本心から嗤《わら》える記者がこの部屋に果たして何人いるか。首まで漬かっていようが半身浴だろうが、ぬるま湯にいるのは皆同じだ。その一方で若い彼らは上司から警察の独断専行を許すなと厳命されている。どの社にも広報制度がなかった時代に警察を廻った侍気取りの幹部がいて、一線記者の広報依存を嘆き、憤《いきどお》り、警察に手なずけられるなと檄《げき》を飛ばし続けている。それは現場のデスクを介して若い記者の脳に日々刷り込まれている。だからこの匿名問題も引くに引けない。彼らは「戦果」を求められている。手ぶらでは社に帰れないのだ。「報道の使命感」なるものがそもそも疑わしい。警察が折れた。実名を発表させた。その事実を欲しがっているだけではないのか。

「広報官、はっきりさせましょうよ」

秋川が腕組みに戻った途端、手嶋がせっつくように言った。額に脂汗が滲《にじ》んでいる。

「主婦の名前、発表する気があるんですか、ないんですか」

「ない」

三上は即答した。手嶋が目を剝く。

「なぜ？」

「この主婦は事故係の署員に泣いて頼んだそうだ。マスコミには話さないでくれってな」

「ちょっと！　こっちを悪者みたいに言うのはやめて下さいよ」

「それぐらい恐ろしいことなんだ、新聞に書かれるってことは」

「問題のすり替えだ。卑怯ですよ！」

「何とでも言え。主婦の名前は発表しない。これはD県警の決定事項だ」

部屋は一瞬静まり返った。怒号の嵐に備えて三上は身構えた。だが――。

「変わりましたね、三上さん」

秋川が別の切り口を覗かせた。両手をデスクにつき、三上に真顔を寄せてきた。

「我々はあなたに期待していたんですよ。前任の船木《ふなき》さんと違って、こっちの顔色を窺わない代わりに上に対してもはっきり物を言う。正直驚きましたよ、異動してきた頃は。なのに変節した。木で鼻を括《くく》ったように県警の方針をこっちに押しつけるだけになった。なぜです？」

三上は黙した。動揺を気取《けど》られまいと宙を睨みつけた。

秋川は続けた。

「広報室は窓だと言ったのは三上さんでしょう。その広報官が他の警察官と同じように組織べったりじゃ困ります。誰かが外の声に耳を澄まし、組織に物申す覚悟と客観性を持っていなければ、警察はいつまで経っても窓なしのブラックボックスです。それでいいんですか」

「窓はある。そっちが考えてるほど大きくないだけのことだ」

一瞬、秋川は落胆の表情を覗かせた。その段になって、彼が皮肉や非難ではなく、本音を語っていたらしいことに気づいた。

改めてこちらを見つめた秋川の目は醒めていた。

「この際、聞かせて下さい」

「何をだ」

「匿名問題に関する、あなた個人の考えです」

「個人も組織もない。答えは一つだ」

「それ、本心ですか」

三上は再び黙った。秋川もそうした。瞳の探り合いになった。五秒……。十秒……。長い時間に感じられた。

秋川が深く頷いた。

「よくわかりました」

背後の記者たちを見回した秋川は、ややあって三上に顔を戻した。

「では、広報官にではなく、D県警に対して記者クラブの総意として申し入れます。この主婦の実名を明らかにして下さい」

回答済みだ――三上は目で言った。

秋川はまた頷いた。

「実名で発表すれば必ず実名で書かれる。つまりD県警は我々をまったく信用していない。そういうことでいいですね」

最後通牒でも突きつけるような物言いだった。

秋川は背中を向けた。他の記者たちも踵《かかと》を鳴らして次々と部屋を出ていった。このままでは済まない。そんな不穏な空気だけが狭い室内に残された。

――脅したつもりか。

4

三上は荒い息を吐き出し、机の上に残された発表文のコピー用紙を捩《ね》じってゴミ箱に投げ入れた。これまでの揉め事とは明らかに異質だった。懐深く攻め込まれた。あれほど殺気立った記者たちを目の当たりにしたのは初めてのことだった。それがまた腹立たしさに拍車をかける。人が死んだわけでもない、ただの交通事故だ。匿名問題さえ絡んでいなければ連中は鼻も引っかけず、今どきは地元紙だって記事にするかどうか怪しい小ネタではないか。

広報室は室員の数に見合った広さに戻っていた。諏訪は新聞に目を落としている。何か言いたそうな顔だが、こちらを見ようとはしない。蔵前と美雲は締切の近い『広報まもり』の原稿を書いている。皆、三上の内面が鎮まるのを待っている。いや、胸中を推し量っているのかもしれない。秋川のあの台詞を三人も聞いたのだ。

〈変わりましたね、三上さん〉

三上は煙草に火を点けた。二口ほど吸って揉み消し、冷めた茶を一気に飲み干した。

とうとう言葉にされた。遅かれ早かれ彼らに見限られるであろうことは、しばらく前から肌で感じていた。元の木阿弥。そんな思いが苦々しく胸に広がる。そう感じることがそもそも思い上がりか。荒れ地に幻想を見ていた気分になる。壊れたと騒ぐほどの関係は築けていなかった。獲得した信頼など吹けば飛ぶようなものだった。三上自身、広報改革に臨んで記者アレルギーが消えたかと問われたなら返答に窮する。運にも見放された。匿名問題は厄介だ。全国各地の警察でも頭を悩ませていると聞く。

神通力が薄れたこの時期に順番が回ってきたことが不運だった。机の引き出しの中には主婦の実名がある。「菊西華子《きくにしはなこ》」。所轄がファックスしてきた報告用紙にはその名が記されていたが、三十分もしないうちに副署長が電話を寄越した。すまん、妊婦なもんで匿名で頼む——。

三上はデスクに諏訪を呼んだ。

「どう見た？」

諏訪の眉間《みけん》が狭まった。

「かなり熱くなってましたね」

「俺のせいか」

「いえ。基本、あの対応でよろしいかと。匿名問題は勝っても負けてもうまくないですから」

「どういう意味だ」

「記者と完全に決裂してしまえば、ウチは宣伝の媒体をみすみすドブに捨てることになります。かといって、彼らの要求を丸呑みしていたのでは捜査機関たる警察が普通の役所に成り下がってしまう。それに最近は人権だのプライバシー保護だの色々うるさいですからね、すべてのケースを実名で発表すれば、文句を言う当事者が増えてウチに対する世論の風当たりがきつくなる。詰まるところ、匿名問題は『話し合いは平行線のまま、しかし継続している』という状態を維持していくほか当面方策がありません。戦果は得られずとも、警察の広報を攻撃している限り、記者の面子《メンツ》だってぎりぎり立ちますから」

立て板に水だった。言いたくてうずうずしていたのだろう。

三上は頷かずに返した。

「話し合いは平行線どころか決裂だ。一気にそこまで行っちまった感じだろう」

「修復の余地はあると思います。連中が必要以上にエキサイトしたのは、こっちに期待していた分、失望と反動が大きかったってことでしょう」

諏訪はさらりと言った。皮肉に聞こえた。何か言いたそうだった顔の、それが正体か。

〈本気で理解を示したのでは付け込まれます。理解するふりでいいんですよ〉

夏前まで諏訪はプロパー顔で三上に意見したものだった。広報室のカラーをがらりと変えた広報官に対する戸惑いが仄《ほの》見えた。とはいえ諏訪自身、旧態依然とした「消波ブロック」に甘んじていたわけではなさそうだった。蔵前相手に酒席で持論をまくしたてたことがあった。半分は三上に聞かせていたのだと思う。

〈わかるか？　上級幹部がマスコミの道具化を目論むのは本能みたいなもんなんだ。間違っちゃいない。こっちがマスコミの便利屋にされたら終わりだからな。刹那《せつな》的に記者と接するな。頭を使え。戦略を立てろ。飴と鞭を使い分けて自在にマスコミをコントロールするんだ。「警察の正義」をとことん書かせて世間に浸透させる。それこそが記者対策の真髄なんだからな〉

考え方は赤間警務部長に近い。違いは「鞭」だけでなく「飴」も使う点か。ノウハウとテクニック、そして生粋の広報マンの自負心でくるんだ飴玉——。

三上は椅子の背もたれに体を預けた。

電話に呼ばれた諏訪の後ろ姿が軽やかに見えた。息を吹き返した。そんな意地の悪い見方が湧き上がる。三上が来てからの広報室は諏訪にとって能力を発揮しづらい環境だったろう。刑事あがりの素人《しろうと》広報官に己の存在理由を脅かされた。そんな思いを抱いていたかもしれない。

——だったら存分に腕を振るえ。

三上は頭を切り替えた。変節の負い目に囚われて現状を放置するわけにはいかなかった。方法論はともかく、広報室が記者対策を投げ出すことは、刑事が事件を捜査しないと言うに等しい。

「ちょっといいか」

電話を終えた諏訪と蔵前が同時に腰を上げた。美雲は中腰だった。自分も呼ばれたかどうか判断しかねている顔だ。

手で美雲を制し、諏訪と蔵前を呼び寄せた。

「隣、ほぐしてくれ。本当のところ強硬なのはどこの社か、その辺りも頼む」

「わかりました」

やはり諏訪は活気づいていた。それ以上の指示を仰ぐでもなく、万事承知とばかり椅子の背広を摑《つか》み取って部屋を出ていった。蔵前が続く。こちらは意志薄弱な足取りだ。

三上は首をぐるりと回した。不安よりも期待が勝っていた。

記者室は特殊な空間だ。商売敵《がたき》が一つ所で互いの動きを牽制しつつ、それでいて職場の同僚的な連帯意識を併せ持っている。対警察ともなればその連帯は共闘へと高まる。さっきのように警察顔負けの一枚岩ぶりを見せつけることだってある。だが、そうは言っても所詮は金の出所が違う。各社それぞれ社是も社内事情も異なるわけだから、皆が皆、口と腹が同じとは限らない。

思ったそばからタイムスの山科が現れた。十五分前とは打って変わり、目をきょろきょろさせて三上の機嫌を瀬踏みしている。

「何か用か」

声に安心したらしい。山科は相好《そうごう》を崩して歩み寄ってきた。

「いやさぁ、広報官、もうちっとマイルドにやったほうがいいよ。ヤバイよ、あれじゃ」

「何がヤバイんだ」

「だって、各社カンカンだよ」

「お前が焚きつけてるんじゃないのか」

「ああもう、何でそんなこと言うかなぁ。さっきだって助け船だしてやったのに」

警察との距離が遠のくのを恐れている。三上の神通力は、山科のような力のない記者の胸中ではひっそりと延命しているということだ。

「隣はどうだ」

探りを入れた。すると山科はわざとらしく声を潜めた。

「だからヤバイってば。東洋がカッカしてるし、毎日の宇津木《うつき》や朝日の──」

目の前の警電が鳴った。話に未練を残しつつ三上は受話器を取った。

〈ちょっと部長室に来てくれる〉

石井秘書課長からだった。心なしか声が弾んでいる。

もう赤間部長の顔が浮かんでいた。少なからず悪い予感がした。石井にとって嬉しいことは、三上にとってはそうでない場合が多い。

「お呼び？」

「ああ」

腰を上げた時、デスクの脚の陰に名刺大のメモ用紙が落ちているのに気づいた。美雲の字だ。山科の死角で読む。

『AM7：45　警務課の二渡《ふたわたり》調査官よりTELあり』

同期の二渡真治《しんじ》。自然と口角が緊《し》まった。

三上は美雲を見やり、だが呼びはせずにメモ書きを握り潰した。いったい何の電話か。こちらが避けているのはわかっているはずだ。事務的な連絡か。それとも昨日の遺体対面の話を聞きつけ、同期として何か言わねばならないと考えたか。

山科の目が気になった。

「また後で聞かせてくれ」

懐に飛び込めたとでも思ったか、山科は嬉しげに頷き、ドアに向かう三上の背中に張り付くようにしてついてきた。

廊下に出てすぐだった。

「ねえ、広報官」

「何だ」

「昨日、ホントに親戚が危篤だったの？」

三上はゆっくりと山科に振り向いた。上目遣いでこちらを見つめている。

「そうだ――それがどうかしたか」

「いや……」

山科は口籠もった。

「ちょっと違うみたいな話聞いたもんだから」

――こいつ。

聞こえなかったふりをして三上は廊下を歩きだした。その肩をポンと馴れ馴れしく叩き、山科は隣の記者室に入っていった。閉まりかけたドアの向こう、幾人もの記者が難しい顔を寄せ合っているのが見えた。

5

昼休みでもない限り、二階の廊下で人と擦れ違うことは稀《まれ》だ。会計課。教養課。監察課……。各課の扉は固く閉ざされ、中の様子は窺い知れない。静かだ。ワックスの効いた廊下に三上の靴音だけが響く。

「警務課」――褪《あ》せたプレートの文字が幾ばくかの緊張を要求してくる。

三上はドアを押し開いた。正面奥の白田《しろた》警務課長に黙礼し、歩きながら目の端で窓際の調査官デスクを見た。

二渡の姿はなかった。卓上スタンドは消えていて書類も出ていない。休みでないなら北庁舎二階の「人事部屋」かもしれない。来春の人事策定作業が始まったという専らの噂だ。幹部人事の青写真は二渡が作る。石井秘書課長にそう聞かされて以来、ずっと胸のもやもやが続いている。三上のケースはどうだったのか。まさかの出戻り異動は、真実、赤間警務部長の一存によるものだったか。

三上は課のフロアを突っ切り、部長室のドアをノックした。どうぞ。返ってきたのは石井の声だった。電話と同じだ。いつもより一オクターブ高い。

「失礼します」

三上は分厚い絨毯《じゅうたん》を踏んだ。

赤間はゆったりとソファに凭れていた。突き出した顎を指で摩《さす》っている。金縁眼鏡。

縦縞のオーダーメイドスーツ。斜めから繰り出してくる冷ややかな視線。初任科生あたりが安直にイメージしそうなキャリア組の外見は今日も変わりない。三上より五つ下の四十一歳。その赤間の脇で太鼓持ちよろしく畏《かしこ》まっている髪の薄い五十男が石井だ。手招きしている。

三上の着座を待たずに赤間が声を掛けてきた。

「昨日は大変でしたね」

夕立にでも降られたぐらいの軽い口調だった。

「いえ……私事で職務に支障をきたし、申し訳ございませんでした」

「気にすることはありませんよ。さあ、座って。現地はどうでした？ よくしてくれましたか」

「ええ。署長をはじめ、皆さんに大変よくしていただきました」

「それはよかった。僕のほうからも礼を言っておきますよ」

保護者のごとき物言いが耳をいたぶる。

三月前。そうするしかなく赤間を頼った。娘が昨日家出をしたと報告し、最寄りの所轄だけでなく県下各署に捜索を依頼したいと願い出た。その眼前で赤間は思いがけない行動に出た。三上が持参した捜索願の写しに一筆書き添え、石井を呼びつけて本庁にファックスするよう命じたのだ。宛先は生活安全局か。刑事局か。あるいは長官官房だったか。ペンを置いた赤間は三上に言った。安心なさい。今日中に北海道から沖縄まで特別な手配が回りますよ。

あの時の赤間のしたり顔が忘れられない。それが本庁キャリアの力を見せつけた優越感だけでないことはすぐにわかった。結果を期待している目だった。服従を拒み続けてきた地方の警視が今まさに陥落する、その瞬間を見逃すまいと金縁眼鏡の奥から三上の顔を凝視していた。体の芯が震えた。弱みを握られたのだと悟った。しかしあの時、娘の身を案じる一人の父親として、ほかにとるべきどんな態度があったろう。

ありがとうございます。このご恩は忘れません。三上は頭を下げた。テーブルよりも、膝頭よりも深く――。

「しかし、これで二度目ですよね。いちいち現地へ行くのは大変でしょう」

赤間は今日もあゆみの話題を引っ張った。

「前にも言いましたが、娘さんの情報をもっと所轄に流したらどうです。顔写真と身体特徴だけでなく、指紋とか歯のカルテとか色々あるでしょう」

言われるまでもなく考えたことだった。連絡があるたび死顔の白布を捲るのは拷問に近い。美那子の神経は擦り切れる寸前だ。しかしそれでも二の足を踏む。指紋。掌紋。歯型。歯の治療痕。それらは死体の身元確認にこそ有効な情報だ。娘の死体を探して欲しい。そう言っているかのようで、どうにもたまらない気持ちになる。

「その件はもう少し考えさせて下さい」

「早くそうなさい。そのほうがロスが少ないですからね」

噴き上げた怒りを理性がねじ伏せた。挑発だ。試しているのだ、服従の深度を。

――ロスだと？

三上は気を改めて言った。

「部長、お呼びの用件は何でしょう」

途端、赤間の瞳から好奇の色が消えた。

「実はね――」

代わって石井が身を乗り出した。喋りたくてむずむずしていたのはわかっていた。

「長官が視察でお見えになるっていうんだ」

三上の反応は遅れた。あまりに思い掛けない話だった。

「長官視察……？」

「急な連絡が入ったんだ。来週の今日だって言うからこっちも忙しいよ。いやぁ、しかし何年ぶりだろう、長官の視察は」

キャリア組の赤間がここにいるから余計に感じるのだろう。三上は嬉々《きき》とする石井を恥じる思いで見つめた。警察庁長官。二十六万人の警察ピラミッドの頂点に立つ男である。地方警察の人間にとっては文字通り雲の上の存在だ。しかしだからといって、その長官が視察に来ることがそれほど嬉しいか。こんな時に石井という男の底が知れる。田舎育ちの若者が都会に思いを馳せる感覚そのままに、警察庁に対して無垢な憧憬と畏敬の念を抱き続けているのだ。

「何の視察ですか」

三上は仕事の頭で訊いた。広報官である自分が呼ばれたからには宣伝色の強い視察に違いない。

「ロクヨンですよ」

答えたのは赤間だった。

三上はぎょっとして赤間を見た。意味ありげな笑みが目元にあった。

ロクヨン——十四年前の「翔子《しょうこ》ちゃん誘拐殺人事件」を指す符丁だ。Ｄ県警の管内で初めて起きた本格的な誘拐事件だった。身代金二千万円をまんまと奪われ、攫《さら》われた七歳の少女は無惨な死体で発見された。犯人不詳。未だ事件は解決をみていない。当時、捜査一課の特殊犯捜査係に在籍していた三上は「直近追尾班」の一員として身代金の受け渡し場所に向かう父親の車の後を追った——。

痛恨の記憶を呼び覚まされた衝撃もさることながら、刑事部内で密かに流通している事件の符丁を、キャリアであり捜査の門外漢である赤間の口から聞かされた驚きは大きかった。「調査魔」「データ魔」と陰口される男だ。在任一年半、情報吸い上げの下部人脈は刑事部テリトリーにまで及んでいるということか。

だが……。

別の疑問が取って代わった。

ロクヨンがＤ県警史上、最悪の事件であることは論を俟《ま》たない。警察庁レベルでも依然として重要未解決事件のトップランクに位置づけられている。しかし発生から十四年の歳月が経過し、事件そのものがすっかり風化してしまったこともまた否めない事実だ。当初、二百名態勢で立ち上げた特別捜査本部も縮小の一途を辿り、現在の在籍捜査員は二十五名に過ぎない。特捜本部の看板を下ろしてしまったわけではないが、部内的な呼称は「専従班」に格下げされている。公訴時効まで余すところ一年と少し。巷《ちまた》で事件の話題を耳にすることはなくなった。市民からの情報提供もとっくに途絶えたと聞く。マスコミにしたって思い出したように年に一度、事件発生日に合わせて申し訳程度に記事にするだけだ。そんな苔むした事件が、なぜ今頃になって長官視察の対象となったのか。時効まで最善を尽くす。そんな世間向けの打ち上げ花火か。

「視察の目的は何ですか」

三上が訊くと赤間は笑みを濃くした。

「担当捜査員の激励と内外へのアピールですよ。凶悪事件は必ず検挙するという意思表示ですね」

「しかし十四年も前の事件です。時効を意識した視察、ということでしょうか」

「アナウンス効果の点からみれば事件は古いに越したことはないのだと思います。今回の視察は長官自身の発案のようですが、ま、国民に対するアピールというよりは、むしろ部内向けでしょうからね」

部内向け。最後の一言で腑に落ちた気がした。

――東京の事情ってことか。

おそらくそうだ。昨年来、警察庁のトップ人事は慌ただしかった。主流の警備局を抑えて四代ぶりに刑事局出身の田辺《たなべ》が長官に就任し、刑事警察の建て直しを高らかに宣言した。ところが、その田辺はわずか半年後の今年七月、急性高血圧症で呆気《あっけ》なく他界した。後任には警備局出身の小塚《こづか》次長が座った。順当な持ち上がり人事だったとはいえ、あまりにスピーディーな決定に、却って田辺の悲劇的な死が際立った。もとより判官贔《びい》屓《き》の現場警察官の目には、田辺の急逝を好機として警備局が再び長官ポストを奪い返したと映らないとも限らない。要するに視察は小塚のポーズだ。自分は田辺の遺志を継ぐ。決して刑事警察を疎《おろそ》かにするものではない――。

「じゃあ、具体的な視察日程を話すよ」

石井がメモ用紙を手にした。三上は慌てて手帳を取り出した。

「まだ決定ではないけどね。えー、長官は車で正午に来県。本部長と昼食の後、すぐに佐田町の死体遺棄現場を視察。そこで花束と線香――取って返して中央署の特捜本部を激励。その後、被害者宅を慰問。そこでまた線香だね――被害者宅を出て車まで歩く間、ぶらさがりで記者会見――とまあ、ざっとこんな日程だ」

三上はメモの手を止めた。

「会見はぶらさがり？」

立ったまま、あるいは歩きながら周囲を記者が取り囲むようにして行う取材形式のことだ。

「ああ、うん。長官官房がそう言ってきてるんだ。会議室とかで硬くやるより行動的に見えるってことかな」

ふっと心が翳《かげ》った。記者たちの険しい顔が脳裏を過《よぎ》ったからだった。

「写真撮影は？　遺棄現場ですか」

「いや。被害者宅だね」

「記者を被害者宅に入れるんですか」

「狭いかい？」

「いえ、そうではありませんが……」

「長官が仏壇に手を合わせて、その後ろに被害者の肉親。そんな構図の絵をテレビや新聞に流したいらしいんだ」

警察組織の最高責任者が事件解決を遺族に誓う。確かにインパクトはあるが。

「時間がありませんからね。一両日中に遺族の了解を取り付けなさい」

赤間が横から言った。いつもの命令口調になっていた。

三上は曖昧に頷いた。

「どうしました？　何か問題がありますか」

「いえ……」

遺族が長官の慰問を拒むことはあるまい。しかし自分が遺族宅に頼みに行くのは気が引ける。事件当時、被害者の両親とはろくに言葉を交わしていない。深く接触していたのは専ら「自宅班」のメンバーだ。異動もあった。事件発生から三カ月後、三上は捜査二課に配属され、ロクヨンとはすっかり疎遠になった。

「……わかりました。取りあえず、専従班の人間にあたって、遺族の最近の様子を聞いてみます」

言葉を選びながら言った。すると赤間は不快そうに眉を寄せた。

「その必要はないでしょう。あなたは遺族と面識があるらしいじゃないですか。刑事部に持っていかず、あなたが直接交渉なさい」

「えっ……？」

「だってこれは警務の仕事なんですから。刑事部が絡むとややっこしくなるでしょう？セッティングが終わったら、僕のほうから刑事部長に話します。それまでは内々で話を進めなさい」

——内々で？

赤間の真意を測りかねた。刑事部の頭越しに話を進める？　そのほうが余程ややっこしい事態を招くに決まっている。事件は、ほかならぬロクヨンなのだ。

「それと、マスコミのほうですが——」

赤間は構わず話を先に進めた。

「あなたはこうしたケースは初めてでしょうから話しておきます。形式こそラフなぶらさがり会見ですが、だからといって長官相手に何の制約もなしに取材を許すわけにはいきません。議会対策並みの段取りが必要です。突飛《とっぴ》な質問や恣意的《しいてき》な質問でもされて、長官が返答に窮するようなことがあったら事ですからね。まずは記者クラブに事前に質問項目を書かせて提出させなさい。当日の質問時間は十分程度。質問者は幹事社の記者一人に限定します。イレギュラーの質問などが決してないように記者クラブに固く申し入れておくこと――わかりましたか」

三上は手帳に目を落とした。確かに記者クラブとの事前協議が不可欠だ。しかし今の状況で彼らとまともな話し合いの場が持てるか。

「記者たち、今日もずいぶんと騒いでいたようですね」

即座に不安を見透かされた。いや、いるのだ。広報室の情報をリアルタイムで赤間に上げている人間が。

「実際、どんな状況なんです？」

「かなり拗《こじ》れています。匿名問題を撥ねつけましたので」

「それでいいんです。決して弛《ゆる》めてはいけませんよ。彼らは少しでも隙を見せたら図に乗って付け込んできます。力で押さえつけなさい。所詮は、こっちが情報を出すほう、向こうは受け取るほうなんですから。それをよくよくわからせることです」

難題を涼しい顔で言う。

指示の中身も理解し難かった。なぜこうまで赤間は頑《かたく》なに強硬姿勢をとるのか。真性のマスコミ嫌いだとして、それでも本庁の官僚的頭脳は迷わず効率の良い記者対策を選択するはずだ。だがそうしない。端《はな》から「飴」の効能は無視か。損得勘定の天秤に掛けてみることもしないのか。

話は終わったようだった。赤間は探し物を思いついたらしく、上着のポケットを順に探っていた。

三上は横目で石井を見た。メモ用紙に何やら赤字を入れている。浮かれたままだ。悪い勘は当たった。部長室に入る前に比べて何割増しか気が重い。

「では失礼します」

三上は手帳を閉じて席を立った。その一連の動作に面従の素振りを嗅ぎ取ったのかもしれない。部屋を出ようとした時、赤間が声を掛けてきた。

「しかし本当によく似てますね。可愛くて仕方ないでしょう」

足が止まった。三上は恐る恐る振り返った。

赤間は捜索用のスナップ写真を手にしていた。

本当によく似ている――。

今もってあゆみが家出した経緯は話していない。なのに顔に火を浴びた気がした。それは一瞬にして三上の無表情を引き剝がした。

赤間は満足したようだった。

「指紋や歯のカルテの件、もう一度奥さんとよく話してみなさい。僕もできるだけのことはしたいと考えています」

「……ありがとうございます」

抗《あらが》えたのは数秒だった。

三上は深く腰を折った。己の血流を、体の幾つもの場所で感じていた。

6

「ちょっと昼は帰れそうもないんだ」

〈いいから、気にしないで〉

「飯はどうする」

〈大丈夫。朝の残りで済ませます〉

「篠崎スーパーで何か買ってきたらどうだ」

〈……………〉

「車で行ってこい。往復十五分ってとこだろう」

〈でも、朝の残りがあるから……〉

「だったら草月庵で蕎麦でもとれ」

〈……………〉

「なっ、そうしろ」

〈……わかりました〉

「ん。今日はそうしろ。けど本当は少し外に出たほうが――」

〈あなた……〉

電話を切りたい。美那子はいつものように余韻で訴えた。あゆみが家に連絡を寄越した時、話し中になってしまうのを恐れている。電話機は最新式のものに替えた。キャッチホンの契約をし、昨年地方エリアが拡大したナンバーディスプレイのサービスにも加入した。だが美那子は丸め込まれまいとするかのように「でも万が一」を繰り返す。

「わかった。もう切る。蕎麦は何か栄養のあるのにしろよ。いいな」

〈そうします〉

三上は携帯を切り、城址公園のあずまやを出た。広報室から掛けられる電話ではないし、本部の敷地内でこそこそするのも嫌なので、歩いて数分のここに足が向く。北風はさらに強まっていた。三上は背広の襟をコートのように立てて本部に戻る道を急いだ。美那子の沈んだ声が消えずに耳にある。共倒れだけは避けねばと思う。あゆみが家出した後、美那子は家に落ち着いていることがなかった。あゆみの消息を摑もうと必死だった。写真を手に近場を当たり、僅かな手掛かりを頼りに方々を訊ね歩き、東京や神奈川にまで足を延ばした。それが今は家から一歩も外に出ようとしない。ひと月前の無言電話を境にそうなった。

一度きりではなかった。無言電話は同じ日に三度あった。あゆみの逡巡《しゅんじゅん》に思えた。その想像はきりなく膨らんだ。以来、美那子は終日家に閉じ籠もって電話を待っている。

体に悪いと言っても聞き入れない。電話機を買い替えた効果もなく、生活はがらりと変わった。日用品は通販に頼る。宅配業者から食材を取り寄せて夕食を作り、翌朝と昼はその残りで済ませる。いや、おそらく三上の目がない昼は何も口にしていなかったと思う。

本部近くのスーパーで弁当を二つ買い、昼休みに自宅に戻るのが三上の日課になった。そのことだけをとれば刑事でないことが幸いした。広報は夜も比較的早く帰れる。大きな事件でも起きれば記者に先んじて現地に赴くが、それだって刑事時代とは違って何日も所轄の道場に泊まり込むようなことにはならない。大抵の場合、夜は帰れる。美那子の傍にいてやれる。

とはいえ、それが美那子にとって心強いことなのかどうか、本当のところ三上は自信が持てずにいた。昼休みに戻った時や早く帰宅した日は、電話番をするから買物にでも行ってこい、と言ってみる。頷きはするものの、しかし決して外出しようとしない。その頑なさは、家出をする前、部屋に籠もりっきりになったあゆみの姿と重なる。もし仮に、引き籠もっていた時間の長さに比例してあゆみの心の侵食が進んでいったのだとしたら、それは美那子にも同じことが言えるのではないか。外には刺激がある。光があり、季節があり、人々の営みがある。たとえ身を切るほどの不安や苦痛でさえ、ほんの一瞬、忘れさせてくれる発見がある。死体の身元確認。目的がそうでなかったなら、三上は美那子が同行した昨日の北国行きを喜べた。

だが……。

美那子が電話に拘泥《こうでい》する気持ちは痛いほどわかるのだ。あゆみの家出から二月《ふたつき》、何の情報も得られず絶望の淵にいた夫婦にとって、あの電話はまさしく命の糸が繋がった瞬間だった。

その日は夕方、県北部が激しい豪雨に見舞われた。土砂崩れの連絡が広報室に相次ぎ入ったため、三上は帰宅が遅く、三度の電話のうち二度までは美那子が出た。最初は午後八時過ぎに掛かってきた。三上です、と美那子が応じた途端、通話が切れた。二度目は九時半丁度だった。電話が鳴った時、美那子はあゆみからだと直感したという。今度は名乗らずに受話器を耳に押し当てた。強く出られると萎縮《いしゅく》する子だ。せっついてはいけない。待っていればきっと自分から話し始める。美那子はそう念じて待った。五秒……十秒……。だが相手は一言も発しない。たまらずあゆみの名を呼んだ、その直後に通話が途絶えた。

携帯に連絡を寄越した美那子は取り乱していた。三上は急ぎ帰宅した。もう一度掛けてきてくれ。祈る思いで電話を待った。午前零時近くになってベルが鳴った。引ったくるように受話器を取った。無言の間。鼓動が一気に速まった。呼び掛けた。あゆみか？あゆみなんだろ？　応答はなかった。昂《たかぶ》った。あゆみ！　どこにいる？　帰って来い！何も心配するな、今すぐ帰って来い！　帰ってきてくれ！　あとは覚えていない。名前を呼び続けていたのだと思う。そうするうち電話がぷつりと切れた。

放心した。しばらくはその場を動けなかった。警察官でも刑事でもない、ただの父親だったと後で思い知る。背景音に耳を澄ませるイロハすら頭から飛んでいた。携帯は買い与えていない。公衆電話からだったと思う。通話中、微《かす》かな音を聞いた気はする。それが息遣いだったのか、都会の雑音だったのか、あるいは別の何かだったのか、必死に思い出そうとしたが駄目だった。強弱のある連続的な音。そんなあやふやな、記憶とも呼べない記憶だけが残された。妄想ばかりが膨らんだ。間断なく車が流れる深夜の街。歩道の電話ボックス。その中にうずくまるあゆみの姿——。

あゆみに決まってる。

三上は呟いた。歩調が乱れた。知らずに拳を強く握っていた。

あゆみでなくて、誰が三度も無言の電話を掛けてくると言うのだ。電話帳のことだってある。三上は官舎に入居していない。美那子と結婚後、体が弱った両親の面倒をみるために実家に入ったからだ。当時は電話帳に父の名で番号が掲載されていた。やがて母が病没し、あのロクヨンが発生したすぐ後に肺炎を拗らせて父も逝った。家長となった三上は、警察の習わしに従って電話帳掲載を打ち切る手続きをとった。それ以降、毎年更新される電話帳に家の番号は載っていない。刑事の経験に照らして言えば、愉快犯的な無言電話や猥褻《わいせつ》電話の大半は電話帳が用いられている。要するに、番号を載せている一般家庭に比べて三上の家に悪戯《いたずら》電話が掛かってくる可能性は極めて低いのだ。

でたらめに押した番号がたまたま三上の家だった。女が電話に出たので調子に乗って二度三度と掛けた。そんな偶然もありえなくはない。もとより組織の中なら番号を知っている者は幾らもいるし、二十八年も勤めているのだ、三上に敵愾心《てきがいしん》を抱いていそうな男の顔だって二つや三つは浮かぶ。だが、そうした可能性を並べ立てることに何の意味があるだろう。あゆみからの電話だった。そう信じ、そう言い張る以外に、夫婦は自分たちの娘が生きていることを具体的に表現する術《すべ》がない。電話があった。二カ月生きていた。だから三カ月経った今も生きている。それが思いのすべてだ。

三上は裏門から本部の敷地に入った。

ずっと考え続けている。三度の沈黙……。あゆみは何を言いたかったのだろう。言いたかったのではなく、こっちの声を聞きたかったのか。二度電話したが二度とも美那子が出た。だから三度目を掛けてきた。三上の声も聞きたかったからだ。

時折こうも思う。あゆみは美那子にではなく、三上に話したいことがあった。三度目にやっと三上が出た。言おうとしたが、しかし言葉にできなかった。

三上に伝えたがっていた。心の中では言っていた。ごめんなさい。この顔のままでいい――。

突如、三上は立ち眩《くら》みに襲われた。通用口から本庁舎に入ってすぐだった。またか。思った時にはもう視界と平衡感覚を失っていた。しゃがめ。脳が命じたが、手は未練がましく支えを求めた。ひんやりとした壁に触れた。それを頼りに堪《こら》えた。やがて視界がゆっくりと戻ってきた。光……蛍光灯……灰色の壁……。

その壁に嵌《は》め込まれた姿見にぎょっとした。肩で息をする自分の姿が映っていた。吊り上がった目。太い鼻。張り出した頬骨。剝き出しの岩盤を連想させる形相だった。背後で甲高《かんだか》い笑い声が上がった。笑われた。瞬時そう思った。息を殺して見つめた姿見の中を笑顔が横切った。交通課の婦警が二人、安全教室で使う腹話術人形を玩具にしながら歩く姿だった。

7

三上はトイレで顔を洗った。手のひらに移った脂汗は水を弾くほどだった。鏡は見ずに顔を拭い、広報室に戻った。ソファで諏訪係長と蔵前主任が額を寄せていた。記者室に潜り込んで各社の様子を探っているはずが、二人揃って部屋に舞い戻っているのはどういうわけか。

「隣はどうした」

思わず声が尖った。さっきの張り切りようが嘘のように、諏訪がひどくバツの悪そうな顔で立ち上がり、蔵前は背中を丸めて自分のデスクに向かった。

諏訪の声は小さかった。

「すみません。追い出されました」

「追い出された？」

「面目ありません」

三上は少なからず衝撃を受けた。記者室に治外法権的な側面があることは認める。しかし元をただせば警察が取材の便宜を図るために報道各社に貸し与えている部屋だ。その部屋から大家である警察官を締め出すとは穏やかでない。

「そんなにカリカリしてるのか」

「ちょっと普通じゃない感じです」

「火元はやはり東洋か」

「です。かなりアジって他社を煽《あお》ってます」

脳裏に秋川の顔が浮かぶ。

〈D県警は我々をまったく信用していない。そういうことでいいですね〉

嫌な言葉だった。

「どうにかならんか」

「ええ……。もちろん消火しますが、すぐにというわけにはいかないかもしれません」

歯切れが悪かった。もったいつけているふうもない。諏訪といえども今回ばかりは勝手が違うということか。

三上は自分のデスクについた。煙草に火を点け、懐から手帳を取り出した。

「長官が来るぞ」

「えっ……？」

諏訪は目を丸くした。蔵前と美雲も仕事の手を止めて三上を見た。

「視察だ。翔子ちゃん事件の現場と遺族宅を回るそうだ」

「いつです」

「来週の今日だ」

「来週！」

諏訪は素《す》っ頓狂《とんきょう》な声を上げ、ややあって吐き出す息とともに言った。

「また随分とまずい時に……」

「取り敢えず隣に告知してくれ」

三上は手帳を開きながら言った。長官の視察スケジュールを諏訪に写させる。

「ぶらさがりの時間は十分だ。質問はせいぜい三つか四つだな」

「ですね」

「連中はどうやって質問を決めるんだ」

「各社がそれぞれ質問項目を考えて、幹事社がまとめるっていうのが普通です。まあ、どこの社も聞きたいことは似たり寄ったりでしょうが」

三上は一つ頷いた。

「今から伝えて、いつこっちに質問内容を上げさせられる」

「それは……」

諏訪は口籠もった。無理もない。たった今、記者室を追い出されたばかりだ。

「週明けまでに寄越すように言ってくれ。上が質問内容を見たいと言ってる」

「わかりました。やってみます」

言わされた顔で、しかし諏訪は二度三度と頷いて見せた。

——どうにかなる。

三上は楽観を精一杯胸に広げた。未解決誘拐事件の長官視察だ。どこの社にとっても十分ニュース価値があるはずだ。きっと話に乗ってくる。「匿名問題」は一時休戦。そういうことにすればいい。

席に戻り掛けた諏訪が踵《きびす》を返した。首を捻《ひね》っている。

「しかし広報官、なぜ今頃になってロクヨンの視察なんですか」

赤間部長が口にした時ほどではないにせよ、「ロクヨン」の響きは胸を波立たせた。

「刑事警察をPRしたいらしい」

おざなりに言って三上は席を立った。

事件発生から十四年。もはや捜査に携わった者たちだけの符丁ではなくなったということだろう。とはいえ、捜査の門外漢二人の口から僅かな時間差で最大級の符丁を聞かされれば、嫌でも警戒心が喚起される。さっきも部長室で思った。広報室の内情は赤間に筒抜けだ。三上が着任した日から、それは変わることなく続いている。

三上は諏訪を見ずに言った。

「じゃあ隣のほう、うまくやってくれ。俺はちょっと出る」

「どちらへ」

「被害者宅だ。慰問の段取りをつけてくる」

三上は蔵前に目をやった。

「お前、出られるか」

部下を運転手に使うことは滅多にないが、立ち眩みを気にした。今日ばかりではない。ここ二週間ほど突然の目眩《めまい》に悩まされている。

「すみません。これから鉄警隊の車内一斉補導の取材が入っていまして」

恐縮する蔵前の向こうで、美雲が存在をアピールするように首を伸ばしていた。

お前はいい。喉まで出掛かった言葉を呑み込んだ。職務に対する熱意なら蔵前の数段上をいく。それに元は交通課の婦警でマイクロバスの運転だって楽々こなす。

外は砂埃《すなぼこり》がひどかった。

本部の玄関を出るなり、美雲は額に手を翳《かざ》して向かい風の中を駐車場へ走った。一分と待たずに広報官専用車が現れ、大胆なハンドルさばきで玄関前の車寄せに横付けされた。

「場所はわかるか」

言いながら三上は助手席に乗り込んだ。

「はい。知ってます」

即答して美雲は車を発進させた。

心外な質問だったか。D県警の人間で「翔子ちゃん事件」の被害者宅を知らない者はもぐりと言っていいだろう。だが美雲の若さが三上の感覚を鈍らす。二十三歳になったばかりだから事件発生当時は九歳。殺された少女と幾つも変わらなかったことになる。その美雲が運転する車で被害者宅に向かう。やはりあれから途方もない時間が流れたのだ。

本部を出てすぐ、せんべい屋に寄って手土産を買った。国道はすいていた。県道との交差点を右折してしばらく走るとビルが消え、道沿いの商店も次第に疎らになってくる。まもなく合併前の旧森川町地区だ。

「あの、広報官」

美雲が前を見たまま言った。

「ん？　何だ」

「よかったです……。お嬢さんじゃなくて……」

昨日のことを言っている。

「きっと見つかります……。絶対です」

鼻声になった。目元も怪しい。

こんな時、三上はどう言葉を返せばよいやらわからなくなる。

頼むから放っておいてくれ。それが本音に近かった。警察職員とその家族の秘密は厳重に守られている。だがそれは外部に対しての話であって、組織の中では空気感染でもするかのように知れ渡る。同僚たちはふとした時にあゆみの消息を訊いてくる。善意からだ。心配してくれてのことだ。幾ら自分に言い聞かせてみても素直に感謝する気持ちになれない。赤間は論外としても、同類とおぼしき人間も少なくないのだ。さして親しくもないのに、三上を見つけると難しい顔を作ってにじり寄ってくる。拗れていた三上との関係修復にこれ幸いと利用する者もいるし、ただもう露骨に恩を売ってくる奴だっている。そうした連中に限って、さも心のこもったような気遣いの言葉を口にする。三上が頭を下げ、感謝の言葉を返すのを満足そうな表情で見つめる。人が嫌いになる。恐ろしくなる。もう誰からの接触も真っ平御免の心境だった。だが――。

「ありがとう」

すっと言葉が出た。隣に座るこの年若い婦警が、信じるに足る数少ない人間の一人であることは疑いがない。

「そんな……」

美雲は頬を赤らめて背筋を伸ばした。

時に危うさを覚えるほど気持ちの真っ直ぐな娘だ。婦警という職業を選択した時点で、既に人並み以上の勤勉さと潔癖性が約束されているとはいえ、やはり美雲は特別に思える。モラルも性も人情も何もかもが乱れきった今という時代を逃れようもなく確かに生きてきたはずなのに、彼女は濁りの堆積を少しも感じさせない。容貌も清楚で美しい。若い頃の美那子にどことなく似ている。独身警察官の多くが熱を上げるのは当然として、記者室の中にも、あわよくば美雲を東京に連れ帰ろうと狙っている者が少なからずいる。

東洋の秋川もその一人なのだと諏訪は言う。三上が記者対策に美雲を使わずにいる、最たる理由はそこにある。

前方には民家の散在する田園風景が広がっていた。Ｄ市の西の端、あと少しで隣村との境を迎える川の縁に、まず体育館を思わす造りの巨大な漬物工場が現れ、次いで同じ敷地に建つ瓦屋根の純和風住宅が見えた。

雨宮《あまみや》漬物――小ぶりの樽に漬けた茄子《なす》や胡瓜《きゅうり》をそのまま商品として出荷するアイディアが受けて急成長した。マスコミにしばしば取り上げられ、だが結果を見れば、その評判の高さが犯人の目を雨宮家に向かせてしまったのかもしれなかった。

美雲に指示して、雨宮の家から少し離れた空き地に車を停めさせた。

「ここで待て」

美雲を両親の前に座らせるのは無神経に思えた。何事もなければ、雨宮翔子は美雲と同じ年頃の娘に成長していた。

三上は車を降り、当時は未舗装だった細い道を踏みしめて歩いた。

必ずホシを縛ってやる――。

滾《たぎ》る思いを胸にこの家の門を潜《くぐ》った日のことが思い出された。あれから十四年。よもや組織のＰＲのお膳立てをするために再びここを訪れることになろうとは……。

そうでなくとも思いは複雑だった。瞬《また》きにあゆみの姿が過る。娘を亡くした遺族との面談を、単なる仕事と割り切るのは難しい。

三上は背広の前を整え、だがすぐには呼び鈴を押せず「雨宮」の表札を見つめた。

8

点けたばかりのファンヒーターが、音を立てて温風を吐き出し始めた。

「大変ご無沙汰致しました」

三上は座布団を遠慮して畳に両手をついた。頭を下げたまませんべいの箱を滑らせる。

雨宮芳男《よしお》は微かに頷いただけだった。

通された居間はやや壁がくすんだと感じたものの、調度品も配置も十四年前のままといった印象だった。しかし雨宮の風貌には、その歳月を凌駕《りょうが》する劇的な変化があった。五十四歳。到底そうは見えない。伸ばし放題の真っ白い髪。艶のない土気色の顔。病的に頬がこけ、額と目元にはナイフで切り刻んだかのような皺《しわ》が無数に走っている。娘を殺された父親の顔。そうとでも形容するほかない、悲哀と苦悩がべったりと張りついた顔だった。

隣が仏間だ。襖は開け放ってあり、正面奥に据えられた立派な仏壇が嫌でも目に入る。写真が飾られている。被害者の翔子。その隣に雨宮の妻……。知らなかった。雨宮敏子《としこ》はいつ他界したのか。

お参りを――。三上は言い出すきっかけを摑めずにいた。座卓の真向かいにいる雨宮は脱け殻の態《てい》だった。視線は三上の胸の辺りにあるが、落ち窪んだ瞳は別の何かを見つめているようで確かさがない。

重苦しい沈黙に堪えかね、三上は名刺を取り出した。雨宮のほうから名前を呼んでくれる。懐かしがってくれる。そんな再会の絵を頭のどこかで期待していた。気後《きおく》れもあった。刑事でなく広報担当。それを知らせることへの罪悪感が膨らんで、名刺を出すタイミングを失していた。

「申し遅れました。今、こういう部署におります」

目に見える反応はなかった。

雨宮の右手は座卓の上に置かれている。手の甲も指も皺だらけで脂気がない。人差し指の爪は先端がひび割れ、皮膚も含めて血豆のように黒ずんでいた。その指先が痙攣《けいれん》でも起こしたかのようにピクッ、ピクッと動く。だが、三上が座卓に置いた名刺には触れない。

社会性の喪失。世捨て人。そんな領域に入ってしまったようにすら見える。仕事をしていないからかもしれない。事件の後、雨宮漬物の経営は従兄弟《いとこ》に任せきりだと耳にしたことがあった。

「雨宮さん」

まずは訊かねばならない。

「奥さんはいつ……？」

雨宮はぼんやりとした目を仏壇に向けた。しばらくそうしていた。やがてゆっくりと顔が戻った。瞳にくすんだ光が宿っていた。

「……六年前に脳梗塞で倒れて……とうとう去年……」

「そうでしたか……」

凍りついた感情が融け始めている。そう察しつつも三上の仕事の頭は動き出さなかった。

「まだお若かったのに……」

「まったくねえ……。なんにもわからないまま……」

犯人の顔を見ずに死んだ。その妻の無念さを改めて思ったのだろう、雨宮は宙に浮かした目を瞬《しばたた》かせた。

胸が痛んだ。無論、三上ひとりでどうこうできた事件ではない。初動捜査に参加しただけだから深く関わった事件とも言い難かった。だが逃げようがない。負い目がある。D県警の人間ならば誰しもそうだ。「翔子ちゃん誘拐殺人事件」。その事件名を耳にするたび忸怩《じくじ》たる思いが胸に広がる。

あの日。昭和六十四年一月五日――。

お年玉を貰ってくる。そう言い残して昼過ぎに自宅を出た雨宮翔子は、近くの親類宅に向かう途中、忽然《こつぜん》と姿を消した。二時間後、雨宮の自宅に身代金を要求する脅迫電話が入った。訛《なま》りのない、やや掠れた三十代から四十代の男の声。型通りの文言だった。娘を預かっている。明日の昼までに現金二千万円を用意して待て。警察に言ったら娘の命はない。電話は雨宮が受けた。娘の声を聞かせて欲しい。懇願したが通話は一方的に切られた。

迷った末に雨宮は警察に届け出た。午後六時を過ぎていた。その四十五分後、本部捜査一課が送り出した「自宅班」の四名が密かに雨宮宅入りした。ほぼ同時にＮＴＴのＤ支店から、逆探知のための人員配置が完了した旨の連絡が入った。だが一歩遅かった。その直前に犯人から二度目の電話が入っていた。金は古い札にしろ。丸越百貨店で売っている一番大きなスーツケースに詰めろ。明日、指定する場所に一人で持って来い。その犯人の声がもし録音できていたなら。逆探知が間に合っていたなら——捜査に携わった人間が例外なく一度は溜め息混じりに口にする台詞だ。

午後八時にはＤ中央署に特別捜査本部が設置された。さらに三十分後、「直近追尾班」の副班長に指名された三上も、翌日の現金受け渡しに関する打ち合わせを行うため雨宮宅に赴いた。自宅班の面々が雨宮夫妻から事情を聴いている真っ最中だった。犯人の声に聞き覚えはないか。最近不審な出来事はなかったか。誰かに恨まれる覚えはないか。退職した従業員の中に金に困っている人間はいないか。夫妻は血の気のない顔を歪《ゆが》ませ、ただ首を横に振るばかりだった。

長い夜だった。誰もがまんじりともせず電話機を睨み付けていた。雨宮は正座の足を崩さなかった。外が白んできても三度目の電話はなかった。敏子は台所で握り飯を作っていた。食べきれない数を作ってしまった後も、また飯を炊き、無心に握り続けた。祈りを捧げているように見えた。だが……。

祈りは通じなかった。

たった七日間で幕を閉じた昭和六十四年という年。平成の大合唱に掻き消された幻の年。だが確かに存在した。犯人はその昭和最後の年に七歳の少女を誘拐し、殺し、そして平成の世に紛れていった。「ロクヨン」は誓いの符丁だった。本件は平成元年の事件に非《あら》ず。必ずや犯人を昭和六十四年に引きずり戻す——。

三上は伏目がちに仏壇を見た。写真の敏子はにこやかだ。戸惑うほどに若い。事件のことなど想像すらしていなかった平穏な日々に撮られたものなのだろう。その屈託のない笑顔は、一人娘を奪われた母親が作れるものではなかった。

雨宮は黙り込んでいた。三上に来訪の理由を質《ただ》すことさえしない。瞳にあった感情は薄れつつある。心ここにあらず——。

三上は一つ咳払いをした。意を決するほかなかった。用件を告げぬまま雨宮を殻の中に帰してしまうわけにはいかない。

「雨宮さん——今日はお知らせしたいことがあって参りました」

お願いしたいこと。そう言うべきだったか。雨宮の表情に変化を感じた三上は慌てて言葉を継いだ。

「実は来週、我がほうの最高幹部がお宅を訪ねたいと申しております。警察庁長官の小塚という者です。事件から長い時間が流れてしまいましたが、無論、警察としては何としてもこの事件を解決したい。そこで捜査員の士気を高めるために長官自ら事件現場を視察し、その後、こちらで翔子ちゃんのお参りをさせていただきたいと……」

息苦しかった。言葉を連ねるほどに胸に悪いガスが溜まっていく。

雨宮は目を伏せてしまっていた。失望は明らかだった。無理からぬことだ。事件から十四年も経った今、長官が事件解決に意気込んでいるなどと聞かされて額面通り受け取る遺族がいるだろうか。警察の都合。ＰＲ。こちらの思惑を見透かされたかもしれない。

三上はそうするしかなく続けた。

「事件が風化しつつあることは否めません。だからこその視察です。今回の長官視察が大きく記事で扱われれば、事件の情報が新たに掘り起こされる可能性もあると思います」

ややあって雨宮は深々と頭を下げた。

「ありがとうございます」

穏やかな声だった。

三上は音のない息を吐いた。安堵の思いと雨宮を丸め込んだ後ろ暗さが相半ばしていた。結局のところ遺族は警察の言いなりになる。その警察に犯人を捕えてもらう以外に無念を晴らす手立てがないからだ。今なら三上にもわかる。娘の家出を逆手に取られ、だからここでこうして警察の宣伝の段取りをつけるべく空疎な言葉を並べ立てている。

三上は手帳を取り出した。部長室でメモを取った頁を開く。

「視察は十二日の木曜日を予定していまして――」

言いかけた時、雨宮のくぐもった声がした。

三上は首を傾げた。

遠慮します。そう聞こえた。

「雨宮さん……？」

「ありがたいお話ですが、その件はご遠慮します。わざわざ偉い方にいらしていただく必要はありません」

必要がない……？

三上は小さく仰《の》け反《ぞ》った。拒絶されたのだ。見た目は脱け殻のまま、だが雨宮の言葉には決然たるものがあった。

「雨宮さん、なぜです」

「理由は……特にありません」

三上は唾を飲み下した。何かある。そう直感した。

「私どもの対応に何か……」

「いえ……」

「でしたらなぜ」

雨宮は口を噤《つぐ》んだ。三上の顔を見ようとしない。

「先ほど申し上げたように、新たな情報が寄せられる可能性があります」

「…………」

「長官といえば警察のトップです。新聞は大きく記事にしてくれると思います。テレビもニュースで流し、多くの人が目にします」

「せっかくのお話ですが……」

「しかし雨宮さん。情報を得られるチャンスをみすみす逃すのは――」

声を大きくしている自分に気づいて三上は言葉を止めた。無理強いできる話ではないのだ。遺族が嫌だと言っている。ならば引き下がるしかないではないか。視察コースから遺族宅が外れたからといって、視察そのものの意義が減じるわけではない。宣伝効果が若干落ちるのは否めないが、長官が現場と専従班を訪ねれば対外的にも部内的にも格好はつく。だが――。

赤間の顔がちらついていた。慰問を断られたと報告を上げたら、あの男はどんな反応を示すか。

こめかみに脈動を感じた。それは秒針のように無言の間を刻んだ。

「またお邪魔することになると思います」

雨宮は言葉を返さなかった。畳に手をついて腰を上げ、頷くような一礼を残して家の奥へ消えていった。

――なぜ拒む。

手つかずのまま残された名刺と手土産を一瞥《いちべつ》し、三上は痺《しび》れた足に活を入れて立ち上がった。

9

本部を空けた僅かな間に動きがあった。

『クラブ総会中につき、関係者以外の立ち入りはご遠慮下さい』

厚紙の札が記者室のドアノブに下がっていた。

広報室には諏訪がいた。

「あれは何だ」

三上が顎で外を指すと、諏訪は笑い損ねたような顔で腰を上げた。

「例の匿名の件を話し合ってます。文書でこっちに抗議する気らしいです」

思わず舌打ちが出た。文書で抗議。三上が広報官になって以来初めてのことだ。

「視察の件はどうした。伝えたのか」

「ええ。伝えることは伝えたんですが、その件も総会に掛けると言ってまして。こっちの段取りにイチャモンをつけるつもりかもしれません」

三上は音を立てて椅子に腰を沈めた。新しい煙草の封を切る。想像以上に悪い方向へ進んでいる。雨宮芳男に慰問を断られたうえ、記者たちの動きも益々雲行きが怪しくなってきた。長官直々の視察。事件はロクヨン。てっきり各社とも食いついてくると思ったが。

雨宮宅で回転の鈍った頭が一気に元通りになった。卓上カレンダーの一点を見る。「12日（木）」。それまでに雨宮を説得し、記者を懐柔せねばならない。

「ま、今夜あたり飲みに誘ってみますが」

諏訪は軽い調子で言った。場違いなその軽さが、却って部屋の空気を重くした。「三上広報」の呪縛が解けて息を吹き返したはずが、早くも手詰まり感を覚えている。そうだとするなら見通しは暗い。

広報マンとして進化を遂げたとはいえ諏訪の本性は寝業師だ。古典的な手法を捨て去ってはいない。記者室に入り浸って雑談の中から各社の思惑や動きを探り出す。将棋、囲碁、麻雀、遊びは何でもとことん付き合って気安さを売り込む。頻繁に記者と飲み歩き、高慢な警察幹部を一人か二人くさしてみせて共感をもぎ取る。そうした昔ながらの泥臭い手法を踏襲しつつ、灰汁《あく》を抜いた話術と駆け引きで自分のペースに巻き込み、諏訪ファンとなった記者を警察ファンへと誘導していく。都内の大学を出ているから東京の話もゼミの話もできる。年齢的にも若い記者たちの兄貴分として振る舞える。そうした利点を武器に記者室に分け入る。彼らの気質の変化を直接肌で感じ取り、その変化に見合った広報マン像を逐次《ちくじ》更新してきた。だが――。

諏訪がイメージする「若い記者」と、いま隣でクラブ総会を開いている若い記者たちとがぴたり重なっているという保証はなかった。若返りではなく様変わり。三上が二十年ぶりに記者室と接した印象はそうだった。女性記者が増えたことも影響してか、平素、彼らは「記者擦《ず》れ」したところがない。奇妙なぐらい生真面目で潔癖だ。酒の付き合いを好まず、飲んでも乱れない。将棋や囲碁に費やす時間を惜しむ。記者室で警察官と麻雀の卓を囲むなどもっての外だ。現に自分が在籍し、様々な恩恵を享受していながら、記者クラブ制度が警察と記者の癒着の温床なのだと真顔で論じる者もいる。

だからと言うべきか、広報室に突きつけてくる要求は厳しい。理があると思えば直線的に攻め立て、手加減ということを知らない。些細《ささい》な行き違いにめくじらを立て、声を荒らげて正当性を主張し、性急に結果を欲しがる。良く言えば個が立っている。悪く言うなら自分勝手で融通が利かない。何より彼らは社会のあらゆる多様化の波を被ってきているから、同年代であっても纏《まと》っている空気がまちまちで一摑みに捉えることができない。その辺りが常に記者室の「平均値」を押さえてきた諏訪を惑わしている。若い記者の残像と現状に齟齬《そご》が生じている。広報マンとして出来上がった気になったところに落とし穴があった。駆け引きが駄目なら取り引きしかありませんよ。しばらく前に諏訪が口にした台詞は、長くいるからこその焦《あせ》りが滲み出たものなのかもしれなかった。

「広報官、ありました」

美雲がスクラップブックを抱えて歩み寄ってきた。三上は一拍遅れて頷いた。帰りの車中、「翔子ちゃん事件」に関する新聞記事の切り抜きを探しておいてくれと頼んであった。

三上は煙草を揉み消した。記者対策は向こうの出方待ちとして、雨宮芳男の説得は急ぎたい。義務感だけではなく、雨宮の内面に迫りたい要求があった。まずは疑問を解消することだ。おそらくそれが説得の材料を生む。

なぜ雨宮は長官慰問を拒んだのか。

事件の記憶が遠のいたから。

ありえない。娘を殺された親が、犯人の顔を見ずして仏になれるはずがない。

警察に失望した。

少なからずあるだろう。膨大な時間と人員をつぎ込みながら、結果としてD県警は犯人逮捕の報を雨宮にもたらしていない。

警察を恨んでいる。

ないとは言い切れない。県警は七千人にのぼる人間の素行を調べ、その中には雨宮の親族も含まれていた。とりわけ実弟の雨宮賢二《けんじ》は有力容疑者の一人に挙げられ、連日厳しい取り調べを受けた――。

三上はスクラップブックを捲った。

雨宮翔子。森川西小学校の一年生。写真は幼稚園児と見紛うほどにあどけない。晴着姿だ。結った髪にピンクの髪飾り。おちょぼ口に紅をさしている。事件のひと月半前、七五三を祝って町の写真館で撮影したものだ。その祝いの席に雨宮賢二は顔を出さなかった。亡父の遺産相続を巡って兄の芳男と揉めていたからだ。当時、賢二は金に困っていた。経営していたオートバイ販売店の資金繰りがつかず、街金に一千万円近い借金があった。

特捜本部が賢二に疑いの目を向けたのは、至極当然の成り行きだった。事件当日の一月五日。翔子は昼食を済ませたあと一人で家を出た。向かった先が、五百メートルほど西にある賢二の家だった。遺産相続のトラブルなど知る由もない。翔子はただ子供用の化粧セットが欲しかった。毎年お年玉をくれる賢二おじさんが今年は姿を見せない。母親の敏子に止められたが笑顔で振り切った。周囲は田園地帯だが、翔子が歩いたのは防風林に沿った死角の多い道だった。その姿を同級生の男児が目撃している。翔子の自宅と賢二の家のちょうど中間点辺りだったという。それが最後だった。以後、生きている翔子を見た者はいない。

後の司法解剖で、翔子の胃の中からは昼に食べた雑煮がほとんど未消化のまま見つかった。家を出てまもなく殺されたということだ。妻子は実家に里帰りしていて、賢二は自宅に一人でいた。翔子は来なかった、姿も見ていないと供述したが、周辺で不審な者や車の目撃証言が得られなかったこともあって、相当に長い期間、賢二は第一容疑者であり続けた。脅迫電話の声は弟ではない。雨宮はそう断言したが容疑は晴れなかった。複数犯説が捜査本部で幅を利かせていた。賢二が完全にシロになったという話も終《つい》ぞ聞かない。おそらく一部の捜査員は今も賢二を本ボシと見なしている。

しかし想像するばかりだ。

十四年間継続している捜査の、ほんのさわりの部分しか三上は知らない。その後どんな人間が捜査線上に浮かび、どう振り落とされ、今現在どれほどの容疑者が残っているのか、具体的なことはまったくわからない。ましてや、実弟に嫌疑の目を向けた県警に対する雨宮の感情ともなると闇を見つめるに等しい。

三上はスクラップの記事を読み進めた。

賢二に関する記述が出てくるわけではない。彼の聴取と周辺捜査は、強行犯捜査係の限られた人間が行った。厳重に保秘が図られ、マスコミに情報が漏れることはなかった。記事になっているのは事件経過だけだ。容疑者ネタに限らず捜査の核心部分は一つとして活字になっていない。最大級の事件に見合った最大級の箝口令《かんこうれい》が敷かれたということだ。事件の大きさに比して記事の総量が極端に少ないのは「昭和天皇崩御」の続報や特集記事と重なったためだ。いずれにせよ、雨宮の殻を破る鍵が記事の中に潜んでいる可能性は低かった。

三上は席を立った。先程から元同僚の顔が頭に浮かんでいた。

「ちょっと出てくる」

諏訪が新聞から目を上げた。

「どちらへ」

「私用だ。隣に動きがあったら携帯を鳴らしてくれ」

諏訪は深く頷いた。お嬢さんの関係。そう早合点した顔だ。

〈刑事部が絡むとややっこしくなるでしょう？〉〈内々で話を進めなさい〉

半ばその禁を破る。行き先が赤間に知れては面倒だ。

美雲もあゆみのことが頭を過ったのだろう、運転を買って出ていいものかどうか迷っている顔だ。必要ないと手で告げ、三上はスクラップブックを腋に抱えて部屋を出た。

廊下に出てすぐ諏訪が追ってきた。妙な動きだった。

「すみません、一点だけ」

「何だ」

「今夜、東洋の秋川を飲みに誘いますが――」

低い声が、さらに低くなった。

「美雲も同席させていいですか」

諏訪の目は本気だった。切羽詰まったような気配すら漂わせていた。そうでなかったら下膨れのその頬を張ったかもしれない。

「蔵前と二人でやれ」

諏訪はすっと目を伏せた。唇の端に浮かんだ微かな笑みは、自嘲とも三上に対する反発ともとれた。

10

三上は自分の車で本部を出た。

同期拝命の望月《もちづき》を当たる。ロクヨンの初動捜査では三上と同じ直近追尾班に配属され、

「追2」のハンドルを握った男だ。その後も特捜本部内に留まり、多重債務者捜査班の一員として事件を追い続けていた。三年前に父親が倒れ、それを機に職を辞して園芸農家を継いだ。地方ではよくある「一身上の都合」だ。退職したところで保秘の縛りは解けないが、それでも現職よりは喋れることが多いだろう。

胸に微かな昂りがあった。広報室で嫌というほど「翔子ちゃん」の活字を目にしたからだ。そうでなくても、この街にはロクヨンの名残《なごり》が多過ぎる。『喫茶あおい』。車は葵町交差点に差し掛かっていた。目は自然と書店脇の青い看板に向く。十四年前と少しも変わらぬ佇《たたず》まいだ。あの店が身代金受け渡しを巡る追跡劇のスタート地点だった。

一月五日の雨宮宅。三上は眠れぬ夜を過ごした。犯人が三度目の電話を掛けてきたのは翌六日の午後四時過ぎだった。意表を突かれた。自宅ではなく漬物工場の一角にある事務所の電話が鳴らされたのだ。逆探知と録音の網を掻い潜った犯人は「サトウ」と名乗り、社長はいるかと尋ねた。一日家にいると聞かされていた女性事務員は、今日は出勤しませんと素っ気なく答えた。犯人は社長に伝言を頼むと言って事務員にメモを取らせた。葵町の『喫茶あおい』で約束の物を受け取りたい。時間は午後四時半――。

前日に雨宮が耳にしたのと同じ声だと推定された。訛りのない、やや掠れた三十代から四十代の男の声だ。たまたま受話器を取ったばかりに、三十二歳の事務員吉田《よしだ》素子《もとこ》は、その後、何百人もの容疑者の声を聞かされる羽目になる。

そんなこととは露知らず、素子は社長宅に電話を入れて伝言を伝えた。雨宮夫妻はもとより、居合わせた捜査員はパニックに陥った。指定された時間まで二十分を切っていたからだ。現金二千万円と大型スーツケースは用意できていた。追尾用のマイクロ発信機の取り付けも完了していた。雨宮の上着の襟の裏にはピンマイクが仕込まれ、犯人が電話で喋った言葉を復唱する練習も済んでいた。しかし時間がなかった。雨宮宅から葵町の『喫茶あおい』までは、どんなに急いでも車で三十分は掛かると思われた。

雨宮は縺れる足で家を出た。自家用のセドリックにスーツケースを押し込み、猛スピードで市内方面に向かった。その車内に「直近追尾班」を束ねる松岡勝俊《まつおかかつとし》が潜んでいた。後部座席の狭い床に布を被って寝そべり、起こりうるすべての事態に備えていた。追尾班の他の四名は二台の車両に分乗し、十メートルほどの距離を保ちながらセドリックを追った。三上は「追1」の助手席にいた。雨宮のピンマイクが発する電波は微弱で、ビル街では数十メートル先までしか届かない。だから雨宮が復唱する犯人の指示内容を近場で傍受し、車載無線を使って特捜本部に逐一知らせることが三上に課せられた任務だった。

『喫茶あおい』には六分遅れの四時三十六分に到着した。雨宮は店に駆け込んだ。店のマスターがピンク電話の受話器を握り、客の顔を見回しながら雨宮の名を呼んでいるところだった。私です。掠れた声を張り上げて雨宮は受話器を引ったくった。数メートル先の窓際の席には刑事とペアを組む美那子がいた。職場結婚した元婦警は「アベック班」の要員として特別招集され、早朝から県警本部の会議室に詰めていた。身代金受け渡し場所の一報が入るや夫役の刑事とともに本部を飛び出し、雨宮が到着する数分前に入店を果たしていた。美那子が雨宮の姿を目の端で捉えていられたのは十秒足らずだった。受話器を置いた彼が瞬く間に店を出て行ってしまったからだ。

案の定、犯人は雨宮を引きずり回した。店と時間を次々と指定して無駄に車を走らせた。まずは国道を北へ向かわせた。『フルーツパーラー四季』から『雀荘アタリ』。次の『純喫茶チェリー』でD市と八杉市の境界を越えた。約一キロ先の信号を右折して市道沿いの『カットサロン・愛々』。その市道を左折して県道を再び北上。八杉市から大里村へ入ってすぐの『ふるさと野菜直売所』。さらに五キロほど走って『大里焼の店』と『民芸品の宮坂』。その辺りまで行くともう山深い。車のすれ違いもままならない登り勾配の村道を双子川に沿ってひた走る。夕闇が迫る。時間は午後六時を回っていた。

直近追尾班の片割れである「追2」に追尾中止の命令が下った。途中の国道や県道で合流した「邀撃班《ようげきはん》」の五台にも同じ命令が伝えられた。雨宮翔子の生死が不明だったからだ。犯人が単独なのか複数なのかもわからない。滅多に車の通らない山間の村道を、七台も八台もの車が数珠《じゅず》つなぎになって走るさまを晒すわけにはいかなかった。

無線の中継役である三上の「追1」が単独でセドリックを追った。車間距離を大きく取り、助手席の三上は外から頭を見られぬようにシートを目一杯倒していた。荒れた路面をかなり登った。最後の指定場所は、県境の根雪山にほど近い『釣り宿・一休』だった。雨宮は精根尽き果てていた。よろつく足で宿の電話に歩み寄った。その耳に犯人はこう吹き込んだ。

五百メートルぐらい手前に橋があったろう。その橋の水銀灯の一つにビニール紐が巻いてある。その真下にスーツケースを落とせ。娘の命が惜しかったら五分以内にやれ――。

この段になって、犯人が大型スーツケースを指定した意図が明らかになった。スーツケースを「舟」として使う。そのために確かな浮力を必要としたのだ。

雨宮は釣り宿の駐車場で車をUターンさせ、指示された「琴平橋」まで戻った。過疎地にありがちな立派過ぎる橋だった。下流に向かって右端の水銀灯にビニール紐が巻いてあった。雨宮は躊躇《ちゅうちょ》なく七メートル下の双子川にスーツケースを投下した。それは落下の勢いでいったん水中に没し、だがすぐにぷかりと浮いて、ゆっくりと下流方向に流れ始めた。見えていたのは数秒だった。山奥の午後七時過ぎだ。水銀灯の光量が及ぶ範囲を越えてしまえば、あとは川も岸も空さえも区別のつかない漆黒《しっこく》の闇だった。

犯人は身代金の受け渡し場所を「点」から「線」に化けさせた。しかもその線は暗闇の中、下流にある堰《せき》までの十数キロに及んでいた。

急遽《きゅうきょ》、特捜本部は大量の捜査員を双子川の両岸に投入した。そのどこかに犯人が潜んでいることは明らかだった。しかしこの時点でも雨宮翔子の安否は不明だった。投光機や懐中電灯は使えない。川沿いの村道を警察車両や捜査員で騒がせるわけにもいかなかった。結果、捜査員を大里村南部の下流地域に集め、そこから密かに岸辺を北上させることにした。真っ暗闇の中、勘を頼りの心許ない捜索だった。

特捜本部内には楽観視する向きもあったという。捜査員同様、犯人のほうだってまともに灯を使えないのだ。ならば暗闇の中を流れてくるスーツケースの発見も回収もできないではないか、と。機械に寄せる信頼もあった。スーツケースに仕込んだ発信機は順調に作動していた。捜査指揮車に据えられた受信機の画面には緑色の光の点がくっきりと浮かび、それはゆっくりと南に向かって移動していた。

その時は誰ひとり盲点に気づいていなかった。

スーツケースを投下した琴平橋の下流、わずか五百メートルの右岸に「龍の穴」と呼ばれる岩場があった。幅三メートルの水中洞窟。この辺りで右岸に近い流れに乗ると穴に吸い込まれる。地元の住民はもちろん、カヌーやラフティングをやる人間たちの間ではよく知られた危険ポイントだった。

右端の水銀灯からスーツケースを落下させた犯人の狙いもそこにあった。後に特捜本部が同じ条件で実験したところ、十回のうち実に九回までが「龍の穴」に吸い込まれた。犯人は穴の手前で待ち伏せてスーツケースを引き揚げた。手早く中の金を奪い、穴の下手で再びスーツケースを川に放った。当時の発信機に、その僅かな時間を「停止」と読み取る精度はなかったということだ。

金を手にした犯人は川岸を離れ、一旦山に入って周辺の村に下りた。あるいは山越えして隣県に逃れたとみられる。川を下り続けた空のスーツケースは、逃走の時間を稼ぎだす役割も果たしていた。そのスーツケースが大里村から八杉市を抜け、D市北部の梁《やな》の足場に引っ掛かって動かなくなったのが、翌七日未明だった。そこに至っても県警は手出しができずにいた。犯人が回収に現れる可能性がゼロでない以上、昼過ぎになってひょっこりと姿を見せた梁の主人がスーツケースを引き揚げてしまうまで、遠く離れた場所からただ双眼鏡で監視を続けているよりほかなかった。寝ずの追跡劇は二十時間に及んだ。「昭和天皇崩御」。三上も含め、その報を午後になって耳にした捜査員も多かった。

そして事件は最悪の結果を見る。スーツケースが引き揚げられた、その三日後の一月十日だった。D市佐田町の廃車置き場で雨宮翔子の死体が発見された。野良犬がひどく吠えるので、解体業者が錆《さ》びついたセダンのトランクを開けてみた。惨《むご》たらしい姿だった。洗濯ロープで後ろ手に縛られ、目と口にガムテープが貼られていた。首には紐で絞められたとみられる暗紫色の索条痕《さくじょうこん》があった――。

平成の幕開けは屈辱に満ちていた。犯人に対する憤怒《ふんぬ》とはまた別に、昭和の落日をもぎ取られたかのような感覚は長く尾を引いた。「平成」をまともに見られなかった。テレビで延々流された昭和天皇の葬送の列は、ロクヨンの初動捜査に携わったすべての者の消沈を象徴していた。

三上はハンドルを右に切った。

市道に入ってしばらく走ると、『カットサロン・愛々』の看板が見えてくる。

雨宮の顔が脳裏にあった。あの日、あの琴平橋で、水銀灯の灯に浮かび上がった血の気のない顔だ。絶望してはいなかった。期待の滲んだ顔だった。身代金は投下した。これで娘は帰ってくる。自分にそう言い聞かせている顔だった。

昼間目にした雨宮の顔は違った。

何も期待していない顔だった。何も信じていない顔だった。

雨宮がもぎ取られたのは感覚や観念などではなかった。生身の、可愛い盛りの実体を失った。昭和も平成もない。雨宮はただ、娘のいない世界を漂流している。

三上は車の速度を上げた。

雨宮を遠く感じた。あゆみは生きている。三上と同じ世界にいるのだ。農村と新興住宅地とが混在する風景の先で、目印の大きなビニールハウスがキラキラと日差しを反射していた。

11

三上は未舗装の道路端に車を停めた。

草花の直売コーナーを兼ねたバラック造りの小屋があり、その向こうに四棟のビニールハウスが連なっている。ここを訪ねるのは三度目だった。前の二回は義理で花を買いに来た。広報に移ってからは初めてなので、かれこれ一年近く足が遠のいていたことになる。

望月の姿が見えた。肥料袋を山積みした一輪車を押してハウスに入るところだった。焦げ茶色のジャンパーは刑事時代のトレードマークだった舶来品だが、下は作業ズボンに長靴だ。すっかり板に付いている。

「望月——」

背中に呼び掛けると、声でわかったのだろう、振り向いた丸顔は既にニヤリと笑っていた。

「珍しいことがあるもんだな」

「言うな。こっちも結構忙しくてな」

辺りは吹きさらしだが、ハウスの中は春のように暖かかった。驚くほど奥行きがある。夥《おびただ》しい数の花苗が遠近法を解説する図のように目に映って壮観だ。こぞって花芽をつけているが、咲いてみないことには三上には何の花かわからない。

「同期会は今日だったっけか」

皮肉っぽく言いながら、望月は椅子代わりの木箱を三上の足元に置いた。

「勘弁しろって。冗談抜きに忙しいんだ」

「へえ、広報がかよ」

刑事の頃のままだ。警務部に対する蔑視と嫌悪を隠すでもない。

「美那ちゃんはどうしてる」

「ん。まあ、相変わらずだ」

「チクショウ、相変わらずベッピンか」

望月は本気で悔しがった。例外なく美那子に熱を上げた一人だ。

「あゆみちゃんは？　高校に上がったんだよな」

「ああ……」

耳に入っていなかったようだ。望月には話しておいたほうがいいと思ったが、しかし今日はこっちが話を聞きに来た。

三上は尻を浮かして木箱を前にずらした。

「実はな、今日、ロクヨンの関係で雨宮の家に行ったんだ」

望月は三上の目を見た。

「やっぱりか」

――やっぱり？

聞き返そうとしたが、望月が先に言葉を継いだ。

「なぜ行った」

「仕事だ」

「仕事って何だ」

「だから広報の用事だ。サッ庁の偉いのが線香を上げたいって言うんで、渡りをつけに行った」

望月は怪訝《けげん》そうな表情を見せた。

「線香が仕事かよ」

「そういうこった。宮仕えだからな、色々やらされる」

「で、行ってどうした」

「あっさり雨宮にフラれちまった。偉い人には来ていただかなくて結構だそうだ」

三上は雨宮宅の様子を手短に話した。望月は浮かない顔で聞いていた。

「とにかく頑なでな。警察には何も期待してないって顔だ。こっちに腹を立ててる感じすらした」

探りを入れた。望月は「そうか」と頷いただけだった。

「いつからああなった」

「いつからって言われてもな……。まあ、確かに年々、無口になっていったよ」

「ウチと雨宮の間に何かあったんじゃないのか」

望月は笑いだした。「ウチ」が引っ掛かったらしい。

「おい、俺はとっくに辞めたんだぜ」

「だから来たんだ。少しは喋れるだろう」

特捜本部が専従班に変わろうとも、ロクヨン絡みの捜査情報はおいそれと滲《し》み出てこない。

「賢二を調べた件を根に持ってるってことはないか」

「そいつはないな。雨宮はひどく弟を嫌ってた」

「相続でだろ？　実際にはどういう話だったんだ」

「賢二の野郎が相続放棄する代わりに雨宮漬物の専務にしろって吹っ掛けたんだ。バイク屋が駄目になっちまってたからな」

「雨宮は蹴ったんだな」

「ああ。あんなぐうたら入れたら会社を潰されちまうと思ったんだろうよ」

三上は大きく頷いた。

「要するに、賢二のことで雨宮が県警に恨みを抱くことはないって結論か」

「ないな。そいつは保証する」

「賢二の容疑は残ってるのか」

「まあ、今となっちゃ、シロって言うしかないだろ。マル暴との付き合いもあったんで、随分と追い込みを掛けたんだがな」

望月は現職の口ぶりになっていた。

三上は短く息を吐いた。

「しかし、あれから十四年も経っちまったなんてな。実際、捜査のほうはどうなってるんだ」

望月は鼻で笑った。

「知らねえよ。けど、まあ今も変わらず灰色地獄ってことだろう。なんせ最初が悪過ぎたからな」

灰色地獄。その陰気臭い形容なら二課にいても時折耳にした。

要するに今現在、専従班は膨大な数の「灰色」の人間を抱え込んだまま途方に暮れているということだ。事件の大きさに惑わされ、初動捜査の段階で網を広く打ち過ぎた。リストアップされた捜査対象者はざっと七千人。それを百人ほどの捜査員で洗った。一人の捜査対象者にそう時間は掛けられない。シロかクロかはっきりしないまま、次から次へと新しい人間を調べねばならなかった。捜査員の力量もまちまちだった。所轄の刑事の中には明らかに質の落ちる者がいたし、山間部から駆り出された「応援組」には捜査経験のない交通畑の者まで混じっていた。日を追うごとに杜撰《ずさん》な調べと不出来な報告書が増え続けた。上がその危うさに気づいた時にはもはや手遅れだった。振り向けば背後には「灰色」のまま保留された捜査対象者がヘドロのごとく堆積していた。彼らを再度調べようにも今度は事件から時間が経ち過ぎて容易に進まない。しかも捜査員の数は年々減らされていったのだ。

「発生の時に尾坂部《おさかべ》さんがいりゃあな」

望月が溜め息まじりに言った。

三上も釣られて頷いた。

「確かにな……」

尾坂部道夫《みちお》は名将の誉れ高かった。末端にまで伝心するリアルで緻密な捜査指揮ぶりに三上も心酔していた。八年前、刑事部長を最後に惜しまれつつ退官した。D県警にと

って の不運は、誘拐が起きたその年、尾坂部が警察庁刑事局に出向していたことだった。刑事の誰もが悔やむ。尾坂部が刑事部長か捜査一課長でいたならホシは挙がっていた。実績に裏打ちされた「不敗神話」が皆にそう言わしめる。

ロクヨンに限ったことではない。尾坂部の退官後、警務部あがりの藤村《ふじむら》が後を引き継いでから刑事部の執行力は急速に低下したと囁かれたものだ。五年前、尾坂部の愛弟子《まなでし》である大舘章三《おおだてしょうぞう》が刑事部長に座った時にはいっとき勢いを取り戻したが、その大舘も在任一年で定年を迎え、以後、現職の荒木田に至るまでD県警の刑事部長は「不作続き」と言っていい。刑事部の建て直しが果たせるのは四年後か五年後か、現在、参事官兼捜査一課長を務める松岡勝俊の部長昇格を待たねばなるまい。ロクヨンの初動で、雨宮が運転する車の後部座席下に身を潜めていた、あの男だ。当時は捜査一課強行犯捜査係の頭《かしら》を張っていた。

松岡が部長になれば俺を呼ぶ。胸を過ったあけすけな思いは三上を不快にさせた。四年後五年後ではなく、解かねばならない問題は今ここにある。

「弟の賢二の件じゃないとすれば、なぜ雨宮がウチを嫌う」

望月の反応は鈍かった。三上の目を探るように見つめ、ややあって言った。

「知ってるんじゃないのかお前」

三上は面食らった。

「何をだ」

それには答えず、望月は話を戻した。

「吉田っていう女事務員がいたろう。雨宮が引っ掛かってるとすれば弟よりそっちかもな」

吉田素子。三度目の脅迫電話を事務所で受けた女だ。

話をはぐらかされたが、それでも望月のネタは十分に三上の興味を引いた。

「何が引っ掛かる」

「素子は賢二と付き合ってた。今で言うダブル不倫ってやつだ。それで彼女も共犯《レツ》じゃないかってんで散々油を絞ったんだ」

初耳だった。だが――。

「なぜそれで雨宮がヘソを曲げる？　嫌ってた賢二の女だろ」

「雨宮は二人の仲を知らなかったんだよ。素子は両親を早くに亡くして苦労した女でな。近所のよしみで雨宮が会社で拾ってやって随分と目を掛けてたんだ。それが連日調べられてノイローゼになった。結局、会社も辞めちまった。雨宮がウチを恨んでるとすればそれだろう」

「いつの話だ」

「お前が二課に出てすぐだ」

「おい、そんな昔から雨宮はウチにそっぽを向いてたのか」

三上に驚かれて望月は宙を見つめた。

「いや……。それで急に、ってわけじゃなかったな。段々と離れていった感じだ。あるだろう、時間が経つにつれて怒りだの恨みだのがきりなく膨らんでいくってのが」

「あるな。そういうことも」

「それに、やっぱりパクってないってのが大きいんじゃないのか」

詰まるところ着地点はそこか。無能な警察に失望し、愛想を尽かした――。

だとするなら長官慰問の実現は難しいかもしれない。ここでいくら誠意を示そうが、長い年月降り積もった不信感を拭い去るには、それ相応の時間とプロセスが必要だ。長官視察は一週間後。記者クラブとの交渉に掛かるであろう時間を差し引けば、雨宮説得のために使える時間は多くない。

三上は望月に目を戻した。保留していた質問が喉にある。

「さっきのは何だ」

「何がだよ」

「惚《とぼ》けるな。お前、雨宮がウチを嫌う理由を俺が知ってるみたいなことを言ったろう」

「お前こそいい加減、腹を見せろ」

荒い言葉が跳ね返ってきた。望月が苛立っていたことに、このとき初めて気付いた。

「どういう意味だ」

「だから俺のとこに来た本当の理由を言えって。サッ庁が線香上げに来るぐらいで、お前がそんなにあたふたするはずないだろうが」

理解できないのだ、望月には。

三上は顔を歪ませた。長官視察。その段取りの重要性を元刑事にわかるように説明することは、上にすっかり牙を抜かれましたと白状するに等しい。

「よう」

望月が膝を詰めてきた。

「お前も幸田《こうだ》メモとやらのことを聞きに来たんだろう」

すぐには反応できなかった。

幸田メモ？

お前も？

答えはすぐに望月が口にした。

「二渡を追い返したからお前が落としにきた。違うか」

三上は目を見開いた。

軽い皮肉と受け取っていた台詞の数々が意味を変えた。「珍しいことがあるもんだな」「同期会は今日だったっけか」「やっぱりか」――ここに来たのだ、二渡真治が。

何をしに？　「幸田メモ」とは何だ？

幸田の名で思い当たるのは一人。ロクヨンの「自宅班」にいた幸田一樹《かずき》だ。

「おい、答えろや。二人して何コソコソ、ロクヨンのことなんか調べてんだ。お前、二渡を毛嫌いしてたろうが。それとも何か？　警務に行ったら警務同士で仲良しこよしっってことか」

「待ってくれ」

三上はやっとの思いで言った。

「幸田メモっていうのは何だ」

「そんなもん知るか」

「辞めた幸田のことだよな」

そう、幸田一樹は辞職した。ロクヨンの半年後だ。ようやく頭が追いついてきた。

「幸田はなぜ辞めたんだ」

「表向きは俺と同じだ。本当のところは知らん」

一身上の都合。何でも呑み込む一文だけに悪い想像も働く。

「奴はいま何やってる」

「行方知れずだ」

「行方知れず……？」

「誰も今のヤサを知らないんだ」

「二渡も知らなかったのか」

「だろう。俺から聞き出そうとしてたからな」

「その幸田メモってのは、辞めた幸田が書いたってことは間違いないんだな」

「だから俺はそんなもん知らねえって言ってんだろ」

「二渡は知っていた。そうだな？」

やり合ってるうちに気付いたのだろう、望月は険の消えた目でまじまじと三上を見た。

「お前、二渡とは別件ってことか」

「決まってるだろう」

三上は投げつけるように言った。

脳が激しく動いている。赤間部長の二股手配を疑っていた。長官視察を成功させるために、三上とは別に二渡にも雨宮の説得材料を集めさせている。

――いや待て。

いくらなんでも手回しが良過ぎる。それではまるで、雨宮が長官慰問を断ることを予《あらかじ》め知っていたかのような差配ではないか。

「二渡が来たのは何時頃だった？」

望月はバツが悪そうに頭を掻いていた。

「昼前だったよ。電話を寄越してすぐに来たんだ」

昼前……。ちょうど三上が雨宮宅にいた時分だ。やはり早過ぎる。二股手配ではない。だとするなら――。

思考は長続きしなかった。もう一つの疑問に押し退《の》けられたからだ。

「幸田メモって言葉は二渡がぶつけてきたんだな？」

「ああ。誰が持ってるか知らないかって訊くから、誰が持ってるもなにも幸田メモなんてものは知らん、聞いたこともないって言ってやったよ」

「本当に知らないのか」

「おい、三上」

「それで二渡は納得したのか」

「だろう。おとなしく帰ったよ。仕事の邪魔をして悪かったみたいな顔してな」

「そのまま黙って帰したのか」

「何？」

「幸田メモってのが何なのか、お前のほうから突っ込まなかったのか」

「もちろん突っ込んださ。案の定、反応なしだ。いつだって警務と監察は訊くだけだ。何も答えねえし何の感触も摑ませねえ」

三上は荒く頷いた。感情の針は大きく刑事の方に振れていた。それは怒りよりも嫉妬に近かった。ロクヨン絡みに違いないのだ。捜査の聖域に二渡が土足で踏み込んできた。警務部の井戸の底に棲む男が、三上も望月も耳にしたことのない「幸田メモ」なる怪しげなものの存在をちらつかせ──。

懐の携帯が震えていた。三上は舌打ちしてディスプレイを見た。広報室からだ。

〈広報官、戻れますか〉

押し殺した諏訪の声に変事を感じ取った。

「どうした」

〈隣が、本部長宛てに抗議文を出すと通告してきました〉

12

三上は急ぎ本部に戻った。

広報室のドアを開いたところで足が止まった。ソファに東洋の秋川がいた。何やら美雲に話し掛けていたようだが、三上には朝方と変わらぬ醒めた視線を向けてきた。

三上はソファに腰を下ろし、真向かいの秋川を見据えた。最初の言葉は用意していた。

「随分と、とんがったことをするんだな」

「そっちの対応がまずいからですよ」

落ち着き払っている。一対一であっても、秋川という男は警察官におもねることがない。部屋に美雲がいるからなおさらか。

美雲は人形のような無表情で『広報まもり』のレイアウトを弄《いじ》っている。秋川を調子づかせぬよう完全無視のバリアを張り巡らせているのがわかる。諏訪はその逆だ。知らぬ顔を決め込んでいるのは美雲と同じだが、広報室の動揺を気取られまいとして、秋川の来室をありきたりな日常風景として受け流している。

三上の構えも諏訪に近かった。声が張らぬよう、ゆっくり話す。

「しかしだ、いきなり本部長に抗議文っていうのは乱暴すぎやしないか」

「一応、猶予は設けました。明日の夕方までに例の主婦の名前を発表すれば抗議は引っ込めます」

「まるで脅しだな」

「人聞きが悪いですね。仕方ないでしょう、あそこまで撥ねつけたんだから」

「譲れないこともあるんだ、警察には」

「こっちもです。クラブの総意なので譲れません」

「誰に渡す」

「誰にって？」

「抗議文だ」

「もちろん、本部長に直接手渡します」

額がひんやりとした。本気でＤ県警の天守閣に踏み込むつもりか。

三上は煙草を振り出し火を点けた。交渉に入る。

「ランクを下げる、ってわけにはいかないか」

「どういう意味です」

「抗議文の宛名を、俺か秘書課長の名前に変えてくれってことだ」

さっきの電話で諏訪に吹き込まれた。Ｄ県警では過去に記者クラブから課長クラス以上に宛てた抗議文が出されたためしはない。全国的にも本部長宛てというのは例がないと思います。諏訪の声は硬かった。

秋川は薄い笑みを浮かべた。

「三上さん、それ、頼んでるんですか」

「そうだ」

「ちっともそう見えませんよ」

「俺が頭を下げれば格下げするのか」

「できませんね。総会で決まってしまったことですから」

三上はテーブルの死角で拳を握った。

「だったら俺の預かりってことにしてくれ」

「預かり？　本部長宛ての抗議文を三上さんが預かるということですか」

三上が頷くと、秋川はまた小さく笑った。

「それじゃあ意味がないじゃないですか。本部長に渡らずに握り潰される」

「意味はあるだろう、十分に」

手渡した相手が誰であれ、本部長宛てに抗議文を出した、という事実は残る。

秋川は迷うふうもなく突っぱねた。

「政治っぽいことはやめましょう。そっちが主婦の名を発表すればいいんですよ。簡単なことじゃないですか」

諏訪が顎を摩るのが目の端に入った。目指す落としどころは「広報官預かり」。確《しか》と狙いを定めた顔だ。

「明日の四時までに回答を下さい。それを聞いたうえで再度クラブ総会を開きます」

秋川が席を立つ素振りを見せたので、三上は待ったの手を向けた。

「長官視察のほうはどうなってる。質問項目は大丈夫だろうな」

「それは匿名の件が済んでから話し合いますよ」

「急いでるんだ」

秋川はほくそ笑んだ。新たな弱みを握ったとでも言わんばかりの顔だった。

「それより、朝の話ですけど、本当に教えてもらえませんか」

「何をだ」

「三上さんが変わってしまった理由ですよ。こっちは誰もその謎を解けないんです」

「こんなことにエネルギーを使っていていいのか」

反射的に口走った。

秋川はきょとんとした。

「こんなこと……？」

「幹事だから匿名の件もやらなきゃならないんだろうが、本業のほうも忘れるなってことだ。コンベンション・ホールの談合だってまだ終わっちゃいないんだ」

秋川の表情がきゅっと締まった。

捜査二課の調べが佳境に入り、各社の取材合戦も激しさを増している。ここまでは読売と朝日が一本ずついいネタを抜いた。東洋は後手後手に回り、このままでいけば惨敗は必至だ。

「そっちはそっちでやってますよ」

煩《うるさ》そうに言った秋川は、しかし負けていなかった。

「病気とかじゃないですよね」

「何の話だ」

「どこか体調を悪くされてるとか。それで仕事のやり方を変えたとか」

殴りつけたい衝動に駆られた。

「見ての通りだ。ぴんぴんしてる」

「わかりました。だったらこちらも遠慮なくやらせてもらいます」

秋川はちらりと美雲を見て部屋を出て行った。すぐさま諏訪が席を立ち、三上に目配せを残して後を追った。秋川を『アミーゴ』に誘う。警務部御用達のスナックだ。

三上はしばらく腰を上げずにいた。

秋川に対する苛立ちだけではなかった。喉元に苦味が残っている。

あんまり突っ張ると事件ネタがとれなくなるぞ。そう言ったも同じだ。一線を越えた。

「本籍効果」とは似て非なる恫喝《どうかつ》の台詞を吐いた。

――だからどうだってんだ。

気持ちが逆振れする。

やられっぱなしでどうする。脅しを掛けてきているのは向こうではないか。実際、状況はこちらが圧倒的に不利なのだ。地方警察の泣き所を突かれた。本部長宛ての抗議文は痛い。いや今後の交渉経過によっては「長官視察」を人質に取られる危険性だってある。質問事項の取りまとめをわざと遅らせる。視察直前になっても質問を寄越さない。そんな手を使われようものなら広報室を飛び越して秘書課がパニックに陥る。

鼻から吐き出した息が低く唸った。

三月《みつき》前なら悪い想像ばかりはしなかった。記者たちの信頼を失い一斉に牙を剝かれてみて、こちらも彼らをまるきり信用できなくなった。集団心理の怖さもある。扉を閉ざした記者室の中で互いに煽り煽られするうち、引くに引けない者たちの集合体と化してしまったら手がつけられなくなる。

――そんなに欲しいのなら実名をくれてやればいい。

あぶくのように浮かんだぞんざいな思いが、三上を思案顔にさせた。いよいよ危うくなったら菊西華子の名を発表して騒動を白紙に戻す。案外、逆転の発想の部類かもしれなかった。実害はないのだ。記者たちは主婦の名前を警察に言わせたいだけだ。彼女が妊婦であり相当参っていることは三上が刷り込んだ。「弱者」に過剰反応する彼らが実名で記事にできるものか。よしんば書いたとしても、明日発表すれば「三日前の古い事故」だ。いまさら紙面に載せる社があるとも思えない。

無論、面子の問題は残る。発表しないと通告した方針を翻《ひるがえ》せば、D県警が非を認めたことになる。今回の件が前例となり、実名発表の要求がエスカレートする成り行きも覚悟せねばならない。だがここで手を拱《こまね》き、結果として本部長が記者に吊るし上げを食うような事態になれば、それこそ県警の面子は丸潰れだ。ましてや長官視察のスケジュールに支障をきたそうものなら面子どころの話ではなくなる。

記者クラブの要求を呑む。最大の譲歩をする。赤間は許すまい。しかし本当にそうだろうか。大事の中の小事なのだ。天秤に掛ければ匿名問題が小事とわかる。警察庁が本籍の赤間にとって、死守すべきは本部長の安穏であり、長官視察の成功であることは疑いがない。それが危機に晒されていると理解すれば頷くしかないではないか。秋川の抱き込み工作が不調に終わった場合——そう前置きして進言すればいい。いずれにせよ、手遅れにならないうちに赤間に心の準備をさせておくことだ。事態は予断を許さない。硬軟両構えで事に当たる必要がある、と。

「ちょっと上に行ってくる」

三上が腰を上げると、美雲が何やら慌てた様子で歩み寄ってきた。

「広報官——」

上気した顔だ。真剣な眼差しは怒っているようにも見える。

「私もアミーゴに行かせて下さい」

ぐらっと脳が揺れた。諏訪に言わされた。それとも三上の窮地を見かねて思い立ったのか。

「よしとけ」

吐き出す息で言って足早に部屋を出た。その足が数歩で止まった。

三上は広報室のドアを振り向いた。

よしとけ……？

部屋に戻る足はバタついた。

「行くな。今後一切認めん」

憂え顔の美雲に厳命した。自分でも驚くほど強い口調だった。

それでも既に毒は回っていた。美雲の「女」に期待した、その一瞬を後々まで悔やむだろうと三上は思った。

13

窓の外はもう暗かった。

同じ二階に上がるのでも、警務課に行く時とは使う階段が異なる。庁舎の玄関から続く赤絨毯はこの階段を伝い、二階に上がって右に折れ、隣り合う秘書課と公安委員会室の前まで延びている。

三上は秘書課のドアを押し開いた。

末席の戸田《とだ》愛子《あいこ》と目が合った。課長席に石井の姿はなかった。

「課長は？」

「応接に入っています」

三上は右手の壁のドアをちらりと見た。課員の言う「応接」は、密談などに使用する

「秘書課別室」を指す。

「待たせてもらう」

三上は絨毯を歩いて部屋のほぼ中央のソファに座った。広報室のものとは材質も座り心地も異なる。ソファの周囲には目隠しを兼ねた観葉植物の鉢植えがバランス良く配されていて、うまく座れば課員の誰とも視線を合わせずに済む。

静かだ。いつもながら落ち着かない気分にさせられる。自然と部屋の左奥に目が行く。木目の鮮やかな観音開きの扉が本部長室の入口だ。「在室」のランプが点いている。課員は一様に張り詰めている。いや、「不在」だからといって彼らが砕けることは稀だ。課長補佐、主任、ヒラの職員に至るまで、県庁の秘書課員と比べても遜色ないほど慇懃《いんぎん》で隙がない。

違和感が甚だしい。部屋こそ違え、三上もこの秘書課の一員なのだ。警察庁から本部長を預かり、守り、そして「無傷」で東京に送り返す。秘書課の、それが唯一絶対の職務と言っていい。

戸田が茶を運んできた。

「応接、まだ掛かりそうか」

小声で訊くと戸田は首を傾げた。

「もうだいぶ経ちますけど」

「誰が入ってるんだ」

「二渡調査官です」

戸田が立ち去るまで息を止めていた。

ゆっくりと吐き出した息は熱を帯びていた。今日二度目のニアミス。偶然と考えるほうが無理がある。長官視察、あるいはロクヨン絡みで石井と会っている。そう考えるべきだ。

三上は別室のドアを凝視した。そのドアを透かして細身の背中が見えた気がした。シャープで彫りの深い顔立ち。鋭く、それでいて知的な両眼。いや……。

網膜に焼き付いているのは別の目だ。

遠い夏の日。両手でおしぼりを差し出しながら三上を見つめた、あの形容しがたい目つきがまざまざと蘇《よみがえ》る。

高校の同級生。ともに剣道部員だった。三年生で迎えた最後の県大会で、三上は団体戦の大将を務め、二渡は控えに甘んじた。腕がなかった。同期と一年下に町道場あがりの精鋭が揃っていた不運もあった。一回戦。三上は得意の「抜き胴」で有力校の大将を打ち破った。意気揚々、休憩場所の廊下に引き揚げた。汗だくだった。一年生が用意しておくはずのおしぼりが見当たらなかった。応援団のバスが遅れて到着し、後輩たちはその荷下ろしの手伝いに駆り出されていたのだ。苛立って見回した視線の先に二渡がいた。その時のことがどうしても思い出せない。だが、目で言ったのだと思う。「おしぼりを寄越せ」と。

二渡はすっと動いた。裏手から観客席に上がり、まもなくクーラーボックスを下げて戻ってきた。中からおしぼりを取り出し、無言で三上に差し出した。部のしきたりに従い、両手で献上するポーズでそうした。決して卑屈な態度ではなかった。二渡は真っ直ぐ三上を見つめていた。しかしその目が異様だった。光がなかった。意志も感情もない、それはただの黒い穴に見えた。自分を殺していた。制御していた。内面に渦巻いていたであろう屈辱も怒りも悔しさも、十七歳の二渡は完璧に消し去っていた。

数カ月後、三上は剣道部のOBの勧めで警察官採用試験を受けた。その試験会場で二渡の姿を見つけた時は瞬《まばた》きが止まった。「公務員がいいと思ってな」。聞き出せたのはその一言だけだった。二渡が何を思って警察官の道を選んだのか、今もってわからない。剣道部は大所帯だった。仲間食いをしなければ選手になれない乾いた空気の中、入部して初めて竹刀を握った二渡を競争相手として見たことはなかった。彼が真面目だったのは確かだ。練習には欠かさず出ていた。愚痴も文句も聞いたことがない。少なくとも裏に回って人の足を引っ張るような男ではなかった。だがそれすらただの印象に過ぎないのかもしれない。記憶は漠としている。ん。ああ。そうだな。思い出せるのは、そんな単調な受け答えばかりだ。心も体も粗野に過ごした高校時代、無口で面白みのない万年補欠にさしたる関心を抱いたことはなかったし、ともに青春を分かち合ったと実感できるような劇的な出来事も二人の間に起こらなかった。三年もの間、同じ学校、同じ部室で過ごしながら、三上は二渡という男のことをあまりに知らなすぎた。

警察学校を三番の成績で卒業した。首席が二渡だと耳にした時の驚きは忘れられない。いや、真の驚きはその先にあった。二渡は次々と昇任試験にパスした。一度も足踏みすることなく組織の階段を駆け上がった。警務部門、とりわけ人事に精通し、D県警最年少の四十歳で警視になった。その記録は未だ破られていない。以来、組織運営の要《かなめ》である警務課調査官の席に七年間座り続け、「エース」の名を恣《ほしいまま》にしてきた。キャリア組の覚えもめでたく、幹部人事の素案作りを一任されていると聞く。歴代の警務部長が懐刀《ふところがたな》として抱え込むに至り、今や二渡は「陰の人事権者」としてアンタッチャブルな存在になりつつある。

所詮は警務の飼い犬だ。二渡が視界にちらつくたび、そう貶める習慣がついていた。単なる負け惜しみとは違った。刑事の自負心と排他的な意識がそう言わせた。襟章の星の数を競う部署とは無縁の、縛った悪漢の数の分だけ発言力が増すわかりやすい世界で一家を成した。「前科」は消えずとも実績で克服した。常に必要とされ、常に期待に応えてきた。二渡の「人事の手」など遠く及ばない場所に自分はいる。その現実を疑ったことはなかった。だが――。

やられたのかもしれない。

考えないようにしてきた。考えれば疑心の虜《とりこ》になる。自分が広報官でいることの根拠を失い、心の箍《たが》が外れる。それが恐ろしくて三上は目を逸らし続けてきた。

「三上広報官」。それは赤間部長の一存で決まったのか――。

ちょうど去年の今頃だった。三上は警察庁刑事局への出向を噂されていた。有力。ほぼ決まり。そんな声が耳に入っていた。が、いざ蓋《ふた》を開けてみたら違った。同期の前島《まえじま》泰雄《やすお》が警視に昇任して東京へ行くことになった。警察庁出向には将来の部長候補者を充てるのが通例だ。三上は出世を確約するパスポートを搭乗寸前に取り上げられた格好だった。それだけのことなら、サッ庁奉公なんぞ真っ平だと強がりも言えた。実際、さして落胆を覚えなかった自分を誇らしく思ったりもしたものだ。だが、追って内示された部外への放出異動に三上は総毛立った。脳裏を駆け抜けたのは「前科」だけではなかった。あの夏の日の、光も感情もない黒い穴を瞬時見た。

二十八年に及ぶ警察官人生。人事は「神の差配」だと思うことにしてきた。前科の影を振り払うまじないでもあった。その差配に初めて「人」の気配を感じた。ただ単に記者対策の強化が狙いなら、前島が広報官でもよかった。彼は三上と同様、刑事畑一筋の男だ。強行犯捜査係の在籍も長かったので「本籍効果」で言えば、むしろ三上以上の強面を望めた。だから「裏」を疑った。二渡と前島は警察学校の寮で同室だった。馬が合ったらしい。互いに信頼を置いているのは傍目にもわかった。現在はどうか。警務と刑事の職域を超えた付き合いが続いているか。

物音がした。三上は別室のドアに視線を向けた。直後にドアが開き、二渡と石井が肩を並べて出てきた。

すぐに目が合った。

「おう」

二渡から声を掛けてきた。エリート然とした風貌に一段と磨きが掛かった。百回竹刀を交えれば百回打ちのめすことのできた、あのひ弱な補欠部員はもはや存在しない。

普通の声が出せるか心配だった。

「朝方、電話をくれたらしいな」

二渡は小さく頷いた。

「いま課長から聞いた」

電話は遺体確認の件だったと言っている。同期のよしみか。それとも警務課調査官の職務としてあゆみの安否を確認しておく必要があったのか。

ひとまずよかったな。二渡の目はそう続け、だが言葉にはせずに早足で課を出ていった。海外を飛び回るビジネスマンを見る思いだった。なぜロクヨンに首を突っ込んできたのか。幸田メモとは何か。追い掛けて問い質したかったが足は動かなかった。電話があゆみの件だと知って気が削《そ》がれた。いや、堂に入った警視っぷりを見せつけられて気後れしたのだ。無闇に攻めても難なく弾き返される。ましてや今は、警務部の土俵で相撲を取らねばならないのだ。

「ほれ、三上君」

別室に戻った石井が手招きをしていた。

「二渡は何です」

ソファに座るなり三上は訊いた。

「ああ、庁舎建て替えの件だよ。来年の夏には動きだすから、そろそろ仮住まいの当たりをつけなきゃだろ。分散は避けられないけど、そうなるとまずご本尊をどこに置くか決めないと、ってことさ。本部長のいる場所がD県警の所在地になるわけだからね」

うまい嘘などつけない男だ。ロクヨン絡みで二渡と密談していたのならこうはスラスラ話せまい。事は石井の頭越しに進められているということだろう。二渡は赤間から直接命令されて動いている。懐刀の性質を考えればそのほうが自然だ。

「こっちから電話しようと思ってたんだよ。被害者宅のほうはどう？　話はついたの？」

石井に訊かれて現実に頭が戻った。

悪い報告をせねばならない。三上は座り直して声を落とした。

「その件は明日詰めますが、それよりクラブのほうが拗れました」

「何で」

石井の瞳に脅えの色が浮かんだ。

「例の匿名問題で、本部長に抗議文を出すと言ってます」

「本部長に！」

一瞬にして石井の顔が青ざめた。

「そんな、嘘だろ」

「いえ……」

「冗談じゃないよ。絶対だめだよ、そんなことさせちゃあ」

「クラブ総会で決定されてしまいました」

「困るよ。受け取れないよ、抗議文なんて。なんとか回避してよ」

駄々を捏《こ》ねる子供に見えた。顔も泣き顔に近い。

「主婦の実名を発表すれば引っ込める——先方はそう言っています」

「そ、それは無理だよ。部長が許さない」

「本部長に抗議文を突きつけられるよりはマシでしょう。長官視察にだって影響するかもしれません」

「それはそうだけど、匿名にするって決めたのは部長自身だから」

部長が決めた？　交通事故があったのはY署管内だ。そのY署の判断で匿名発表にした。三上はそうとばかり思っていた。

「坂庭《さかにわ》さんが相談の電話をしてきて、それで部長が決めたんだ」

そういうことか。

Y署長の坂庭は石井の前任者だ。この春まで秘書課長を務めていた。本部の人間なら知らない者はない。下僕に徹して赤間に取り入り、栄転のさらに上をいく「階段飛ばし」で百三十人の署員を擁するY署を射止めた。つまりは坂庭が署長判断を避けた。染みついた下っ端根性が赤間にお伺いを立てさせた。

だとすると確かに厄介だ。一度決めたことを下に言われて覆《くつがえ》す赤間ではない。本部長への抗議文と天秤に掛けろと進言したところで耳を貸すまい。逆上される危険すらある。ならば、と三上はさらに踏み込んだ案を切り出した。

「発表文には書かず、非公式に名前を教えるのはどうでしょうか」

独り言だけどな——一昔前、刑事が記者にネタをくれてやる時に口にした常套句だった。

三上が独り言だと宣言して、口頭で記者に菊西華子の名を教える。姑息《こそく》な手には違いないが、これなら「屈伏」でなく、ぎりぎり「便宜」の範疇《はんちゅう》だ。組織の面子は保てる。あくまで独り言だから書類に残らず、従って前例にもならない——。

「アイディアだとは思うけど、部長が何て言うかなあ」

石井は大げさに溜め息をついた。

「とにかく話してみて下さい」

「してみるけど、部長、今日は東京から来客でもう出ちゃったんだ。そっちの回答期限はいつ？」

「明日の午後四時です」

「わかった。今夜か明日の朝一番で話してみる。でもどう転ぶかわからないから、クラブのほうはしっかり抑えてくれよ。万一、抗議文だなんてことになっても、絶対、君か僕で止まるようにね」

石井の声が窄《すぼ》まった。

「本当に頼むよ。ウチの人は普通の人じゃないんだから」

そう言われて思い浮かべた本部長の顔は朧気《おぼろげ》だった。「普通の人」でないことは承知している。辻内欣司《つじうちきんじ》。三上より二つ下の四十四歳。警察庁の会計課長を務めたあとD県警に来た。順当なら来春には人事課長で戻る。警察に限らず組織は皆同じだ。人と金を掌握してトップに登り詰める。辻内は今現在、同期の中で最も警察庁長官の椅子に近い男と目されている。

キャリアの中のキャリア。その「特別な人」が昨日今日社会に出た若い記者に詰め寄られ、胸元に抗議文を突きつけられる。最悪の事態だ。あってはならないことだ。

「何が可笑《おか》しいんだい」

三上は驚いて顔を上げた。眼前の石井が口を尖らせていた。

「はい？」

「いま笑ったろう」

笑ってなどいなかった。

「真面目にやってくれよ。君がちゃんとしてくれなきゃ大変なことになるんだからね」

三上はおざなりに頭を下げて別室を辞した。「在室」のランプはまだ点いていた。

廊下に出てから思い当たった。

最悪の事態。あってはならないこと。本気でそう思った自分を嗤《わら》ったのだ。

石井の性根はY署長の坂庭と少しも違わない。辻内と赤間に魂を差し出し、来年だか再来年だかの栄転を夢に見つつ日々の務めを当り障りなくこなしている。失敗を恐れるのではなく、上が失敗と見なすであろうことを恐れている。その石井と同じテーブルにつき、同じ頭で解決の道を探っている自分を嗤ったのだ。

冷気の澱《よど》む暗い廊下を歩いた。

警務部の人間。秘書課の一員。そうした頭で思考している自分が確かにいる。半年以上も管理部門の空気を吸っている。目には見えぬものを皮膚呼吸でもするように、意識せぬまま体中の細胞に取り込んでいる。こんなはずではなかった。広報を変えようと本気で思った。二年間は踏ん張ろうと心に誓った。なのにこの徒労感はどうだ。人殺しも悪徳政治家も存在しない世界で、人殺しや悪徳政治家を捩じ伏せる以上のエネルギーを消費し、神経を磨り減らし、目的とも呼べぬ目的に向かって闇雲に歩を進めている。

改めて戦慄《せんりつ》を覚える。二渡は二十八年間ここにいたのだ。三上が刑事として肺呼吸を貪《むさぼ》っていた膨大な時間、内に向かって閉じたこの暗箱の中で、いっときも休むことなく密やかに皮膚呼吸を続けていた。それは何を生み出したか。何を葬り、何を増幅させたか。空恐ろしい。高校時代、一度として公式戦で竹刀を振るうことがなかった男の、あの薄い胸板の向こうにどんな原理原則が構築されたのか。

同族の怪物――。

もはや自分も対岸にはいない。知らぬ間に警務の服を着込んでいた。仮初めだ。その気になればいつだって脱げると軽口を叩きつつ再び袖を通す。己の意思とは係わりなく、一枚また一枚と服を着込んでいく。そうならない保証はなかった。服はやがて皮膚となり、脱ぎ捨てることのできない生きざまとなって定着する。

叫びたい衝動に駆られた。

すぐさま顔が浮かんだ。こんな時、決まってあゆみの顔が浮かぶ。微笑んでいる。ざわめく感情の安全装置とでも言わんばかりに、その柔らかい笑みは三上の昂りが収まるまで脳裏を浮遊していた。

14

夜はめっきり冷え込んだ。

自宅に戻ったのは午後八時を数分過ぎていた。玄関の外を見回したが草月庵のどんぶりはなかった。一つじゃ持ってきてくれないから。問い詰めればそんな言い訳を聞くことになる。

夕食は湯豆腐と肉じゃがだった。うまいな。宅配の材料も捨てたもんじゃないってことか。ま、お前の味付けのお陰だろうけどな——。

最近は無理なく言葉が出る。三上自身、こんな声でこんなことが言える人間だとは思ってもみなかった。注ぎ込んだ熱情と時間の量からすれば、刑事時代はもちろん、広報に移ってからも「家」は警察官人生の添え物でしかなかった。

「お風呂沸いてますから」

「ああ」

三上は食器を片付ける美那子の横顔を盗み見た。落ち着いている。普通に見える。いや、昨日の今日だ、対面した少女の死顔が薄らいでいるはずはない。三上がそうであるように、美那子もまた夫に余計な心配を掛けまいと普通を装っている。

「今日な、翔子ちゃん事件の親父さんと会ってきたよ」

洗い物をする背中に声を掛けた。

「……えっ？」

蛇口が絞られ、驚いた顔が振り向いた。

「雨宮さんに？　どうして？」

「サッ庁のお偉いさんが慰問したいって言うんで頼みに行ったんだ」

沈黙の時間を減らすためなら、以前は決してしなかった仕事の話もする。まして美那子にとってもロクヨンは活字や伝聞だけの事件ではない。「アベックＢ」の妻役として『喫茶あおい』に張り付き、駆け込んできた雨宮芳男の姿を目の当たりにした。

台所の音がやんだ。エプロンを外しながら茶の間に戻った美那子は炬燵《こたつ》に膝頭を入れた。

「ご両親、どんな様子でした」

「奥さん、去年亡くなったそうだ」

「そう……。お気の毒に……」

「まったくな。ホシのツラも見られずに」

俺たちはまだマシなんだ。そんな思いがじわりと湧き上がる。

「ご主人、気落ちされたでしょうね」

あの日の雨宮の顔が浮かんだのだろう、美那子は遠い目で呟いた。

「老け込んでたよ」

「無理ないと思う」

「そうだな」

「ねえ、もう捕まらない？」

真顔で訊かれて三上は唸った。望月から聞かされたばかりの話が耳にある。

「白黒つかない奴が腐るほどいるらしいからな」

美那子は軽く唇を噛んだ。

「でも、あの犯人、県内の人間よね」

「おそらくな」

三上は深く頷いてみせた。

誘拐現場のみならず、犯人が指定した九軒の店、身代金の投下場所、死体の遺棄現場に至るまですべてがD県内で賄《まかな》われた。犯人は店の名や場所や道路を熟知していた。極めて強い土地鑑。それが県内居住説を動かぬものとしている。

「複数犯なのよね」

「まあ、普通に考えればな」

当時はまだ携帯電話が一般に普及していなかったからだ。犯人が最後に雨宮に指示を出した『釣り宿・一休』は山深い場所にあった。そこに電話を入れて「琴平橋」からスーツケースを投下させ、下流の「龍の穴」で現金を奪取した。橋から穴までの距離はおよそ五百メートル。犯人は釣り宿に電話をした数分後には穴に移動して待ち伏せをしていたことになる。だが周辺地域には民家も電話ボックスもなかった。とすれば、指示の電話を掛けていた人間とは別に、現金回収役の共犯者が必要――それが特捜本部の一貫した見方だ。異論はないが、「複数犯説」イコール「対等な共犯関係」という図式は呑み込みにくい。大人が大人を拉致監禁するような事件ならともかく、七歳の少女を標的にした誘拐殺人事件が「謀議」によって実行されたと想像するのは、長年刑事をしてきた三上でさえ身の毛がよだつ。あるとするなら主犯と従犯。それも主犯が圧倒的な力で従犯を支配している場合か。

「単ボシと考えたほうがいいのかもしれないな」

「どういう意味?」

「刑事の脳ミソの仕組みがそうだからさ。鬼畜は一人。複数はうまくイメージできないんだ」

美那子は思案顔になった。

単独犯にせよ複数犯にせよ、極めて計画的で緻密な犯行であったことは確かだ。そして極めて冷酷かつ残忍──。

と、美那子がまた口を開いた。

「川の岩や穴のことまで知ってたんだし……。カヌーとかラフティングのほうの捜査はだめだったの？」

「それはまだやってるんだろう。だけどほら、穴のことは意外と広く知られてたわけだしな」

後になってわかったことだ。事件発生の半月前、D日報のレジャー面に〈『龍の穴』の謎〉と題して大きな特集記事が組まれていた。

「でも──」

美那子は心持ち興奮していた。

「地元紙を見てあの方法を思いついたんだとすれば、やっぱり県内の人間ってことでしょう？　あんなに捜査したのに、どうして辿り着かないのかしら」

「そうは言ってもな──」

五十八万世帯。百八十二万人。今日の朝刊で目にした数字がまだ頭にあった。都市部の人口流入を山間部の過疎化が帳消しにしている土地柄だ、十四年前の県人口も今と大差はなかった。捜査対象者を「三十代から四十代の男」に絞っても、その数は三十万人をくだらなかったという。

反して犯人に結びつく手掛かりは極めて少ない。雨宮賢二がシロだとするなら、雨宮翔子は自宅と賢二宅の間の一本道で攫われたことになる。だが、地取り班が何遍ローラー捜査を重ねても不審な人物や車の目撃情報は得られなかった。昼間目にしたように、あの周辺は民家の点在する田園地帯で人の目は元々少ない。一月五日という日付もエアポケットを作る手伝いをした。兼業農家の男たちはその日が実質的な仕事始めで会社や農協に出払い、女たちは家の中で正月の後片付けに追われていた。

遺留品は三点だけだ。「琴平橋」の水銀灯に巻き付けてあったビニール紐。翔子の顔に貼られていたガムテープ。手首を縛った洗濯ロープ。いずれも全国各地で売られている量産品で、販路の突き上げ捜査は事実上不可能だった。期待された足跡も採取できなかった。「龍の穴」の付近はすべて剝き出しの岩盤だったし、周囲の里山は一面ブナの枯れ葉で覆われていた。

残るは「犯人の声」ということになる。しかし脅迫電話の録音テープは存在しないので、犯人からの電話を受けた人間の耳の記憶だけが頼りだった。雨宮芳男と事務所の吉田素子。さらには身代金の受け渡しの移動中、各店舗で雨宮に電話を取り次いだ店主や従業員九名。警察官は誰一人として犯人の声を聞いていない。「自宅班」のメンバーですらそうだった。二度目の脅迫電話には潜入が間に合わず、翌日はノーマークだった事務所の電話が鳴らされて素子が受けた。犯人に利用された店の電話にも対応できなかった。九つの店のうち先回りできたのは美那子が行った『喫茶あおい』のみで、それとて電話に何かを細工できるような時間的余裕はなかったし、そもそも犯人の共犯者がいるかもしれない店内で動かせたのは目玉だけだった。

　事件発生から二年ほどは雨宮ら十一人を集め、「首実検」ならぬ「喉《のど》実検」が頻繁に行われたと聞く。素行不良者。多重債務者。犯歴者。カヌー愛好者。大里村出身者。雨宮漬物の退職者。さらには翔子の通っていた森川西小学校の関係者。九つの店の出入り業者や常連客。一般通報で「怪しい」と名指しされた者たち。そうした中から各捜査班が「容疑性ゼロ」以外の人間をピックアップし、その人間の通話中の声を録音して十一人に繰り返し聞かせた。サンプル採取の大半は本人の了解を得て行ったが、一部は捜査員が電話セールスなどを装う手口で通話中の声を録音したらしい。

　訛りのない、やや掠れた三十代から四十代の男。同じ声を聞けばわかる。そう雨宮は断言したという。素子や他の数名も、きっとわかると自信を覗かせていた。だが、この十四年間、特捜本部の周辺から「アタリがあった」という話は一度も聞こえてこなかった。

「電話の声も駄目だとすると、かなり難しいな」

　言ってしまってから三上は内心舌打ちした。「電話」は禁句だ。部屋の空気が変わった。美那子は「どうにか捕まってほしいけど……」と言葉を返し、ややあって小机の上の電話機を見つめた。

　今夜も電話は鳴らなかった。

美那子が休むと部屋はしんとした。三上は炬燵に胸まで潜って横になった。長い息を吐き出しテレビを点ける。美那子と一緒ではおちおち観ていられない。家出。失踪。無言電話。自殺。前触れもなく飛び出すそうした単語の数々が、美那子の心を壊してしまいそうで恐ろしい。

あゆみもテレビに壊されてしまったのかもしれない。時折そんなふうに思う。バラエティー、ワイドショー、CM……。見てくれの良さが大切なのだと合唱している。他はどうでも外見さえ良ければ得をする。異性に愛され、道は開け、面白可笑しく生きていける。そういう時代なのだとまことしやかに吹き込んでくる。

つい画面の向こうに責任をなすりつけたくなる。けしかけられた。あゆみは作り事の世界を刷り込まれ、空疎で低俗な情報に揉みくちゃにされて自分を見失った——。

小学校時代は活発な子だった。かけっこと水泳が得意で勉強もそこそこできた。三上によくなついていた。常日頃、美那子が話して聞かせていたからだろう、刑事である父親に向ける眼差しは尊愛に満ちていた。

変化したのは中学に上がってからだった。いや、六年生の頃にはもう兆しがあった。写真を撮られるのを嫌がるようになった。父兄参観日の通知をコンビニのゴミ箱に捨てた。三上と連れ立って出かけるのを拒み、美那子と並んで座ることを避けた。周囲の人間たちが言いそうで言わない言葉を敏感に察知していたのだと思う。それとも本当に誰かがあゆみに言ったのか。

お父さんにそっくりね。

お母さんに似ればよかったのに。

中学の卒業アルバムの撮影日は欠席した。微笑ましいクラスの集合写真の枠外に、後日一人で撮ったあゆみの顔写真が載っている。唇を噛みしめ下を向いている。すみません、何度注意しても顔を上げなかったんです。担任の教諭は言い訳めいた電話を寄越した。

高校は推薦で決まっていた。高校に行けば変わる。大人になる。三上はまだ楽観視していたところがあった。いや、霹靂《へきれき》の異動内示を受けた時期と重なり、娘の様子を見守っていたとは言い難い状況だった。

あゆみが高校に通ったのは半月余りだった。学校へは行かず、外出もせず、二階の自室に引き籠もるようになった。問い質しても理由を言わなかった。力ずくで登校させようとすると、赤ん坊のように泣いた。昼間は頭からすっぽり布団を被ってベッドの中にいた。夜中はずっと起きていて、空が白み始めると眠る昼夜逆転の生活を続けた。食事は自室で一人でとるようになった。奇行もあった。たまに二階から下りてきても、親に顔を見られまいとする。首を目一杯右に捩じり、壁に顔を向けたまま廊下や茶の間の端をそろそろと歩くのだ。顔の右側が特に醜いから。そう思っていたのだと知ったのは、しばらく後のことだった。

美那子はひどく心配した。初めのほうこそ不安顔も見せず、努めて普通にあゆみと接しようと頑張っていたが、本格的な引き籠もりが始まって限界を超えた。嫌がるあゆみを宥《なだ》めすかし、自分で車を運転して市の教育相談センターに連れて行った。そこで紹介されたカウンセラーの元に片道一時間掛けて通った。外を怖がるあゆみのためにマスクを買い与え、後部座席に寝かせるようにして車を走らせた。

何度目かのカウンセリングの時だった。あゆみはそれまでの沈黙を破り、号泣しながら胸の裡《うち》を吐き出した。顔が醜いからみんなが笑う。恥ずかしくて学校なんか行けない。道も歩けない。親戚の家には死んでも行きたくない。こんな顔捨てたい。壊したい。話すうちにあゆみは激し、地団駄を踏み、両拳を何度も机に打ちつけた。

醜形恐怖――身体醜形障害――。

三上はその禍々しい診断名を呑み下すことができなかった。カウンセリングのありさまを録画したビデオを見せられた時は慄然《りつぜん》としたが、それでもあゆみの精神状態を「心の病」として受け入れるのには抵抗があった。思春期には誰だって自分の容姿に思い悩む。あゆみは少しばかりそれが強いだけではないのか。確かに周囲がちやほやするような可愛らしい顔はしていない。三上のDNAを強く受け継いでもいる。だが、「醜い」などという表現はまったく当たらない。誰に訊いてもらってもいい。あゆみは十人並みの、どこにでもいる普通の娘の顔をしているのだ。

だからこそ心の病なのだとカウンセラーは言った。受容と承認が必要だ、娘のありのままの姿を受け入れ、一人の人間として認めてやることが大切なのだと力説した。何をいまさらの思いが先に立ち、素直に耳を傾ける気にはなれなかった。腹立たしさもあった。赤の他人であるカウンセラー相手に、言葉の限りを尽くして父親の容貌を嫌悪してみせた娘。落胆と不快感が胃酸を逆流させ、あゆみと話し合おうという気持ちを萎《な》えさせた。

カウンセラーに心を開いたあゆみは、一方で美那子に対する嫉妬と敵意を剝き出しにした。もう気持ちを隠す必要がなくなったということかもしれなかった。やめてよ、その顔で私を見るの。残酷な台詞を最後に美那子と一切口をきかなくなった。時折向ける視線には憎悪の色さえあった。美那子は狼狽《ろうばい》し、混乱し、塞ぎ込んだ。食事のトレイを手に恐る恐るあゆみの部屋をノックする姿は痛々しかった。化粧をするでもなく、ぼんやりと鏡の前に座る姿は自分の顔を呪っているかのように見えた。三上の腸《はらわた》は煮えくり返っていた。病気だと聞かされていなかったなら、そう長くはあゆみを放っておかなかったと思う。

そしてあの日。八月も最後の週だった。

自室に籠もりきりだったあゆみが突然茶の間に現れた。首を捩じった格好のまま壁に向かって言った。整形するから、貯めてたお年玉、全部おろして。親の同意が必要だからサインもして。三上は訊いた。どこを整形するんだ？　自分の声が震えているのがわかった。あゆみは淡々と答えた。何もかも全部。目を二重《ふたえ》にする。鼻を小さくする。頰と顎の骨を削る——。

三上の娘であることをやめる。そう聞こえた。腕にしがみつく美那子を振り払い、あゆみの頬に平手打ちを食らわした。あゆみは壁に向かって叫んだ。聞いたこともない女の叫び声だった。

あんたはいいわよ！　醜くたって男だから！

我を忘れた。病気のことも頭から飛んだ。今度は拳で殴った。あゆみは階段を駆け上がり、自室に逃げ込んで内鍵を掛けた。放っておけ！　後を追った美那子を階段の下から怒鳴りつけた。数分後、真上で床を踏み抜くような音がした。何かが割れる音もした。尋常な音ではなかった。三上は二階に駆け上がり、ドアを蹴破って部屋に入った。途端、足の裏に激痛が走った。粉々になった鏡の破片が散らばっていた。あゆみは暗い部屋の隅でうずくまっていた。自分の顔を拳で叩いていた。掻きむしっていた。嫌！　嫌！　嫌！　こんな顔いらない！　もう死にたい！　死にたい！　死にたい！

近づくことも声を掛けることもできなかった。来んな！　来んな！　出てけ！　一歩でも近づいたら、あゆみも鏡のように粉々に砕け散ってしまいそうだった。

夜通し美那子と話をした。今のあゆみにとって親は敵でしかない。病院に入れることを真剣に考えた。カウンセラーに頼るほかなく電話を入れた。明日なら伺えます。それまでそっとしておいて下さい――。

カウンセラーが家庭訪問をしてくれた、その日の夕方だった。あゆみは何も言わず、何も書き残さず、家から姿を消した。だいぶ落ち着きましたよ。騒がずに様子を見守って下さい。専門家の言葉に救いの光を感じたのだろう、前夜から一睡もしていなかった美那子は茶の間でうたた寝をした。その隙にあゆみは出て行った。マスクの真新しい空き袋が自室のゴミ箱にあった。持ち出したのはスポーツバッグ一つ。所持金はオルゴールの箱に入れていた一万円札と小銭。乗って出た自転車は四日後にD駅近くの歩道で見つかった。

公共交通網の整備が遅れているとはいえD駅は県下最大の駅だ。JRのほか二つの私鉄が乗り入れ、駅前のバスターミナルには六方面の路線バスが発着している。それでもマスクをした少女は目立ったはずだ。夏風邪が流行っていたわけではない。誰か見ている。少なくとも駅員の目に留まる。そんな期待はことごとく裏切られた。ラッシュアワーで混み合う駅に駆けつけてみれば、自動改札を擦り抜けていく人の流れは呆れるほど速く、電車やバスを待つ客の視線の多くは手元の雑誌や携帯電話に落ちていた。駅前交番の勤務員の記憶にも残っていなかった。あゆみはすべての目をくぐり抜けた。あるいは歩道に自転車を乗り捨てた後、駅には向かわず姿をくらましたのかもしれなかった。

何を根拠にあゆみが落ち着いたとみなしたのか。三上はカウンセラーを問い詰めた。そうせずにはいられなかった。あゆみと美那子を残して午後から役所に出たのも彼の進言によるものだった。刺激しないように普段通りにして下さい。鵜《う》呑《の》みにして家を空けた結果がこうだった。カウンセラーは悪びれるでもなかった。もう親には心配を掛けない。あゆみがそう話したので大丈夫と判断したが、実際には家出を暗示したのだろうと分析してみせた。

三上には単なる家出の暗示だとは思えなかった。幾つもの解釈が頭の中を駆け巡った。大人を油断させようとした。親との決別を宣言した。自殺を仄めかした。いいや、自殺などするものか。やはり大人を油断させるためだった。親に心配を掛けないと言えば監視が緩む。発作的に家を飛び出したのではなく、冷静な部分があった。それが証拠にあゆみは着替えも財布もちゃんと持って出たではないか。

だが――。

もう死にたい！　死にたい！　死にたい！

特異家出人。赤間が口にした「特別な手配」がそれに該《あた》る。事件や事故に巻き込まれた可能性が高い者。もしくは自傷自殺の恐れのある者。あゆみが対象者になることに異存はなかった。「身内の子」とはいえ、自殺の可能性を完全に排除してしまえば、名ばかりの捜索になると知っていた。地元の所轄は労を惜しまずやってくれた。交番員だけでなく刑事課や生活安全課も捜索に人数を割いてくれた。それでも目ぼしい手掛かりは得られなかった。ひと月ほどして公開手配を勧められたが迷った末に断った。自分の顔写真が道行く人の目に晒される。あゆみにとって、それに勝る地獄はあるまいと思ったからだった。

テレビ画面の明るさが目に痛かった。

あゆみと歳が幾つも変わらなそうな娘が五人、六人、半裸に近い衣装で踊りながら歌っている。目立とうとしている。どの娘も私だけを見てと言わんばかりにカメラから視線を外さずにいる。

ただの家出だったなら……。

男の気でも引きたくて整形すると駄々を捏ね、反対されるや親を罵倒して家を飛び出し、そして自ら命を絶つことなど百パーセントないと確信が持てたなら、たとえ思春期の娘であろうが心配より怒りが勝ったと思う。十六歳は未熟でも子供とは違う。親の尊厳を踏みにじっていいはずがない。いつか娘は家を出ていくもんだ。うまくいかない親子なんて世の中にごまんといる。俺は親殺しも子殺しも嫌ってほど見てきたんだ。そんな腹立ち紛れの台詞を並べ立て、自分も美那子も無理やり言いくるめてしまったかもしれなかった。

美那子はどう思っているだろう。

娘の病と向き合おうとしなかった三上を。

苦しんでいた我が子に手を上げた夫のことを。

美那子はカウンセラーを責めなかった。うたた寝をした自分を責めることもしなかった。憑《つ》かれたようにあゆみを捜した。それまで何事も三上に相談して決めてきた美那子が、あの時は違った。言葉を掛けても同調しない。目の前で話をしているのに目が合わない。まるで自分一人であゆみを捜しているかのようだった。駅も交友関係も駄目だとわかると、女性向けの雑誌をどっさり買い込んできて、広告を出している整形外科や美容クリニックに片っ端から電話を入れ始めた。マスクをした女の子が来ませんでしたか。赤いスポーツバッグを持っています。来たら必ず連絡を下さい。電話では伝わらない、直接頼み込んでくると言って美那子は連日遠出するようになった。東京。埼玉。神奈川。千葉。あの無言電話がなかったら、モグリの医者まで探し当てて頭を下げていたかもしれない。

赤間に頼み込むこともできた。一万円ぽっちで何ができるわけでもない。親の同意がないのだからあゆみは美容外科のドアを叩けない。それでも数少ない手掛かりの一つには違いなかった。歯型や指紋が死体を捜すためのものだとするなら、美容整形の関係先に手配を回すことは、生きたあゆみを捜し出す手段として当然やるべきことだったかもしれない。三上はしなかった。娘が親譲りの顔を憎んでいる。それだけはどうしても他人に知られたくなかった。知られてしまったら家族が哀れすぎると思った。娘の尊厳を守ってもやりたかった。あゆみが心の病であることも、病があゆみに言わせた言葉も、この家から一歩も出すまいと誓った。だが――。

美那子はどう思っているだろう。

微電流のような緊張が夫婦の間にある。互いに気づいていながら目を瞑《つむ》っている。いなくなってみて、あゆみの存在が夫婦の曖昧な部分に爪を立て、そしてまた堅固な鎹《かすがい》として夫婦の仲を取り持っている。二人に同じ目的を与え、互いを気遣わせ、破綻をきたさぬよう祈りを捧げさせている。

それはいつまで続くのか。

午前零時。三上はリモコンでテレビを消し、炬燵から這い出た。電話機の子機を掴み取り、部屋の灯を落とした。

暗い廊下を歩く。

雨宮芳男の皺だらけの顔……。髪飾りをつけた雨宮翔子のあどけない顔……。刑事として出くわした事件の一つだった。あゆみが家出するまで、我が子を失った親の気持ちを本気で想像してみたことがあったろうか。

三上は足音を忍ばせて寝室に入った。枕元に子機を置いて布団にもぐり込む。足先で電気行火《あんか》を探り、ふくら脛《はぎ》のところへ引き寄せた。

寝返りの気配がした。

三上は隣の布団に目を向けた。そこには解けない謎が横たわっている。両親の顔を憎んだあゆみを思うたび、昔、誰もが感じたであろう疑問を考えずにはいられない。

美那子はなぜ三上を選んだのか。

わかっていると思っていたことがわからなくなった。秒針の音を聞きながら、三上は闇に目を凝《こ》らす思いで夫婦の起点を探していた。

15

せわしい一日になるだろうと覚悟して家を出た。

広報室に入った三上はまず美雲の顔を見た。下戸《げこ》に近い体質だ。前夜の酒はそのまま顔の浮腫《むく》みとなって表れる。行かなかったことは一目でわかった。同時にそれはデスクに寄ってきた諏訪の報告内容を予想させもした。

「玉砕です」

諏訪は嗄《しゃが》れた声で言った。相当に歌い、相当に大声を張り上げたとみえる。隣に並んだ蔵前の顔も酷かった。目は充血し、腫れぼったい瞼がその目を半分覆ってしまっている。

「脈なしか」

三上が訊くと、諏訪は忌《い》ま忌《い》ましそうに酒臭い息を吐き出した。

「本部長への直接抗議にこだわってます。広報官預かりは呑みそうにありません。デスクの梓《あずさ》という男が社会部あがりのバリバリで、かなり秋川にハッパを掛けているようです」

話の最後は報告でなく「情報」の口ぶりだった。秋川もまた板挟みだということか。主婦の名を「独り言」で明かす。いよいよ三上はその意を強くしたが、赤間の諾否を伝えてくるはずの石井からはまだ何の連絡もなかった。

「東洋はもういい。夕方まで手分けして他の社の連中をほぐしてみてくれ。広報官預かりで打診してみて、難しそうなら秘書課長預かりまで口に出してみろ」

赤間の出方が読めない以上、引き続き記者の懐柔を進めておく必要があった。幾つかの社の態度が軟化すれば、搦手《からめて》で東洋を頷かせることができるかもしれない。

記者クラブは水物だ。その時々に在籍している記者の力関係や思惑が複雑に絡み合って七色に変化する。社風と記者の本音がずれていることも珍しくないので、読み違いが生じることも多い。朝日や毎日や東洋は警察に批判的だと一口には言えても、在籍している記者の気質によっては他のどの社よりも友好的な関係が築けることだってある。産経が「親警察」なのは確かだが、中にはイデオロギー的に相容れないはずの朝日にひょっこり移籍する者がいたりする。それにクラブの在籍が一人の社もあれば、三人、四人の社もあるので、同じ社の人間だからといって一括りにはできない。東洋の秋川は社是を体現しているような男だが、名の通った新聞社を全社受験して東洋にだけ受かったというサブの手嶋が、果たして左寄りの社風をよしとしているかどうかはわからないということだ。ましてや今回のような問題が起こった時の化学反応は読みづらい。予想がつくのは準会員のFMケンミンぐらいのものだ。実質、県が全額出資したお抱えメディアで、だから役所と名の付くものには一切逆らえない。残り十二社。諏訪は何社を切り崩せるか。

三上は懐の手帳を引き出して頁を捲った。

『東洋新聞D支局上席デスク・梓幹雄《みきお》——T大卒。四十六歳。陽気。自慢屋。警察好き』

額の狭い色黒の顔が記憶にあった。月に一度の割で開かれるD県警とマスコミ各社の幹部懇談会。その席に、風邪でダウンした支局長の代理として現れたことがあった。

接触してみる価値はある。頭に留め置き、三上は電話に手を伸ばした。秘書課長席に掛ける。ただ連絡を待っているわけにはいかない状況だった。記者クラブに対する回答期限は午後四時だ。それとは別に雨宮芳男の件も早急に手を打たねばならない。

電話には戸田愛子が出た。石井は警務部長室に行っていると言う。

戻ったら電話をくれるよう頼んで受話器を置いた。落ち着かない思いを胸に席を立ち、壁際のホワイトボードに足を向けた。発表文をチェックする。昨夜から今朝にかけては交通事故が三件。あとは台所を焼いたボヤと無銭飲食男の逮捕。概して県下は平穏な夜だったとみえる。踵を返した時、広報官席の電話が鳴った。三上は小走りで戻って受話器を取り上げた。

〈三上君、部長室に行ってくれ〉

それだけ言って石井は電話を切った。重たい声だった。来てくれ、ではなく、行ってくれ。諾否は赤間から直接聞けということか。

三分後には警務部長室のドアをノックした。赤間は一人でいた。執務机からソファに体を移したが、三上には着座を勧めなかった。

「随分と記者の管理が悪いんですね。なぜそうなるまで放っておいたんです」

のっけから尖った声だった。本部長に対する抗議文が出される。いきなり結論だけ聞かされれば怒鳴りつけたくもなるだろう。だが——。

「ご指示通り、匿名問題を撥ねつけたところ、予想以上に態度を硬化させました。懐柔を試みていますが、先方もかなり鬱憤が溜まっているようで一筋縄ではいかない状況です」

三上は立ったまま答えた。依然、着座の指示はない。忘れているのではない。罰を与えているのだ。

「言い訳は結構。時間の無駄です」

三上は苛立った。こっちだって厭味や説教を聞いている時間はないのだ。

「先方は主婦の実名を出せば抗議を撤回すると言っています」

「石井君に聞きましたよ。独り言がどうとかいうあなたの日和見《ひよりみ》プランもね」

――日和見だと？

三上は赤間を見据えた。

「当方に実害はありません。書類上も新聞紙面的にも痕跡が残らない取り引きです」

「却下です」

赤間は冷淡に言い放ち、そして意味ありげな目で三上を見た。

「主婦の名前は公表できません。何があってもです」

口ぶりも妙だった。昔、取り調べたベテラン詐欺師を連想させた。幾つもの犯罪を胸に隠し持ち、自慢したくてたまらないが、しかし下っ端の刑事相手に自白してしまったのでは沽券《こけん》に関わる――。

三上は探りを入れた。

「今回の匿名発表は部長判断だったと伺いました」

「そうですよ。Y署の坂庭君から相談されたので僕が決めました」

「ご再考いただけないでしょうか。このままでは記者たちは収まりません。長官視察の日程が迫っていることを考えれば、今回に限って緊急避難的に――」

「くどいですね。いつまでも愚策にしがみついていないで別の方法を考えなさい」

言葉ほどには棘《とげ》がなかった。詐欺師のジレンマはまだ続いている。

何か裏があるのだ。坂庭という信用の置けない男が絡んでいることも嫌な予感を増幅させる。

「部長――妊婦であること以外に、何か名前を発表できない理由があるのでしょうか」

「ありますよ」

赤間はあっさりと認めた。三上の質問を待っていたかのようだった。

「匿名発表はスケジュールに乗っているんですよ」

スケジュール……?

「個人情報保護法案と人権擁護法案が中央で論議されているのは知っていますね」

「ええ」

記者の口からもよく飛び出す。メディアの規制に直結する悪法だ、許すまじ、と。

「マスコミは色々と難癖をつけていますが、自業自得、身から出た錆です。事件が大きいとメディアスクラムで被害者にさらなる被害を与える。その一方で身内の事件は隠したり恣意的に小さく扱ったりする。そんな輩《やから》が、権力の番人ヅラをしてこちらを批判するなど厚顔無恥としか言いようがありません」

赤間は話をとめて唇にリップクリームを引いた。

「二つの法案はいずれ通ります。その次が匿名発表の恒常化です。我が方が働きかけて政府内に犯罪被害者対策に関する検討会を作らせます。事件の被害者名を発表するかしないか、その判断は警察が行うという文言を盛り込みます。被害者の名前に限ったこととはいえ、これを閣議決定させて御旗を得れば匿名発表はいくらでも拡大解釈が可能になります。入口から出口まで、つまりは記者発表のあらゆる場面において、こちらが主導権を握れるということです」

ようやく呑み込めた。赤間が強硬姿勢を貫く理由が。

匿名問題の対処は完全なる本庁マターなのだ。いや、ことによると赤間マターか。どこか得意げな口ぶりから察するに「検討会設置」や「閣議決定」の戦略は、赤間が本庁に戻って為《な》そうとしている腹案なのかもしれなかった。

もはや赤間の翻意はないと見切ったが、それでも三上は釈然としなかった。「独り言」が本庁の方針に背く行為とは思えない。非公式、非公然の職務遂行は、警察組織にとって「存在しないこと」を意味するからだ。

「理解できたら下がりなさい」

「それだけですか」

思わず三上は問うた。

赤間は驚いたようだった。が、すぐさま眼鏡の奥の瞳に好奇の色が浮かんだ。

「どういう意味です」

「主婦を匿名にした理由です」

今度ははっきりと刑事の頭で言った。詐欺師のジレンマが消えていない。まだある。

赤間は何かを隠している。

「いいでしょう。話してあげます」

赤間は笑いだしていた。

「実を言いますとね、その妊婦、加藤卓蔵《かとうたくぞう》さんのお嬢さんなんですよ」

全身がぎゅっと締まった。

加藤卓蔵。『キングセメント』の会長。今年二期目に入ったD県警公安委員——。

「横車ですか」

発火したように言葉が出た。

「いいえ、こちらが気を遣ってあげたんですよ」

赤間は涼しい顔で答えた。

確かに地方の公安委員などただのお飾りだ。月に一度、本部長と会食して雑談をするだけの名誉職で、警察行政に何ら影響力を持たない。しかし組織図の中では違う。県警本部は三人の委員からなる公安委員会の指揮監督下にある。だから手心を加えた。いや、お為《ため》ごかしの匿名発表で恩を売り、D県財界きっての重鎮の胸に、死ぬまで消すことのできない親警察派の焼印を押しつけた。

「お嬢さんが妊娠しているのは本当のことです。坂庭君は発表そのものを差し控えたいと言ってきましたが、重傷事故ですし、相手に騒がれても面倒なので匿名の措置を取りました。さあ、これで理解できましたか」

三上は返事ができなかった。驚きは過ぎ去り、胸には怒りと不信感が渦巻いていた。菊西華子は公安委員の娘。なぜ広報官の耳に入れなかったのか。

「前に言ったでしょう」

赤間は呆れ顔になっていた。

「あなたは直接記者と交渉するわけですから、事情を知っていれば顔や態度に出ないとも限りません。知らないほうが堂々と対応できるじゃないですか」

視界が暗くなった。すぐには感情が動き出さなかった。知らないほうが……堂々と……。そうとも、三上は記者の前で堂々と振る舞った。何も知らされていなかったからこそ、強い言葉を次々と言い放った。

〈どうしてそんなにいきり立つんだ。匿名報道は世の趨勢だろう〉

〈それぐらい恐ろしいことなんだ、新聞に書かれるってことは〉

お偉いさんの娘なんじゃないの。山科にからかうように言われ、本気で怒鳴りつけた場面もあった。

猿芝居を打たされた。

三上は俯いた。怒りと同質の激しい羞恥が込み上げ、顔も体も熱を帯びていた。

何も知らずに真顔で記者とやり合っていた。本意ではなかったろうと言われればそうだ。立場で物を言っていたに過ぎない。しかし、ただ赤間の代弁者としてあの場にいたわけではなかった。妊婦の扱いを丸ごとマスコミに預けてよいものか。県警の言い分にも理があると思えばこそ言葉を連ね、知恵を絞り、なんとかこの不毛な争いにケリをつけようとしていた。だが――。

理などなかった。微塵《みじん》も。

三上は目を閉じた。

赤間の言った通りだ。前にも同じ釘を刺されていた。〈何も知らなければ何も話せない。違いますか〉。忘れてしまっていた自分が愚かしい。今に始まったことではなかった。赤間は端から三上を木偶《でく》人形扱いしていたではないか。

「それより遺族宅のセッティングはどうなりましたか」

三上は答えなかった。目は開いたが視線は赤間に向けずにいた。確たる自覚を胸にそうしていた。

脳は手足と相談などしない。手を動かしたければ手に、足を動かしたい時には足に、ただ動けと信号を発する。赤間にとっては当たり前のことなのだ。この交通事故の件ばかりではない。刑事部と接触せずに遺族宅の段取りをしろと命じたのはなぜか。二渡を使って何を企てているのか。手足には知らせず一方的に信号を発するだけだ。

「どうしました。答えなさい」

三上は沈黙を堅持した。手足にだって神経が通っている。命がある。

突如、赤間の上半身がソファから伸び上がった。猫だましでもするように三上の顔に向けてパンと手を打った。

「こっちを見なさい」

三上は目を剥いた。

反射的に安全装置が働いた。だが弱かった。あゆみの顔は陽炎《かげろう》のように揺らめいて、今にも憤怒に掻き消されてしまいそうだった。

赤間はゆっくりと視線を上下させ、三上の反応を窺っていた。そして薄く笑った。

「勘違いしているといけないので言っておきます。いいですか、広報官をお払い箱になったからといって刑事部に戻れるなどとは思わないことです」

辞表の文字が浮かんだ。途端に気持ちが荒ぶれた。もういい。これまでだ。終わりにしてやる。キャリアの皮を被ったサディストの靴など舐めてたまるか。

あゆみの顔は霧散した。が、次の瞬間、別の顔が取って代った。

悲しげで、光のない、懇願を湛《たた》えた瞳でこちらを見つめる美那子の顔だった。

脳が激しく揺さぶられた。風花が見えた。白い布が、蒼白い少女の死顔が、色白の署長の顔が、次々とフラッシュバックして網膜に降り注いだ。

美那子は二十六万人の仲間に紛っている。彼らのたゆまぬ目と耳に一縷《いちる》の望みを託している——。

遠くで声がした。

「遺族宅はどうなりましたか」

「………」

「訊いているんです。答えなさい」

赤間の声は近かった。あまりにも。

三上は顔を上げた。唇が震えた。

「いま……交渉中です」

体中の気が、言葉とともに頽《くずお》れた。

「早くなさい。週明けには官房に連絡を入れねばなりません。それと参考までに話しておきます。加藤委員の娘が撥ねた老人ですが、一時間前に亡くなりました。記者が訊いてこなければ話す必要はない。Y署の坂庭君にはそう言ってあります。あなたもそのつもりで」

赤間が腰を上げた。三上より十センチは低いはずの視線が、遥か上から三上を見下ろしていた。

16

広報室の窓に景色はない。

庁舎に擦り寄るように建てられた資材倉庫の壁が視界を塞いでいる。三上は半回転させた自席の椅子にもたれ、錆で赤茶けたその壁をぼんやりと見つめていた。放心とは違う。生きている限り、そんな贅沢な時間を持つことはないのだろうと思う。

重傷事故が死亡事故になった。以前は事故発生から二十四時間以内に被害者が死んだケースのみを死亡事故にカウントしていた。統計上、死者数を少なく見せたい警察のさもしい知恵だった。マスコミに叩かれ、今は二十四時間を超えた死亡も統計に載る。まさしく加害者が公安委員の娘であることを隠し、被害者が死亡したことを隠す。

「入口から出口まで」警察の作文だった。

物音に振り向くと、美雲が入れ替えたお茶をデスクに置いたところだった。その向こう、一眼レフカメラを手にした細い背中が部屋を出て行こうとしている。

「どこへ行くんだ」

蔵前はびくっとして立ち止まり、数歩戻って答えた。

「ふれあい公園です。音楽隊がミニコンサートをやるので写真を撮ってきます」

喉元を激した言葉が駆け抜けた。

「美雲に行かせろ！　隣をやれと言っただろう。一社でも二社でも落としてこい！」

蔵前は色をなくして直立不動の姿勢をとった。三上は目を逸らした。蔵前と自分の姿が、寸分違わず重なって見えたからだった。

蔵前が部屋を出て行った。渡されたカメラを肩に掛けて美雲が後に続く。

三上は電話を一本入れ、お茶で口を湿らすと足早に部屋を出た。

外の景色が違って見えた。

腹を括ったからだろう。犬でいい。警務部の犬に徹してやる。そう覚悟を決めたからだ。自分には辞職の選択肢すらないと知った今、仕事の内容などもはやどうでもよかった。黙して実施する。結果を出して完結させる。それだけだ。

悲観することはない。これまでもそうしてきたではないか。若い女の臓物を手繰り出した殺人鬼を死刑台に送った。収賄で得た金で愛人を囲っていた市長を取調室で土下座させた。IQ一五〇の詐話師の目を二十二日間見つめ続けて心理戦に打ち勝った。刑事部の修羅場で実施と完結を積み上げてきた三上の職能が、平々凡々九時五時の生活を送っている管理部門の事務屋に劣るはずがなかった。獰猛《どうもう》な警務の犬になればいい。難局を食い、警務部を食い、やがては狂犬と化して赤間の喉元を食い破って完結させてやればいい。

三上は廊下を歩きながら腕時計に目を落とした。午前十時を回ったところだ。記者クラブの回答期限まで六時間を切っている。

頭は冷静に働いていた。

妊婦の名前は明かせない。「独り言」も使えない。ならば三上は午後四時に記者室に行き、紋切型の拒否回答を伝えることになる。記者たちはいきり立ち、本部長室に押しかけて辻内に抗議文を突きつける。早急に手を打たねば「あってはならないこと」が現実に起こる。

匿名発表を堅持したまま軟着陸させる方法は一つ。抗議文を三上か石井の「預かり」とする案を記者クラブ側に呑ませ、警務部の金庫の奥で永久に眠らせてしまうことだ。三上の回答を聞いた後、クラブ側は再び総会を開くと秋川は言っていた。そこが勝負どころだ。「今回は広報官預かりで留めるべき」。どこかの社にそう提案させる。離合集散の不確実さはあるにせよ、諏訪は「落とせる相手」を知っている。根回しを徹底すれば元々穏健派に属する何人かを「預かり」に賛同させるのは可能だろう。

問題は本部長への直接抗議を言い張る強硬派だ。現段階では穏健派を圧倒しているとみていい。要は数だ。強硬派から何社かを切り崩さない限り、多数決に持ち込んでも勝ち目はない。

——ネタが要る。

三上は階段で五階に上がった。フロアすべてが刑事部のシマだ。古巣の匂いがする。二階とは明らかに漂う空気が異なる。

捜査第二課——。三上は黒く煤《すす》けた扉を押し開いた。

糸川一男《いとかわかずお》が顔を上げた。彼の次席デスクは、この春まで三上が座っていた場所だ。落《おち》合《あい》課長の不在は広報室から入れた電話で確認済みだった。地方警察の捜査二課長ポストは年若いキャリア組の「指定席」だ。在室している時に三上が立ち寄れば、キャリア繋がりでたちまち赤間に話が抜ける。

糸川を促して隣の刑事部屋に移った。さらに奥の任意取調室に入り、ドアを閉ざした。

「昨日は世話になったな」

三上はパイプ椅子を開きながら言った。

「えっと、なんでしたっけ」

「ウチの蔵前に随分優しくしてくれたらしいじゃないか」

「やっ、決してそんなつもりは」

「犬に食わせるネタはない、ってことか」

糸川の目元に脅えの筋が走った。

歳は四つ下。三上が知能犯捜査一係の班長だった時分、下で三年使った。出来る男だ。とりわけ帳簿類に強い。商業高校で齧った簿記が生きた口だ。

向かいの席に糸川が尻を落ち着けると、三上はスチール机に両肘をついて指を組んだ。

刑事同士の話に前置きは不要。

「例の談合はどうだ」

「ええ、まあ、順調です」

「これまでに八人パクったんだったな」

「そうです」

「今日も専務を呼んでるのか」

「さあ……」

糸川は惚けた。

三上はオーバーに首を傾げてみせた。県内最大手、八角建設の専務に対する事情聴取を開始した。一昨日、三上にそう漏らしたのは、ほかならぬ糸川なのだ。

自然と語気が強まる。

「八角の専務だよ。呼んでるんだろ」

「あ、ええ……呼んでると思います」

――思いますだと。

何とも煮え切らない態度だ。事情聴取をしているか否か、課のナンバー2である糸川が知らないはずがない。

三上は質問を変えた。

「ブン屋のほうはどうだ。どこか聴取に気づいてる社はあるのか」

「いえ。まだどこも」

ならばネタに使える。三上は表情を変えずに続けた。

「間抜け揃いで助かるな」

「各社ともまだ祖川《そがわ》を追っ掛けてますから」

「らしいな」

祖川建設は県議の実弟が社長を務める準大手で、とかく行政との癒着や暴力団絡みのきな臭い噂が絶えない。それを嫌った八角が祖川を干したがために今回の談合はシロなのだが、事件着手当時は二課も疑いを持って祖川を洗った。加えて「八角隠し」をしたい一心の落合課長が、祖川をシロだと断言せずにいるので記者たちが引き摺《ず》られている。

「で、専務はいつごろ身柄になりそうなんだ」

三上はさりげなく話を戻した。

「それは、ちょっとわかりません」

「大体でいい。今日明日か、それとも週明けになりそうか」

「そう言われても……」

糸川は困り果てた表情になった。らしくない。三上が刑事詣でをしていた頃は、膝を詰めればかなり際どい情報でも渋々口を割った。

「広報には言えないってことだな」

「いや、広報にだけってわけじゃなく――」

糸川は言い掛けて口を噤んだ。しまった、の顔だ。

三上は赤みが広がる顔を見据えた。刑事同士で交わされる会話ならばさしずめ続きはこうだ。

広報だけじゃなく、警務には絶対知られないようにしろ――。

警務イコール警務部だ。本部長直轄の秘書課。不祥事を洗う監察課。人事を預かる警務課。そうした管理部門の中枢に対して知られたくない出来事が生じた。普通に考えるなら、談合事件の捜査に不手際があり、刑事部内に箝口令が敷かれたということだ。

「誰か首でも吊ったのか」

「とんでもない。捜査はうまくいってます」

糸川は慌てて否定した。

「じゃあ何のための箝口令だ」

「私だって知りませんよ。別段、事件がどうのこうのってことじゃないみたいですよ」

「事件じゃなくて何だ」

「とにかく、何を訊かれても一切警務には話をするな、ってことですから」

一切？　耳を疑った。

「おい、どうなってるんだ」

「だから本当に知らないんです」

「俺にも言えないのか」

凄んではみたものの、もはや糸川の瞳に嘘も誤魔化しもなかった。

「部長に訊いてみて下さいよ。私だって理由を知りたいくらいなんだから」

部長命令ということだ。荒木田が部下には理由も知らせず、警務には何も話すなと命じた。まるで赤間を真似たかのようなトップダウンではないか。

「それで蔵前を撥ねつけたってわけか」

「悪く思わんで下さい。でも三上さんこそ何です。蔵前を追い返したぐらいで乗り込んできて。いくら広報が情報過疎だからって、こんな事細かに談合のことを訊く必要はないでしょう」

唐突に守備機会が回ってきた。

「記者会見の段取りのためだ」

「それだけですか」

「他に何があるよ」

騙すつもりはなかったが、しかし刑事部の不穏な動きを吹き込まれてみて本音が言えなくなった。

「じゃあ、もういいですか。これからちょっと会議があるんで」

糸川は反問に乗じて話を切り上げ、電話で呼ばれたのをこれ幸いとばかり部屋から出ていった。もう戻るまい。

三上は思案の足で階段を下った。

収穫はあった。

逮捕予定日こそ聞き出せなかったが、マスコミ各社が八角建設の専務に関してはノーマークだとわかった。「専務を事情聴取」のネタは記者との取り引きに十分使える。

加点の思いは長続きしなかった。糸川の不可解な言葉が繰り返し頭に浮かぶ。

〈とにかく、何を訊かれても一切警務には話をするな、ってことですから〉

単なる箝口令とは違う。警務部を完全にシャットアウトする。そんな強いニュアンスだ。

嫌でも昨日の赤間の言葉が思い返される。

〈刑事部に持っていかず、あなたが直接交渉なさい〉〈これは警務の仕事なんですから。刑事部が絡むとややっこしくなるでしょう?〉〈セッティングが終わったら、僕のほうから刑事部長に話します。それまでは内々で話を進めなさい〉

警務部と刑事部の間で何かあったということか。

全国どこでも警務部と刑事部の関係は似たり寄ったりだろう。まるでそうすることが義務であるかのように一定の距離を保ち、表向きは無視し合い、陰では互いの悪口を言い募る。だが「反目」は必ずしも「対立」ではない。所詮は同じ警察官であるし、双方の関係が希薄な分、実際的な衝突も起こりにくい。

D県警もそうだ。三上の知る限り、今現在、警務部と刑事部の間に特別な火種は存在しない。

だが……。

赤間と糸川の言葉。コインの裏表のようなその奇妙な一致はただの偶然だろうか。

不意に全身が粟立《あわだ》った。

偶然を必然に変える男の顔が脳裏を過ったからだった。

二渡だ。あの警務部のエースが妙な動きをしたからだ。ロクヨンを調べている。刑事部にとって最大の汚辱《おじょく》をほじくり返している。やはり何かあったのだ。二課の談合ではなく、火種は一課のロクヨン――。

三上は階段の踊り場に立ち尽くした。

上の階は刑事部。下は警務部。自分の立っている場所が、そのまま己の置かれた立場に思えた。

17

回答期限が迫っていた。

「東洋、朝日、毎日、共同――この四社は脈なしです。断固、本部長に抗議すべしで動きません」

広報室のソファで、三上、諏訪、蔵前の三人は額を突き合わせていた。

「俺の預かりで納得しそうなのはどこどこだ」

三上が訊くと、諏訪はメモ帳から目を上げた。

「タイムス、Dテレビ、FMケンミンの三社はOKです。D日報の富野《とみの》がつかまらないんですが、九九パーセント大丈夫です」

地元四社。諏訪にとってはお手の物だったか。この四社のいずれかに抗議文の「預かり」を提案させる。いや、四社共同提案がベストだ。

「読売と産経は？」

「読売はどっちとも言えませんね。一応は断固抗議ですが、ただ東洋があんまり出しゃばるようなら引っ繰り返してやろうと考えているふしがあります。それと産経は警務部長預かりなら呑んでもいいようなことを言ってます」

「残りの三社は？」

「あ、はい」

答えたのは蔵前だった。先ほど三上に怒鳴られたのが応えたとみえて怖《お》ず怖《お》ずしている。

「えーと、NHKと時事通信、それと東京新聞は模様眺めと言いますか……匿名発表には反対ですが、抗議文に特別こだわっている様子は感じられません。最終的には多数意見に乗るのではないかと」

三上は煙草に火を点けた。

頭の中で票読みをする。「本部長直接抗議」と「広報官預かり」がともに四社。「態度保留」が三社。「部長預かり」と「不明」がそれぞれ一社ずつ。

微妙な数字だった。

「産経は秘書課長預かりに下げられないか」

「難しいでしょうね。他社の手前、格好がつかなくなりますから」

一つ頷き、三上は蔵前に顔を向けた。

「ＮＨＫ、時事、東京をもう一押ししてみろ。近々、談合が上に伸びるようだと話の中に盛り込んで恩を売れ」

「わかりました」

諏訪に顔を戻す。

「お前は毎日を切り崩せ。二課が八角建設に目をつけてる。そこら辺りまで漏らしていい」

「はい。しかし今の状況だと読売のほうが取り込みやすいと思いますが」

「読売は一つ抜いてる」

そうでした、というふうに諏訪は頷いた。読売と朝日はこの談合事件で既に特ダネを書いている。いま最もネタに飢えているのは毎日と東洋だ。

「じゃあ、朝日もやらなくていいんですね」

「いい。朝日は弄ると逆効果になりかねん」

「ですね」

諏訪は軽く受け、だがすぐに眉を寄せた。

「あとは東洋ですね。やはり弄らず放っておくんですか」

「いや、これからデスクに当たってみる」

東洋を軟化できればそれに越したことはなかった。秋川の存在感に加えて、今月の記者クラブの幹事社であることが大きい。東洋が「広報官預かり」に転じれば、ＮＨＫや時事など何社かは賛同しそうだ。とはいえ秋川との関係は煮詰まってしまっているし、鼻先にネタをぶら下げたところですぐに飛びつく性格の男でもない。残された時間で一発逆転を狙うとすれば、秋川の上司を口説き、そのトップダウン効果に期待するほかあるまい。

「それと――」

三上は声を潜めた。美雲には聞かれたくなかった。

「例の交通事故の老人が死亡した。事実関係を押さえておけ。隣にはクラブ総会が終わるまで気取られるな」

驚きの間の後、二人は無言で頷いた。

三上は壁の時計に目をやった。十一時を回ったところだ。

「動いてくれ」

目礼とともに二人は腰を上げた。三上も立ち上がった。ソファを離れる蔵前の背中に軽く拳を当てた。

「頼むぞ」

怒鳴って悪かったな。そう言ったつもりだ。蔵前は振り向き、上気した顔に安堵の色を覗かせた。途端に美雲も元気になった。隅の机で一人、背中を丸めてパソコンを叩いていたが、さっと立ち上がって窓際に向かい、軽やかに窓を開いて外の空気を取り込んだ。狭苦しい小部屋で、常に四人が顔を突き合わせている濃密な閉鎖空間だ、些細な諍《いさか》いや気持ちの行き違いが酸欠状態を招く。

三上は自分の席に戻り、東洋新聞D支局に電話を入れた。運良く目当ての梓幹雄が直接出た。先だってのマスコミ懇談会で名刺交換は済ませていたが、話をするのは初めてだった。折り入って相談がある。昼食を一緒にどうかと誘うと梓は二つ返事で乗ってきた。「警察好き」。マス懇の印象そのままの受け答えに胸を撫で下ろした。

電話を終えると美雲まで出払っていて、部屋には三上一人だった。

ふっと覚めた思いになる。

新聞社のデスクに会い、事件ネタで買収し、本部長に対する抗議を阻止する――。

三上は再び受話器を握った。昼は戻れない。出掛けにそう告げておいたが自宅に電話を入れた。

「今日はちゃんと草月庵でとれよ。二つとればいいんだ。一つはモリにしといて晩飯の時に煮ればいい。帰ってから俺が食うから。いいな」

一方的に喋り、美那子が切りたがる前に受話器を置いた。

美雲がポットを手に戻った。

「広報官、大丈夫ですか」

唐突に言われて驚いた。

「何がだ」

「顔色が悪いです。とても」

「何ともない」

ぶっきらぼうに返したからか、美雲はしばらく黙って三上の様子を窺っていた。

「広報官」

「何だ」

「私にできることはありませんか」

張り詰めた声だった。

「十分やってる」

「私も記者対策に加えて下さい」

三上は踵で床を蹴って椅子を半回転させた。美雲の目を正視できなかった。

背中で言った。

「お前はいい。頼むから困らせないでくれ」

18

少し早いと思ったが、三上は十一時半に車で本部を出た。

梓が指定した待ち合わせ場所は、東洋の支局にほど近い洋食屋だった。

「やあ、こっちです」

梓は先に来ていて、窓際の席で新聞を開いていた。三上と同じ四十六歳。真冬だからだろう、前に会った時には精悍《せいかん》に見えた浅黒い顔が、何やら払拭《ふっしょく》し難い病魔の存在を想像させた。

「遅くなってすみません」

三上は軽く頭を下げ、相向かいの椅子に腰を下ろした。

「いやいや、僕が早過ぎたんですよ。支局にいると雑用が多くって。三上さんに電話を貰ったんで、これ幸いと逃げ出してきました」

面と向かってみると、梓はいたって元気で、前の印象以上に気安い男だった。

「お噂はかねがね。三上さん、二課の班長時代、汚職《サンズイ》で首長を三人も挙げたんですってね」

「古い話です」

「一課にもいらしたんでしょう？」

「ええ。一課と二課が半々ぐらいです」

「翔子ちゃん事件の時は？」

「たまたま一課の特殊犯にいました」

「やっ、特殊ならドンピシャじゃないですか。何だかんだ言ってもやっぱり誘拐は特別ですからね。いやあ、僕も東京じゃ散々やりました」

梓は元警視庁キャップの経歴をさらりと盛り込み、失敗談を装った手柄話を喋りまくった。三上は用件を切り出せずにいたが、ともにカレーを平らげ、食後のコーヒーが運ばれてきたタイミングで梓が先手を打ってきた。

「お話は、本部長への抗議をやめてくれってことですよね」

三上は口に寄せていたコーヒーカップをテーブルに戻した。梓の唐突な切り込みに、危うく中身を零《こぼ》すところだった。

硬い手で背広の前を合わせた。

「ええ。そのお願いです。何とか私の預かりで矛を収めていただけないかと」

「まあ確かに、いきなり本部長というのはやりすぎかとも思いますけどね。ただ、現場の者の気持ちもありますし、それに広報のほうにも各社をエキサイトさせた原因があるんじゃないですか」

「それは認めますが、なにぶん第一当事者が妊婦ということでしたので」

「仰《おつしや》りたいことはわかります。しかしですね――」

梓は匿名問題について語り始めた。持論めかしているが、中身は若い記者が口にするものと変わらない。頷きながら三上は腕時計を盗み見た。午後一時を過ぎた。回答期限まで三時間を切っている。

「梓さん」

三上は半ば強引に話を取り戻した。

「警察に詳しいあなたなら本部長に対する抗議の重みがわかるはずです。抗議を受け付けないと言っているのではありません。他県の例に倣っても、まずは秘書課もしくは総務課に、というのが筋じゃないですか」

「まあ、そんなことのようですね」

押せる、と思った。秋川は社会部あがりのデスクにハッパを掛けられている。諏訪がもたらしたその情報は、酒を酌《く》まれた秋川の方便ではないかという気がしてきた。目の前にいる男は頑固でも過激でもない。あるいは、そう三上に思わせる辺りが東京で鳴らした記者の技か。

三上は畳みかけた。

「匿名問題が重要でないとは言いませんが、しかし、このことで県警とクラブが絶縁のようなことになれば互いに不幸でしょう。ここは一つ、梓さんの力で——何とか」

最後の「何とか」に力を込めた。

梓は思案顔のまま言った。

「わかりました。わざわざ出向いて下さったわけですから、秋川と話はしてみます。しかし先ほど言いましたように、現場には現場の気持ちがありますし、それに私から言われて秋川がどう思うか……。頭越しということになりますからね」

三上は感情を殺して頷いた。内心にはあった。あの秋川に、自分と同じ頭越しの屈辱を味わわせてやろうという思いが。

話の本筋のほうは曖昧なまま終わりそうな気配だった。

「いずれにしても何のお約束もできません。後で恨まないで下さいよ」

逃げ口上を打ち、梓は腰を浮かせてテーブルの伝票に手を伸ばした。

その伝票を三上の手が押さえた。

梓は笑った。

「いやいや、警視に奢ったりしませんよ。こっちが食い逃げみたいなことになっちゃうと嫌だと思っただけです」

「梓さん、座って下さい」

「えっ……?」

――聞け。

三上は目で言い、そして低い声で言った。

「秋川記者には談合に専念するよう言って下さい」

梓は小首を傾げて三上を見つめた。警視庁キャップまで務めた男だ、次に三上がどんな類《たぐい》の話を切り出すか見当はついている。

期待以上のはずだ。

「ここ何日か、八角建設の専務を任意で呼んでます。早ければ数日中に逮捕の運びになるでしょう」

梓の瞬きが止まった。顔の幾つかの筋肉が張り、幾つかのそれが緩んだ。新人もベテランもない。特ダネを手にした瞬間の記者の顔は皆同じだ。

既にランチの客は引けていた。静まり返った店内で、三上は取り引きの成立を確信した。

19

四時ジャスト。三上は記者室のドアを押し開いた。背後に諏訪、蔵前、美雲の三人が続く。

記者は勢揃いしていた。

その数に驚く。ざっと見て三十人強。クラブの名簿に登録されている記者のほとんどが顔を揃えた勘定だ。共用スペース中央のソファに七、八人。あとは社の専用ブースから椅子を持ち出してきて座っている。椅子を置く場所がなくて立っている記者も多い。美雲がペンを手に社名をチェックしていく。昨日のような殺気立ったところはない。どの顔も「まずは回答を聞いてから」の構えだ。

三上のすぐ前、全県タイムスの山科がサイレントで愛想を振りまいている。そのぬるい顔を他社に見られたくなくて一番前に陣取ったのだろう。

東洋の秋川は、サブの手嶋とともにソファの後ろに立って腕組みをしていた。いつもと変わらぬクールな態度だ。だが内面はどうか。デスクの梓にどう言われ、どんな気持ちでこの場に臨んでいるか。

毎日のキャップ宇津木は心持ち和やかに見える。諏訪の抱き込み工作が功を奏したということか。ＮＨＫの襃岩《ほろいわ》と時事通信の梁瀬《やなせ》は一番後ろで肩を並べている。蔵前の報告通り、模様眺めそのものの位置取りだ。

「各社お揃いですか」

諏訪が声を張り上げた。

「えー、ではこれより、昨日記者クラブより申し入れのありました、Y署管内における重傷交通事故の第一当事者氏名公表要求の件に関して広報官より回答致します」

三上が前に出た、その瞬間ストロボが光った。朝日の高木《たかぎ》まどかだった。

「おっと、高木ちゃん、そういうのやめようよ。会見ってわけじゃないんだからさ」

諏訪が「クラブ言葉」でクレームをつけると、高木は甲高い声で言い返した。

「メディア欄で使うんですよ。匿名問題の特集組む予定があって」

「だったら後ろから撮ってよ。顔出されたらたまんないよ。匿名問題やってるのってウチだけじゃないだろ」

場を収めた諏訪は三上に顔を向けた。どうぞ、の目配せ。

三上は一つ咳払いをして、用意した文書に目を落とした。

「では回答致します――本件に関しては、第一当事者の主婦が妊娠中であったことを勘案し、氏名の発表は差し控えます」

予想通りの回答だったのだろう、記者側の反応はまったくと言っていいほどなかった。

三上は読み上げを続けた。

「ただし、今後また同様の問題が生じた際には、その都度、貴クラブと誠実に話し合うことと致します――以上」

後段は毒消しだ。三上が発案し、十五分ほど前に石井秘書課長の許可を得た。

大きく頷き、秋川が口を開いた。

「D県警の考えはよくわかりました。これからクラブ総会を開いて対応を協議します。ご退席下さい」

広報室に戻ってからが長かった。

壁の時計が部屋を支配していた。ソファに三上。その相向かいに石井。結果が心配で二階から下りてきたのだ。諏訪、蔵前、美雲の三人は気も漫《そぞ》ろだ。それぞれのデスクでパソコンや書き物をしているが、数分おきに目線を壁に上げる。

四時十五分……二十分……。

部屋のドアはゴム製のストッパーで五センチほど隙間を開けてある。記者が廊下に出てくれば足音でわかる。

打てる手は打った。

クラブ総会の直前、諏訪が地元の四社と密かに接触し、毒消しの一文をちらつかせて土壇場の根回しを行った。抗議文の「秘書課長預かり」を共同提案して欲しい。借りは必ず返すと頼み込んだ。タイムスの山科は承諾。他の三社も渋々呑んだという。共同提案とあらば強硬派も無視はできない。確実に正式議題として取り上げられる。

「遅いね。大丈夫なのかい」

石井が言った。沈黙に堪えかねた顔だった。

三上は無言で頷いた。

揉めてはいるだろう。共同提案がすんなり通るほど甘くない。本部長に直接渡して抗議すべし。強硬派はあくまでそう言い張る。おそらく話し合いではまとまらず、決を取ることになる。加盟は十三社だから、七社が「秘書課長預かり」に挙手してくれれば切り抜けられる。

勝算はあった。地元四社の基礎票に加えて、まず毎日の一票が見込める。産経も最終的には武士の情け的な心理が働き、「警務部長預かり」から「秘書課長預かり」への格下げを容認する。これで既に六票だ。朝日と共同は強硬意見を貫くだろうが、東洋は大きくトーンダウンして黙認か棄権に回る。そこで潮目が変わる。ＮＨＫ、時事、東京の模様眺め組は、肩透かしを食らわされて大いに白ける。三社のうち一社でも「まあ今回はいいか」と溜め息をつけば過半数の七票に達する。いや、気の抜けた空気の中で三社ともそうなる公算が大きい。うまくすれば読売も賛成に回って圧勝する——三上が描いた勝ちパターンのシナリオはそうだった。

だが遅い。もう結論が出てもいい頃だ。

三上も石井に劣らず焦《じ》れていた。良からぬ結果が頭を過る。時間経過とともに疑心が鎌首を擡げる。諏訪は本当に毎日の宇津木を落としたのか。地元四社をまとめきれたか。蔵前はちゃんと各社に談合ネタの餌を撒《ま》いたか。いや、ことによると自分の失策か。秋川潰しが空振りした——。

それはない。洋食屋で提示したS級の談合ネタに梓は食いついた。

〈ありがたく頂戴します〉

秋川は骨抜きのはずだ。外では一端《いっぱし》の記者ヅラをして肩で風を切っていても、所詮は組織の歯車だ。上席デスクの命に背ける道理がない。他社の手前、積極的に「預かり」に賛同はしまいが、声高に本部長抗議を叫ぶこともまたできない。

やはりネックは朝日と共同か。それとも秋川を嫌っている読売の牛山《うしやま》か。秋川が「預かり」容認に転じたのを見て、ここぞとばかり天《あま》の邪鬼《じゃく》を決め込んだか。

四時半を回った。

静寂が耳に痛かった。

四時三十五分……四十分……。

五人は一斉にドアを見た。足音だ。一人や二人ではない。

三上は真っ先に部屋を飛び出した。

もう十人ほどの記者が廊下に出ていた。その一団を階段方向に押しやるように、後から後から記者が溢れ出てくる。中ほどに秋川の顔が覗いた。三上に気づいて寄ってきた。それが合図のように雑談が止み、他の記者たちも一斉に三上を見た。

三上は秋川の両眼を凝視した。

――どっちだ?

秋川は無表情で言った。

「これから本部長に抗議文を手渡しに行きます」

三上は固まった。背後でヒッと息を呑む音がした。

敗れた――。

全身から力が抜けていくのを感じた。半日も一日もかけて作った砂の城を、一蹴りで跡形もなく壊された思いだった。

秋川の顔がすっと近づき、三上に耳打ちした。

「梓は肝臓を壊して来週東京に戻ります。何か餞別《せんべつ》をいただいたそうで。三上さんにくれぐれもよろしくとの伝言です」

うっすら笑った顔が遠ざかった。

三上は目を見開いていた。

やられた。ありがたく頂戴します。餞別。梓は「食い逃げ」を決め込んだのだ。

記者たちは波を打つように階段方向に歩き出した。秋川の背中が流れに紛れていく。

待て！

怒鳴ったつもりが声にならなかった。

三上は視界を失っていた。膝が緩み、よろけた。横腹に支えを感じた。宙を掻いた手が美雲の肩を捕まえていた。

「広報官、大丈夫ですか」

「ああ……」

「座って――さあ」

美雲の声が遥か遠くに聞こえた。頭がぐらぐらと揺れていた。視界を取り戻そうと手のひらで瞼を擦《こす》り上げた。

おい！　おい！　おい！　壊れた蓄音機のような叫び。石井だ。記者たちの後を追い掛けている。

「よしてくれ！　そんな大勢で！」

諏訪が怒鳴った。即座に誰かが怒鳴り返した。

「全会一致なんだから当然だろ！」

思わず美雲の手を振り払った。

――全会一致？　そんな馬鹿な！

三上は前屈みの格好でよたよたと歩きだした。光の戻った目を凝らし、痺れのある足で懸命に記者たちの背中を追った。美雲が張りつく。また突き放す。

階段に差し掛かった。前を行く記者の服を摑み、掻き分け、また摑む。上を仰ぎ見た。黒山だ。先頭の一団はもう二階の廊下か。

――行かせてたまるか。

毎日の宇津木を追い越した。タイムスの山科に追いついた。

「こ、広報官」

弁解顔を鷲摑《わしづか》みにして押し退けた。次の記者も、その次も。どけ、どけ、どけ――。

二階の廊下に出た。先頭の数人が秘書課に入っていくのが見えた。走った。走れた。全力疾走でごぼう抜きした。課に転がり込んだ。五、六人の記者が既に入室していた。「在室」のランプが目に飛び込んだ。本部長はまだいる。

数人の課員が機敏に動き、本部長室の扉の前を固めた。背広姿の物腰柔らかい上品な男たちが、警察官に立ち返った瞬間だった。何かが割れる音がした。コーヒーカップをテーブルに落とした戸田愛子が立ち竦《すく》んでいた。

三上は課員と記者の間に割って入った。目の前に秋川の顔があった。背後に二十人からの記者が押し寄せてきている。

なだれ込まれたら終わりだ。三上は両手を目一杯横に広げて立ち塞がった。すぐには言葉が出なかった。乾いた唾が喉に張りつき、口で息をしていた。足を踏んばり、正面を睨みつけ、が、その視界の端に異物を感じた。

部屋の中央のソファに二渡がいた。こちらを見つめている。あの目だ。一切の感情を押し殺した黒い穴のような目。それは一瞬のことだった。二渡はふっと視線を外し、腰を上げ、背中を向けた。記者の間を縫うようにしてドアに向かい、音もなく廊下に消えた。

泥跳ねを避《よ》けた――。

「三上さん」

ハッとして正面に向き直った。

「そこをどいて下さい」

秋川が静かに言った。二つ折りにした紙を手にしている。抗議文だ。

「お前だけにしろ」

押し殺した声で返した。

秋川は挑む目で三上を見据えた。

「全会一致ですから全員で抗議します」

「D県警が信用できないからです！」

横からサブの手嶋が声を張り上げた。

「クラブの代表が抗議したら、その代表が報復を受ける恐れがある！」

「大声を出すな」

今にも背後の扉が開きそうで、三上は生きた心地がしなかった。

「とにかく代表だけだ。あとは認めん」

記者の集団が激しく揺れた。

「ふざけたことを言うな！　このでっかい部屋も分厚い絨毯も税金で買ったもんじゃないか！　我々が入れない場所はない！」

「黙れ！　ここは行政区域だ！　許可なくして何人《なんぴと》も入室させん！」

記者より大声で怒鳴り返していた。

「構うことない、入ろうぜ！」

誰かが号令を掛け、わっと集団が動いた。押された秋川がつんのめるようにして三上の胸に飛び込んできた。

「よせ！」

三上は諸手《もろて》を突き出して押し返した。背中には幾つもの手が押し当てられていた。諏訪や秘書課員がぎゅうぎゅう圧力を掛けてくる。秋川も同じ状態だ。三上と秋川はほとんど身動きがとれぬまま揉み合いになった。頰と頰が触れた。互いの顔がひしゃげた。

「戻れ！」

「どけ！」

秋川の歯茎が剝き出しになった。曲げた肘が三上の首に食い込んだ。手首を摑んで外そうとした。摑み損ねて宙を流れた三上の手は別の何かを握った。

ビッ、と嫌な音がした。

三上の手に白い紙が握られていた。

秋川の手にも。

抗議文が真っ二つに引き裂かれていた。

部屋のすべての動きが止まった。

背中の圧力が弱まり、消えた。秋川のほうも同じだった。

三上は目で言った。

故意じゃない――。

言葉にはしなかった。その判断は、秋川と、この場にいる二十人を超える記者たちに委ねるよりほかなかった。

違うよ、と弱々しい声。石井だ。不可抗力だよ。また石井。

秋川は自分の手に残された抗議文の片割れを呆然《ぼうぜん》と見つめていた。その目が三上に向いた。やおら抗議文を手荒く丸め、絨毯に投げつけた。

凄味を利かせた声が部屋に響いた。

「我々は今後一切D県警に協力しない。来週の長官視察の取材はボイコットする」

20

音を消したテレビに、一日の終わりを告げるニュースが流れている。

三上は自宅の茶の間で横になり、ぼんやりと画面を眺めていた。美那子はいましがた休んだ。会話はほとんどなかった。敗北感。屈辱感。報復の気負い。悔恨の情。帰りの車中だけではどうにも処理しきれず、家の中にまで持ち込んでしまっていた。

脳がまだ痺れている感じだ。

秋川の爆弾発言は、そのまま記者クラブの総意となった。あの騒ぎの後に臨時総会を開き、「長官視察の取材拒否」を正式決定したのだ。石井は赤間の前で土下座し、その赤間はかつて見せたことのない激した顔で三上を扱《こ》き下ろした。

〈なんたる醜態。無能な広報官を持ったD県警は不幸と言うほかありません〉

なのに広報官の任を解かれることはなかった。三上の行動が、結果として本部長に対する記者の直接抗議を食い止めたからだった。抗議文が破れたのは不可抗力ではなく、三上の咄嗟《とっさ》の判断とみなされた。記者側が「蛮行」と断じた行為が、県警内部では「機転」と評価され、三上の罪が幾分なりとも減免されたのだ。

——奇妙なカイシャだ。

三上は今更ながら思った。

抗議文のことだけではない。あの時、なぜ辻内本部長は部屋から出てこなかったのか。隔てているのは扉一枚。あれだけの騒ぎに気付かないはずがなかった。臆《おく》してデスクの陰に隠れていたわけではあるまい。おそらく無視を決め込んでいた。部屋の外の出来事は与り知らぬこと。取るに足らない田舎警察の揉め事。そんな認識で涼しい顔をしていた。なぜか。本部長室はD県警本部の単なる一室ではないからだ。そこは「東京」であり「警察庁」であるからだ。

地方警察がそうした雲上人《うんじょうびと》をせっせと育成してきた。耳に触りのいい情報だけをご注進し、そうでない情報はすべて遮断する。在任中の本部長に機嫌良く居てもらうことのみに汲々《きゅうきゅう》としている。常に本部長室を無菌状態に保ち、地方警察の実情も悩みも知らせることなくサロン的な日々を過ごさせ、企業団体から掻き集めた高額の餞別を懐に押し込んで東京に送り返す。「職員と県民の温かさに触れ大過なく過ごすことができました」。決まりきった離任会見の台詞に胸を撫で下ろし、そして息つく暇もなく、次にやって来る本部長の性格や趣味の情報収集に走る。

三上は煙草に火を点けた。

片棒を担がされた。いや、自ら進んで担いだ。雲上人を守るために知恵を絞り、マスコミに裏工作を仕掛け、ついには体まで張ってみせた。抜き差しならないところへ足を踏み入れた実感がある。名実ともに警務部の犬になった。本部長の番犬よろしく吠え立てた。その事実は事実として受け入れるしかない。しかし赤間に踏みつけにされ、記者には完全に見くびられ、このまま引き下がればただの負け犬ではないか。

二渡の顔が網膜にあった。

年若い記者たちに詰め寄られる三上を見て何を思ったろう。無様さを笑ったか。同情していたのか。それとも人事考課の一材料として頭の手帳に書き込みでもしたか。二渡はあの場から逃げた。騒動に巻き込まれるのを恐れた。あるいは自分の仕事ではないと見切って部屋を出た。どちらにせよ、危ういものを瞬時に嗅ぎ分け、迂闊《うかつ》な受傷を回避するのが警務的処世術ということだろう。だが——。

いずれぶつかる。三上と二渡は今、同じゲームの盤上にいる。ロクヨン。幸田メモ。危うい火種を介して否応なく衝突することになる。アンフェアな戦いだ。これが何のゲームなのか、三上には知らされないまま事が進行している。いや、そもそも二渡が敵なのか味方なのか、それすらわかっていないのだ。しかしぶつかる。激しい戦いになる。確かな予感だけが胸にある。

三上は壁のカレンダーに目をやった。

赤間から幾つかの指示を受けていた。この週末は「冷却期間」として記者との接触を断つ。棚上げしていた雨宮芳男の説得に当たる。週明けの九日にマスコミ懇談会を開き、その場で今回の騒動の経緯を三上の口から説明する。

あの赤間ですら沈静化の策を講じざるをえなくなったということだ。マス懇は加盟十三社の編集局長、支局長クラスが出席する。月半ばの開催が常だが、敢《あ》えて騒動の最中に前倒しすることで各社の幹部の気を引き、一線の記者の怒りがそのまま社の怒りとなって先鋭化する事態を避ける狙いだ。しかし果たしてガス抜きになるか。三上に許されているのはあくまで「説明」であって「釈明」や「謝罪」ではない。

三上は煙草の燃えさしを灰皿に押しつけた。

マス懇で矢面に立つのは仕方ないとして、だが雨宮の再説得は気が重かった。何度訪ねようが長官慰問を呑ませるのは無理に思える。あの顔に掛ける言葉が浮かばない。策を弄《ろう》して落としに掛かるのも嫌だった。その一方で、雨宮の内面への関心は萎《しぼ》むどころか、むしろ膨らんでいた。拒絶の真意はどこにあるのか。なぜ警察と距離を置こうとするのか。それさえわかれば、自ずと慰問受諾の結果もついてくる。そんな気もする。事前に「専従班」に探りを入れて情報を得ておく辺りが、ぎりぎり正攻法の範疇か。専従班の刑事なら雨宮の心の変遷も現在の心境も把握しているはずだ。気掛かりは荒木田部長が発したという箝口令。そして二渡の動き——。

いずれにしても明日だ。

三上は炬燵を出て寝巻に着替えた。音を殺して廊下を歩き、洗面所に入った。ほんの少し蛇口を捻る。細い水で静かに顔を洗う。くたびれた面相が鏡に張り付いていた。まずい顔だ。何百遍思ったか知れない。捨てるわけにも変えるわけにもいかないから四十六年付き合ってきた。額と目の下の皺がめっきり深くなった。頬の肉も弛《たる》み始めている。三年か五年か、あと少し歳をとれば、あゆみとそっくりなどと言う人間もいなくなるのだろう。

――生きているさ。

生きているからこそ見つからずにいる。隠れているだけなのだ。見つからないように隠れているから見つけられないのだ。かくれんぼ。鬼ごっこ。よくせがまれた。非番の日など家に戻ると子犬のように飛びついてきて――。

三上はぎょっとして振り向いた。

何か聞こえた気がした。

蛇口を閉じ、耳を澄ませた。

今度は確かに聞こえた。玄関のチャイムだ。

もう零時近い。思うより早く三上は洗面所を飛び出していた。胸が高鳴る。寝室から出てきた美那子の肩を摑み、ぐっと押し戻して廊下を走った。玄関灯を点け、裸足で三和土《たたき》に下り、気を込めて玄関の引き戸を開けた。冷気。落ち葉。男の靴――。

全県タイムスの山科が立っていた。

「お晩です」

三上は廊下を振り向いた。その顔でわかったのだろう、白い寝巻がスッと寝室に消えた。

山科に顔を戻した。睨み付けはしたが不思議と怒りは湧いてこなかった。鼻が真っ赤だ。コートの襟を立て、揉み手で暖を取っている。

「入れ」

三和土に招き入れ、すぐさま寒風を締め出した。

「今日はすんませんでした」

山科は深々と頭を下げ、夕方のクラブ総会の経緯を早口でまくしたてた。秋川にしてやられたのだという。

「のっけに奴が一席ぶったんだ。広報は卑劣な手を使って各社の切り崩しを進めている。ここでクラブが割れたら向こうの思う壺だ、って。そしたら毎日の宇津木も同じようなことを言い始めてさ。それで誰も言い出せなくなっちゃったんだ、預かりの話。て言うか、地元組も怒り出しちゃったんだ。そりゃあそうさ。広報の味方をしてもいいと思ってたのに、裏で強硬派の連中とコソコソやってたってことだから」

三上は黙って聞いていた。それなりに腑に落ちた。「全会一致」の結果を耳にした時は、驚きや怒りを通り越して無力感すら覚えたが、なるほどそういう経緯なら起こりうる。工作がすべて裏目に出たということだ。何より三上が講じた東洋対策がまずかった。デスクを狙い撃ちにした頭越しの戦略が、秋川の内面を必要以上に刺激した。談合ネタをタダ取りしておきながら、広報室の裏工作を暴露するという最大級の報復に出た。各社は疑心暗鬼に陥った。諏訪に媚薬《びやく》を嗅がされていた毎日の宇津木も慌てた。下手をするとクラブ内で孤立する。そんな恐れを感じて寝返ったのだろう。

「やるもんだな」

「秋川？」

「俺も随分と嫌われたもんだ」

もはやボタンの掛け違いといったレベルの話ではない。だが考えずにはいられない。争いの引き金となった匿名問題が、三月前に起きていたとしたらどうだったか。

帰りの車中、しみじみ思ったことだった。匿名問題には別の道があった。面子や駆け引きの道具としてではなく、三上が目指した広報改革の試金石になりえた。妊婦を実名で発表しても記者たちは書かない。そう「信じてみる」という賭が三月前なら打てた。記者室に真っ直ぐなボールを投げ、彼らの本音の返球を見極めるチャンスがあった。実際に実名発表を決断できたかどうかはわからない。しかし双方の壁が最も薄くなっていた時期だった。握手は一人ではできない。まずこちらが手を差し出す。そうしていたら「窓」の外の景色は変わっていたのではないか。

「いやさあ、広報官が嫌いだとか広報室叩きとかってことじゃないと思うんだ、秋川の場合」

　山科が訳知り顔でいう。

「ターゲットはもっと上。バリバリのキャリア組。要するに東大コンプレックスなんだよ。だから本部長に直接抗議だとか叫んでキャリアに嚙みつきたがるんだ。まあ、対等に振る舞いたいというか、構って欲しいというか」

「K大なら立派なもんだろうが」

「ああ、そういうのは下々《しもじも》の考えなの。前に飲んだとき酔っ払って言ってた。親が二人揃って東大出なんだって。だもんで、ちっちゃいころから東大一直線。落ちた時は本気で自殺まで考えたってさ」

　山科の言うことだから話半分で聞いていた。と、その声が突然低くなった。

「ところで本当……？」

「何がだ」

「だから、マジで切り崩しみたいなことやってんの？」

　言い訳をしにきたのではなく、それを探るために山科はここへ来た。切り崩しがあったとすれば事件ネタを使った抱き込み工作だろうと勘を働かせた。つまりは三上が何かいいネタを握っている、そのネタは他の社に流された可能性がある、と。

「まあ座れ」

　二人で冷たい上がり框《がまち》に腰を下ろした。

今夜は負け犬の気持ちが少しはわかる気がした。取材力のない記者はこうして時折、広報の人間に夜廻りを掛けてくる。刑事の官舎を幾ら廻ってもネタを引けず、ひょっとして広報にこぼれネタがありやしまいかと縋る思いでチャイムを鳴らす。それは禁じ手だ。広報室は各社に均一の情報を提供するために作られた部署だからだ。山科も内心忸怩たるものがあるだろう。ここに来ることは即ち、刑事とまともに張り合えない二流、三流の記者だと自ら認めることになる。それでも来る。ネタを取れない事件記者の心境は、車を売れないセールスマンや一口も契約を取れない生保レディーと少しも変わらない。

やはり恥じる思いがあるのか、山科は直線的には攻めてこなかった。

「元ミス県警はご就寝？」

「ああ」

「あゆみちゃんは？」

「もだ」

タイムスに入社した当時、山科はちょくちょくこの家に顔を出していた。天性とも言える軽薄さは、美那子と、まだ何の屈託もなかったあゆみをころころ笑わせた。「前科」を気に病んでいた三上が、家には記者を上げるなと美那子に命じるまで、風呂を出てみると茶の間に山科が座っているというようなことがよくあった。

不思議な思いにとらわれる。「前科」は記者アレルギーを併発したが、しかしそんな三上でさえ、刑事時代は毎晩、玄関先で記者の夜廻りに応じていた。同業意識とも腐れ縁ともとれぬ感情がある。立場は違えど同じ事件を追っている。血眼《ちまなこ》具合も極めて近い。それに刑事の仕事はマスコミの報道によって社会的評価を与えられる。自分が解決に導いた事件の新聞記事をスクラップする楽しさは刑事ならわかる。記者も寄りつかない刑事は半人前。まだそんな台詞を吐く練達が上にいた時代に刑事になったこともあって、三上の記者アレルギーが記者嫌いにまで高じることはなかった。

その記者という存在が、よもや脅威になろうとは考えもしなかった。三上を攻め立て、吊るし上げ、警察官の職すら奪わんばかりに追い込みを掛けてくる。自業自得だ。一度差し出した握手の手を引っ込めたのは三上のほうだ。そうであっても、あそこまで非情になれるものか。二十八年間、彼らの先輩記者を邪険にしたことはなかった。それすら一顧《いっこ》だにしない。裏切られた。恩を仇《あだ》で返された。胸に湧き上がってくるのはそんな恨みがましい思いばかりだ。

しかし隣にいる山科はどうだ。以前のままだ。調子がいいだけで、相も変わらずネタを引けないトロッコそのものだ。同情すべき点もある。敏腕だった音部《おとべ》というキャップが二月前に読売に引き抜かれ、力もないのに突然後釜を任された。

東洋は明日の朝刊で八角建設専務の事情聴取を打ってくるだろう。本部長に対する直接抗議を強硬に言い張ったがために転がり込んだ特ダネだ。片や三上の顔を立てて「預かり」を呑んだ山科が東洋のスクープに泣く。

三上は鼻から息を吐き出した。

締切はまだ間に合うか。言葉が喉まで出掛かった時、山科がぽつり言った。

「あゆみちゃんの靴……ないね」

三上は瞬きを止めた。

山科は下を向いたまま続けた。

「ウチもいろいろ協力できると思うんだ。地元だから、あちこちにアンテナがあるし」

抑揚のない声が幾つもの意味を伝えていた。

山科の顔がこっちに向いた。

負け犬が、今にも折れそうな細い牙を覗かせていた。

21

箝口令の話は本当だった。

早朝、三上は「専従班」に所属する同期の草野《くさの》に電話を入れた。さほど親しくはないが、顔を合わせれば肩を並べて缶コーヒーぐらいは飲む仲だ。雨宮芳男のことでちょっと聞かせてくれ。そう告げるなり草野は慌てだし、出掛けるところなんだと言って電話を切った。

当番でない限りは公休の土曜日だ。相手は次々とつかまった。が、それなりに付き合いのある四人が四人とも忙しくて会えないと言った。口ぶりからして、上の締めつけがあることは明らかだった。五人目の阿久沢《あくさわ》に至っては、三上が名乗った途端、平謝りに出た。すみません。何も話せません。悪く思わんで下さい。その脅えの混じった声を耳にしてみて、いよいよ刑事部の決意というか、警務部に対する敵意だか憎悪だかの存在を認めざるをえなくなった。

鉄のカーテン。そんな古めかしい言葉が浮かぶ。昨日、捜査二課で糸川に話を聞かされた時は半信半疑だったが、しかし現実だ。荒木田刑事部長が発したという箝口令は、二課のみならず一課の末端にまで行き届いていた。

刑事部がそこまで警務を敵視する理由は何か。二渡の調査行動が荒木田の逆鱗《げきりん》に触れたのだとして、だが果たしてそれだけが原因か。伏線はなかったのか。そもそも事の発端がわからない。二渡はなぜ今、ロクヨンに目を付けたのか。刑事部の不満分子が「幸田メモ」の情報を警務に流した。さらなる情報漏れを阻止すべく箝口令が敷かれた。そういう図式か。長官視察が関係していることも考えられる。視察目的がロクヨンだけに、それがそのまま火種になった。あれこれ想像してみるが線は伸びない。当然だ。今の状況は風の便りをもとにホシを追うようなもので、手持ちの情報が決定的に不足している。

三上は頭を一振りして郵便受に足を向けた。いつもなら起き抜けに済ます朝刊のチェックが後回しになっていた。

八紙すべてに目を通す。案の定、東洋とタイムスの社会面は見出しが躍っていた。

『八角建設専務から事情聴取』

『容疑が固まり次第逮捕へ』

後ろめたさがじわりと胸に広がった。理由はどうあれ、どちらの特ダネも出所は広報室であり、三上自身が口移ししたものなのだ。忌ま忌ましさも込み上げる。秋川の勝ち誇った笑み。朝刊の締切めがけて飛び出していった山科の背中。二人にとってはさぞや爽快な朝に違いない。

広報室の吉凶はどうか。

出し抜かれた他社の記者は揃って歯軋《はぎし》りだ。東洋はともかく、二課事件にからきし弱いタイムスの「同着スクープ」を訝《いぶか》しがり、広報室が仕掛けた切り崩し工作との関連を疑うかもしれない。あるいは東洋にも疑いの目を向けるか。裏工作の存在をクラブ総会で暴露し、県警憎しで各社を団結させておきながら、一方で厚顔無恥な抜け駆けをしてクラブを裏切った。そのまさかのオチを頭に浮かべる記者もきっといる。誰かが騒ぎだし、結果として各社の足並みが乱れてくれれば吉と出るが、事はそうは運ぶまい。まさかのオチだけに迂闊に口にできない。確証がなければ単なる負け惜しみだし、尻尾を摑もうにも三上が白状でもしない限り真相は藪の中だ。詰まるところ不問に付される。表面上、加盟十三社の結束は維持される。そして燻る疑念と苛立ちがもたらす新たな怒りの矛先は、過去の経験からして広報室一点に向く。

三上は吐く息とともに新聞を閉じた。

諏訪に探らせることだ。部長命令の「冷却期間」は三上に限定されるし、週明け以降の記者対策を練る上でもスクープの余波は知っておきたい。

「今日も出るの？」

着替えを始めた背中に美那子が声を掛けてきた。

「ん。軽く食って出る」

「休めないの？　ずいぶん疲れてるみたいだし」

「ちゃんと寝たから平気だ。ま、台風みたいなもんで、お偉いさんが来るまでは準備で大忙しだ」

いらぬ心配を掛けぬよう、あとは笑顔で受け流した。頭は箝口令の壁にどう挑むか考えていた。雨宮の心をこじ開けるために専従班の遺族情報が要る。それが易々と入手できる状況にないことは電話を五本掛けて理解した。ツテや近しさは武器にならない。阿久沢のように泣きを入れられてしまえばお手上げだ。箝口令の穴を見つけるのではなく、箝口令の挙に出た刑事部の真意に迫らない限り突破は難しいということだ。

廊下で警電が鳴った。設置した時のままの長いコードがついているから、茶の間にも寝室にも持ち込める。石井秘書課長と諏訪の顔を等分に頭に浮かべて受話器を上げた。

〈お休みのところすみません〉

捜査二課次席の糸川だった。声がくぐもっている。

〈今朝のアレ、三上さんですか〉

東洋とタイムスの特ダネを言っている。

「知らん」

わざとらしい溜め息が耳に届いた。

「ケツ取りは来たか」

〈さっき四社来て、五社から電話がありました〉

「怒ってたか」

〈もちろんイラついてましたよ、みんな〉

「上は？」

〈えっ……？〉

「荒木田部長は電話を寄越したか」

〈まだありません〉

スクープに殊更《ことさら》神経を尖らせる荒木田が音なし。頭が別のところに行っているとみていい。

〈あの、三上さん〉

探るような声になった。

〈昨日の取調室での話なんですけど、私は特段何も――〉

三上は遮って言った。

「ああ、俺はお前から何も聞いてない。だから何も知らないし何も漏らせない、ってことだ」

22

諏訪に短い電話を入れ、三上は車で家を出た。

アポなしで槌金《つちがね》を当たると決めていた。一期上の刑事で、昨春から専従班の副班長を務めている。三上とはそりが合わないが、険悪というほどの関係ではないし、それに槌金は祖父の代からの持ち家に住んでいる。刑事たちが部長命令で警務との接触を禁じられた今、周囲に同僚の目がある官舎住まいの人間を訪ねるのはまずい。

道はすいていた。ほどなく目的の緑山住宅団地に入った。番地表示を頼りに一つ二つと角を折れると、見覚えのある後ろ姿が自宅前の道で車を洗っていた。振り向いた休日の顔が、運転席の三上に気づくや記憶通りの仏頂面《ぶっちょうづら》に変わった。

「ご無沙汰しました」

車の窓から声を掛けると、槌金はホースの先端に目を戻した。

「見ての通りだ。このクソ寒いなか洗車して、女房とデパートで御歳暮選びってわけだ」

早く立ち去れと言っている。槌金の意図とは別に、その台詞は改めて事件の風化を感じさせた。週休二日。もはやロクヨン専従班とて例外ではない。

三上は車を降り、来る途中に仕込んだ干しうどんの箱を差し出した。こうされると拒めないのが刑事の性《さが》だと知っている。槌金は渋々ながら三上を洋風の客間に上げた。

布張りのソファで向かい合った。刑事同士の話に持ち込む。三上の頭はそうだったが、まともに目を合わそうともしない榿金の態度からして、二人の間に「鉄のカーテン」が引かれていることは明らかだった。

「お休みのところすみません」

まずは丁重に頭を下げた。榿金の階級は警部だ。三上が追い越した格好だが、だからといって刑事の序列は死ぬまで変わらない。

「ロクヨンの関係で教えて欲しいことがあって来ました」

「何だ」

「雨宮芳男です。ウチと何かありましたか」

榿金の顔色が変わった。

「お前、会ったのか」

「会いました」

「いつだ」

「一昨日です。驚きましたよ。ウチに対して随分と硬化していて」

「それがどうした」

「硬化した理由は何なんです」

「知らん」

「知らないわけないでしょう、専従の副班長が」

「知らんものは知らん」

ここまでは箝口令の確認だった。三上は少し間を置いて最初の質問をぶつけた。

「刑事部はいったいどうしちまったんです」

「どうもしないさ」

槌金は怒ったように言い返した。

「腹を割って話しましょうよ。何で警務を遮断したんです」

「お前こそ何で雨宮と会ったりしたんだ」

「サッ庁の下請け仕事ですよ。長官が雨宮の家を慰問したいって言うんで、段取りをつけに行きました」

「ほう、長官が来るのか」

「惚けんで下さい。ひょっとしてそれが関係してるんじゃないですか」

「何も知らんと言ったろう。訊くなら部長に訊け」

「部長直々《じきじき》の箝口令だったらしいですね」

槌金はオーバーに頷いた。

「だから下っ端を詰めても無駄だ。わかったらとっとと帰れ」

「副班長は下っ端なんですか」

計算して言ったわけではなかったが、槌金は尖った反応を見せた。

「だったらどうだってんだ。理由なんて聞くまでもねえ、お前らが粗探しを始めたから部長がキレたんだろうが」

粗探し。二渡の顔が脳裏を駆け抜け、胸がざわついた。

「ちょっと待って下さいよ。お前らって何です。俺も一緒くたですか」

「違うってのか？　ヘッ、慰問の段取りが聞いて呆れるわ。雨宮のとこにツラ出すんならこっちを通すのが筋だろうが。陰でコソコソ動きやがって」

「こうして堂々と話を聞きに来てるじゃないですか」

「お陰で俺の休みはパーだ。よう、お前こそ御歳暮選びに行ったらどうだ。さぞかし警務じゃ上への貢物《みつぎもの》が効くんだろうからな」

槌金はことごとく「刑事同士の話」を潰してくる。

「話を逸らさんで下さい。だいいち、俺が雨宮と会ったから箝口令が出されたわけじゃないでしょうが」

「他のも動いてるじゃねえか、赤間直系の手下《てか》がよ」

「二渡が来たんですか」

「来ないだろう。お前が来てるんだから」

「別筋です。俺は二渡の意図は知らない」

「信じろってか？」

「二渡は来てないんですね」

「ここにはな。だが続々と情報が上がってきてるぜ。ぺいぺいの連中のところまで回ってやがる」

「ぺいぺいのところまで……？」

「真剣こきやがって、アホくせえ。お前ら、ウチと雨宮が切れたのがそんなに嬉しいのか」

切れた――。

三上はからくも表情を保った。溝ができたどころの話ではない。遺族との関係が壊れてしまったと言っているのだ。

「で、どうする気だ。本部長にご注進か。いいよ。やれよ。俺は痛くも痒《かゆ》くもねえ」

「そう部長が言ったんですか」

「何？」

「赤間の手下がロクヨンを嗅ぎ回っている。雨宮と切れたことをネタにする気だ。だから警務をオミットする――荒木田部長がそう言ったってことですか」

「他に何があるよ。あるなら言ってみろ」

槌金は逆質問の顔だった。単なる想像なのだ。二課の糸川と同じで、荒木田から箝口令に至った経緯や理由を知らされているわけではない。

「壊れたんですね」

「あ？」

「ウチと雨宮ですよ」

「こいつ、しらばっくれやがって。そのケツを取るために雨宮んとこへ行ったんだろうが」

「なぜ壊れたんです」

「理由なんかねえよ。経年変化とか経年劣化とかの類だ。ホシが挙がれば目を真っ赤にして礼を言いにくるさ」

　ホシが挙がらないから。確かにそれも理由の一つに違いあるまい。だが――。

「当時、吉田素子に追い込みを掛けたらしいですね」

「何だと」

「雨宮は苦労した吉田に目を掛けていたと聞きました」

　槌金は口をひん曲げて舌打ちした。

「お前も元デカだろ。事務所で犯人からの電話を受けましたなんて聞かされりゃあ、取り敢えず吉田の共犯を疑ってみるだろうが」

「元は余計ですよ」

「そうかよ。だったらデカがデカに追い込みを掛けるなんてマネはよすんだな」

「吉田を切り刻まれた雨宮がウチを恨んだ――その線はあるってことですね」

「みろ、やっぱり警務ボケしてるじゃねえか」

「警務ボケ？　俺のどこが――」

「聞け。雨宮が可愛がっていたのは吉田素子じゃねえ。一人娘の翔子だ。宝だったんだ。

その翔子が攫われて殺されちまった。断言できるぜ。当時、雨宮が疑わなかった人間はカミさんだけだ」

背筋に冷たいものが走った。現場の濃密な空気を吸った気がした。

「いいや、おそらく現在進行形だ。雨宮はいまだに弟から従業員まですべて疑ってるさ」

三上はしっかりと頷いた。ここでそうしなかったら刑事でも元刑事でもなくなる。

事件が未解決であることを除けばトラブルはなかった。雨宮と専従班の関係は時間経過とともに自然消滅した。ずっとこの事件と向き合ってきた副班長の槌金がそう言っているのだ、そう考えるしかない。だが――。

二渡が同じ考えでいるとは限らない。

「時間を取らせてすみませんでした」

三上は腰を上げ、そういえばの顔を作って言った。

「自宅班にいた幸田、辞めましたよね」

一瞬にして槌金の両眼が警戒心に染まった。

「ああ、大昔にな」

「メモはどうしたんです」

「何のメモだ」

「例の幸田メモですよ」

「こっちが聞きたいくらいだ。いったい何なんだ、その幸田メモってのは」

本当に知らない顔だった。二渡に質問を当てられた部下からの報告で、初めて「幸田メモ」を耳にした――。

「俺も知りません」

「この野郎、カマなんぞ掛けやがって」

「幸田の消息、わからないらしいじゃないですか」

「辞めて漂流しちまう奴は珍しくねえだろう」

「手掛かりは？」

「知らん」

「わかりました。じゃあ、俺はこれで」

頭を下げた。すると槌金が渋面《じゅうめん》をつくってにじり寄ってきた。そうくる予感はあった。

「何のメモか直系から聞き出して知らせろ。そうすりゃ、上に口を利いてやる」

互いの目が絡み合った。

「努力します」

「何だ、その言い方は。まさかお前、退官まで二階でゲス奉公を続ける気じゃあるまいな」

23

──もっと上だ。

捜査一課長の松岡勝俊を当たる。ハンドルを握る三上の手は硬かった。とば口に立ったと言えるだけの情報は摑んだ。ビニールハウスで望月が語った中身とも重なる。攻勢を掛けているのは警務部のほうだ。赤間の命を受けた二渡が刑事部の急所を探っている。照準はロクヨン。手持ちのカードは「幸田メモ」なる代物だ。

その正体は何か。

槌金の口ぶりから察するに、雨宮芳男と専従班の関係が壊れた事実は、もはや厳重な保秘の範疇にない。無論、刑事部にとって好ましからざる状況には違いあるまいが、関係修復はとうの昔に諦めたと言わんばかりだった。要するに、いずれ内実が警務部に知れることは「やむなし」の構えであり、それがどうしたと開き直っているふしさえある。

三上は片手ハンドルで煙草に火を点けた。

関係が切れたこと自体が問題なのではなく、切れてしまった原因に問題の根がある。やはりそう思えてくる。言葉にすれば「関係が切れた」だが、実際には雨宮に「関係を切られた」のだ。それでいながら槌金はトラブルの存在を否定した。話に嘘や誤魔化しの気配はなかった。だが──。

槌金は何も知らされていない。その可能性をさっきから考えていた。刑事部のトップシークレット。だとすればあり得る。ロクヨン専従の副班長ですら情報を遮断される深刻な問題が存在し、「幸田メモ」がその核心だとするなら、暴挙に思えた「鉄のカーテン」も必然性を帯びる。一握りの上級幹部のみが知る秘中の秘。だから荒木田は末端はおろか専従班にまで理由を隠して箝口令を発した——。

前方に幹部官舎が見えた。

松岡なら話す。三上になら話す。そう念じていた。昔、所轄の刑事課で二年仕えた。腕も人間も買ってくれている。ロクヨンの初動でも、松岡率いる直近追尾班に招集された。あの男に限って、三上を警務部の手先とみなすはずがない。

裏手の駐車場に車を滑り込ませた。三階建てのアパート型の官舎だ。本部課長級の十五世帯が入居している。姿を見られたくないのは山々だが、松岡の立場を気遣ってというのは当てはまらない。二渡を「陰の人事権者」と称するなら、さしずめ松岡は「陰の刑事部長」だ。部は違えども、課長級の幹部なら実質的な捜査の最高指揮官が誰であるか承知しているし、参事官を兼務する松岡はランクの上でも他の課長たちより高位。ましてや刑事警察と血縁を結んでしまったような一刻者《いっこくもの》の存在感は圧倒的だ。警務の人間が内々に訪ねてきたところで皆見て見ぬふりをする。幸いここはキャリア組の情報網も及ばない。捜査二課長の落合は独身で、だから部屋数の少ない別の官舎を宛がわれている。

それでも車を降りた三上は顎をひいて早足で歩き、階段は靴音を殺して上がった。部屋は三階だと知っていた。３０２号室。「松岡」の表札。躊躇が生じる前に呼び鈴を押す。

すぐに女の声で応答があった。細くドアが開き、セーター姿の郁江《いくえ》夫人が顔を覗かせた。驚いたふうだ。

「……三上さん？」

「ご無沙汰してます」

「こちらこそ」

郁江が慌ててドアチェーンを外した。目尻の皺が深い。元は婦警だ。美那子のことも知っている。しかし、こうして言葉を交わすのはいつ以来か。

「突然すみません。参事官に折り入ってお話ししたいことがありまして。ご在宅ですか」

「いえ、少し前に役所に出ました」

「事件でしょうか」

「違うようでしたけど」

胸騒ぎがした。事件以外の休日出勤――。

「わかりました。どうも失礼しました」

三上が踵を返した時、小声で呼び止められた。振り向くと郁江が心配そうに眉を寄せていた。

「あの……お嬢さんから連絡は？」

全身のどの神経にも触れなかった。むしろ近しさを覚えて肩の力が抜けた。松岡が家で話題にしているのだ。夫婦であゆみのことを気に掛けてくれている。

「しばらく前に電話がありました」

ほぐれるように言葉が出た。と、郁江の目が大きく見開かれた。

「いつです？　どこから？」

「ひと月ほど前です。どこかはわかりません。何も喋らなかったものですから」

「何も……？」

「ええ。三度も電話してきたのにずっと黙り込んでいて」

郁江は言葉を探す顔になった。それは狼狽に近かった。おそらく「悪戯電話」が頭に浮かんでしまっている。

「役所に行ってみます」

三上は気まずさを引きずって車に戻った。

ハンドルさばきは雑になった。自分の気持ちが疑わしかった。郁江の当惑はそのまま三上の内面を映したものではなかったか。あれはただの悪戯電話だった。心の中にまったくないと言い切れるか。自問しただけで罪になる。また一つ、美那子に言えない話が増える。

十五分後には、県警本部の駐車場で車のサイドブレーキを引いていた。庁舎に入ってすぐの玄関当直室に寄る。受付の小窓に若い刑事の顔があった。こちらがそう見るからか、三上を視認する両眼が冷たい。軽く声を掛けて当直室のドアを開け、部屋に半身を入れて壁のキーボックスから広報室の鍵を取った。廊下に出て受付の死角に入るや足を速め、そのまま一気に階段を駆け上がった。

五階の刑事部フロアはしんとしていた。廊下の突き当たりが捜査一課だ。古巣には違いないが、もはや無意識に歩ける場所ではない。三上は息を整えて細く扉を開いた。正面奥、窓を背にした課長席に松岡の姿があった。書類に目を落としている。一人だ。

「失礼します」

「よう」

思いがけない男の入室だったろうに、松岡は驚くでもなかった。着座を促す手に頭を下げ、三上はソファに浅く腰掛けた。休日の幸運を思った。鉄のカーテンが引かれた今、ウイークデーの捜査一課で松岡とサシの話をするチャンスはまず得られまい。

「なぜここだとわかった」

「お宅に寄りました」

「そうか。回り道をさせたな」

で？　松岡は指を組んで目で尋ねた。こちらの用件はわかっている顔だ。すぐには切り出せなかった。松岡の大きさがそうさせる。捜査の最高指揮官。尾坂部道夫の正統なる継承者。なのに微塵の驕《おご》りも感じさせない。多くのものを見てきた目だ。揺るぎない自信が、公平で優しげな目元を形作っている。自分もこんな眼差しを持ちたいと何度思ったかしれない。

「参りました。あちこちで弾かれました」

三上は笑みを浮かべて言った。年の離れた兄貴。そんな気安かった所轄時代の記憶を総動員していた。

「だろうな」

松岡も軽く受けた。が、表情は崩れない。

「一課も二課も全滅でした」

「そうでなければ困る」

「参事官も賛同されての箝口令ですか」

「そうだ」

あっさり肯定されて三上の笑みは引いた。頭の隅にあったのだ。箝口令は荒木田の独断専行。松岡は内心苦々しく思っているのではないか。しかし違った。鉄のカーテンは「陰の刑事部長」も是とした、れっきとした部の方針なのだ。

「教えて下さい。一体何があったんです」

声を落として訊いた。松岡は意外そうな顔で三上を見つめ返した。

「お前、知らんのか」

赤間から聞かされていないのか。一瞬にして警務部内における三上の立場が露顕《ろけん》した。

「知りません」

松岡の瞳が翳った。憐憫《れんびん》——。

恥じることはない。警視とは名ばかりの「手足」に甘んじているが、それは裏を返せば赤間の真の部下でないことの証《あかし》だ。

「魂まで売ったつもりはありません」

精一杯の言葉だったが、松岡は瞬き一つで受け流した。泣き言に聞こえたか。それとも籠絡《ろうらく》せんがための台詞と取られたか。

三上は尻をずらして会話の距離を詰めた。

「火種がロクヨン絡みだということは承知しています」

「そうか」

「雨宮芳男と会いました。ウチと切れてしまっていた」

松岡は無言で頷いた。

捜査一課長が認めた。だが問題はその先だ。三上はテーブルに身を乗り出した。

「なぜ切れたんです」

「言えん」

重たい声だった。やはりここが箝口の境界線か。

「幸田メモとは何です」

「言えん」

「そのメモが箝口令の引き金ですか」

「言えん」

「長官視察が関係している。違いますか」

沈黙の間ができた。あるのだ、視察と因果関係が。

「赤間に訊け」

静かに言って松岡は腰を上げた。

「待って下さい」

三上も立ち上がっていた。

「私は二渡にはなれません。なるつもりもない」

松岡は黙って三上を見つめた。憐憫の色が深まっていた。

「参事官、お願いします。教えて下さい」

「………」

「何があったんです、刑事部と警務部の間に」

「知ってどうする」

反問が三上の昂りを封じた。思考が空転した。お前はどっちにつくのか。松岡はそう訊いたのか。胸が熱を帯びた。考えるまでもない。刑事部の力になります。腹から言葉が突き上げた。だが――。

喉元をすり抜けたのは乾いた息だけだった。

鳥肌が全身を舐めていた。正気に返った気がした。雨宮の説得材料が欲しくて朝から動いていた。ここへ来たのもそうだった。赤間の思惑を実現するためだ。そうせざるをえない事情があるとはいえ、今この瞬間、三上が警務部の一細胞として諜報活動をしている事実は動かない。

刑事部につきます。言えない。言ってはならない。口にしたが最後、獣でも鳥でもないコウモリに堕《だ》する。得体の知れない流動物となって人の形を失ってしまう。

三上は床に視線を落とした。

松岡に甘えた。あゆみのことを気に掛けてくれている。今でも三上を部下だと思ってくれている。所轄時代の郷愁も呼び覚まされ、自縛したはずの刑事心が堰を切った。テーブル越しの松岡の近さを、刑事部の近さと錯覚した。

「長官が来る理由を考えてみるんだな」

三上は声に顔を上げた。

えっ……？

松岡はこちらに背中を向けていた。スラックスのポケットに両手を突っ込み、だるそうに首を回している。三上は衝撃を受けた。そうだった。「独り言」も松岡の仕草を見て学んだ。所轄時代、見当違いの記事を書きそうな記者にサジェスチョンを与えてやる時、松岡は決まってそのポーズをとった。

どういうことだ。頭が混乱した。長官視察の理由は赤間から説明を受けた。国民向けのPR。そして刑事警察を蔑《ないがし》ろにしないという部内的なメッセージ。だが松岡は——。

ドンと音がした。課の扉が開き、荒木田部長が巨体を揺らして入ってきた。すぐに三上に気づいた。もともと角張っている目が一層尖った。

「広報が何の用だ」

怒声に近かった。三上は背筋を張った。返答のしようがなかった。

「お前だろう」

今度は猜疑《さいぎ》の目が三上を抉《えぐ》った。

「今朝の東洋とタイムスだ。お前と糸川のホットラインで流したのか」

「いえ……」

「じゃあ、どこから漏れたんだ」

「これから調べます」

「これからだとぅ？」

「はい」

「まあいい。すぐにわかる」

急に声のトーンが下がった。こうしてはいられない。荒木田はそんな表情を一瞬覗かせ、松岡を促して奥の部長室に向かった。

「部外者は出ていけ」

突き放す声とともに部長室のドアが閉まった。

休日の部長室に刑事部のナンバー1と2が籠もった。厳戒態勢。いや、臨戦態勢とでも言わんばかりに。

24

北風に頰を張られた。

車に戻った三上は手荒にエンジンを掛け、だが発進させずに懐から煙草を抜いた。火を点け、煙を吐き出し、たったいま自分が出てきた県警の本部庁舎を運転席の窓越しに見つめた。

動悸が収まらない。耳は松岡の言葉を反芻《はんすう》していた。

〈長官が来る理由を考えてみるんだな〉

疑いの余地はない。刑事部の異変はロクヨン視察に起因している。松岡はそう示唆したのだ。早い段階から頭を掠めていながら、想像が現実だと知らされた驚きは大きかった。

小塚長官の視察には裏があるということだ。赤間から聞かされた視察理由とは別に、隠されたもう一つの理由が存在する。真の目的。そう言い換えてもいいだろう。本庁の思惑を補佐するべくD県警の警務部が連動した。「幸田メモ」は刑事部に著しい不利益をもたらす。深刻な打撃を与える。刑事警察への気配りを示すはずの長官視察は、お題目とは真逆の目的を孕《はら》んでいることになる。

しかしわからない。なぜ本庁はD県警の刑事部を狙い撃ちにするのか。真の目的とは具体的に何を指すのか。

赤間に訊けと松岡は言った。尋ねたところで明かすまい。視察理由は既に伝えたと一蹴されるだけだ。この件に関しては「詐欺師のジレンマ」の気配はない。あるのは有無を言わさぬ命令のみだ。もとより赤間は三上に些《いささ》かの信も置いていない。あゆみを人質に取ってはいるが、もしその呪縛が解けようものなら即刻三上が警務の皮をかなぐり捨てると踏んでいる。

三上は尖らした指で煙草を揉み消した。

対極のセクトを行き来させられた人事の不条理さを改めて思う。刑事部と警務部の関係が悪化した今、三上はどちらの側から見てもひどく信用ならない男に映るに違いなかった。実際、両耳を塞がれた状況に陥り、それゆえ情報のエアポケットに落ち込んでしまっている。

感情の弁が錆びついた気がする。部外者は出ていけと荒木田は言った。数日前なら三上の内面を凍りつかせたに違いない露骨な排斥が、あの瞬間、単なる捨て台詞に聞こえた。松岡はかつての部下をどう見たろう。刑事部につくと言えず黙り込んだ三上に、それでもサジェスチョンをくれた。情けか。踏み絵を踏ませたことを詫びたのか。真相を知れば刑事部の正当性がわかる。そう言いたかったのか。

三上はダッシュボードの時計を見た。

午後一時を回っている。焦りと義務感が膨らんだ。どうすれば雨宮の説得材料を得られるか。闇雲に動いたところで箝口令がびくともしないであろうことは、荒木田の鬼面から容易に想像できた。守勢の気配はなかった。警務部の干渉を一切排除せんとする、強固で攻撃的な意志に満ちていた。そういうことだ。ただ守ろうとしているわけではない。鉄のカーテンの向こうで、刑事部は反撃の準備を進めている。

「まずは幸田メモだ」

吐き出した息が呟きになった。

内容はおろか、そんなメモが存在するのかどうかすら現段階では定かでない。だが二渡はあると睨んでいる。一点突破の構えで刑事部エリアに切り込んでいる。やはり幸田メモが鍵なのだ。刑事部の叛乱。雨宮の慰問拒絶。長官視察の真の目的。その三つの謎を解き明かす「合鍵」に思えてくる。

「幸田メモ」イコール「幸田一樹が書いたメモ」と考えていいだろう。その幸田はロクヨン発生当時、本部捜査一課の強行犯係に在籍し、初動は四人編成だった「自宅班」の一員として雨宮宅に乗り込んだ。そこで何らかのトラブルが生じた。雨宮の信頼を失する出来事があった。幸田メモにはその真相が記されている。

大きく外れてはいまい、と三上は思った。

事件発生からわずか半年後に幸田が辞職していることも推論の背を押す。表向きは「一身上の都合」で処理されたが、実際には雨宮宅で起こった「何か」を書き留めたために辞職に追い込まれた。あるいは辞めた後にメモの存在が明らかになり、今現在も問題が燻っている。

だが……。

頭が十四年前に飛ぶ。三上自身もその場にいた。誘拐事件が発生した夜、直近追尾班の一人として雨宮宅に入り、翌日の午後四時過ぎまで家族や自宅班と同じ部屋にいたのだ。少なくともその間、家の中でトラブルめいた出来事はなかった。あったが見逃したということか。それとも三上が雨宮宅を出た後に事が生じたのか。

幸田が書いたメモなら幸田に訊けばいい。しかし彼は行方知れずだと望月は言っていた。刑事部も幸田の所在を摑めずにいる。火元を押さえられずにいる。だから二渡の調査が恐ろしくてならないのか。

いずれにせよ、純度の高いネタを握っているのは自宅班だ。当時のメンバーから素因を聞き出せれば自ずとメモの中身も知れる。幸田が消息を絶ったのはいつか、足取りはどこまでわかっているのか、そうした情報だって彼らなら承知しているはずだ。

三上は宙を見つめた。

自宅班四名は真っ先に雨宮宅に乗り込んだ。キャップは漆原《うるしばら》。サブが柿沼《かきぬま》。ともに三上が所属していた本部捜査一課特殊犯捜査係から投入された。三番手が幸田だった。強行犯捜査係からの入班で、雨宮宅周辺に対する強い土地鑑を買われて招集されたと聞いた。さらに電話の録音・傍受機器担当として科捜研の若手がついた。名前が出てこない。縁なし眼鏡を掛けた研究員で、NTTの先端技術部門から転職してきた変わり種だった。

漆原は出世してQ署の署長に納まっている。当時のポストは特殊犯係を束ねる係長。

三上はその下の係長代理だった。仕えた感覚はない。係は常時二班態勢で別動し、漆原と三上が各々チームの指揮を執っていた。誘拐事件に対する意識は薄かった。頭に叩き込んだ捜査マニュアルと埃を被った数点の捜査機材が備えのすべてと言えた。不動産屋が暴力団員に略取されたり、DV夫が別れた妻を拉致監禁した事件なら過去にあったが、「子供」と「身代金目的」が揃い踏みした誘拐の発生はなかった。幸か不幸か、そのことが特殊犯係の仕事を偏《かたよ》らせ、所轄の刑事課では手に余る大型業過事件の捜査にエネルギーの大半が費やされていた。ロクヨンが降りかかる少し前、三上のチームは十七人の死傷者を出したビル火災の業務上過失致死傷事件に掛かりきりだったし、漆原のほうも砂利採掘現場で起きた崩落事故の立件を控えて地検に日参していた。同じチームで仕事をしたとしても、漆原と打ち解けることはなかったろう。彼は三上の「前科」に誰よりも冷淡だったし、嫌がらせのつもりか、しばしば美那子のことを口の端《は》に乗せた。なあ、彼女どんな声出すんだ？

だが、雨宮宅では自宅班キャップとして真っ当な仕事をしていた。沈着な口調で雨宮芳男の昂りを鎮め、憔悴《しょうすい》した妻の敏子を励まし、初動捜査に必要な情報を的確に二人から引き出していた。朝方に掛けては犯人からの電話待ちとなった。部屋の中の空気は痛いほど張り詰めていたが、時折交わされる雨宮と漆原の会話は自然でざらついたところがなかった。「少し横になったほうがいいですよ」「ありがとうございます。でもこのほうが落ち着きます」「ハードな一日になります。お嬢さんのために仮眠して下さい」。雨宮はその言葉に頷き、ようやく正座の足を崩した。少なくともあの時点では、警察と被害者との信頼関係が確実に築かれつつあった。

その後、何があったのか。雨宮の心が警察から離れたのはなぜか。漆原の口を割らせるのは至難の業に思える。人の善《よ》し悪《あ》しはともかく、若い頃から刑事畑のど真ん中を大手を振って歩いてきた男だ。署長職に就いたところで、結晶化した帰属意識が揺らぐものではない。

サブの柿沼はどうか。

ロクヨンから外れたという話は耳にしていない。三上の記憶に欠落がなければ、特殊犯係から特捜本部入りした柿沼は「専従班」に規模が縮小された後も居残り捜査を続けている。十四年も異動がないとは異常だが、それだけ事件が大きかったのだとも言える。なよっとした風貌に似合わず男気がある。頭の回転が速く、建物の構造に関しては建築士と対等に渡り合えるほどの専門知識を身につけていた。チームが別だったので酒を酌み交わすような機会は数えるほどしかなかったが、三上に対して悪い感情は持っていないはずだ。ネックはロクヨンを過去形で語れない立場にいることか。今もなお専従班の一員であるなら、箝口令もとりわけ重く受け止めていることだろう。

ふっと青い作業着姿の柿沼が目に浮かんだ。

そう、彼はガス漏れの修理を装って雨宮宅入りした。同じ出で立ちの幸田とともに特捜本部との交信に忙殺されていた。ひっきりなしに指示命令を伝えてくる無線機。その無線機より大型の、当時まだ一般には普及していなかった携帯電話。それらを駆使して、漆原が夫妻から聴取した細切れの情報を逐一本部に上げていた。三上がそうだったように、夜になると自宅班以外の捜査員も漬物工場の裏手から回り込む死角ルートで次々と家に潜入した。柿沼らの作業をバックアップする者。翔子の写真やブラシを借り受けてトンボ返りする者。松岡も姿を見せた。犯人が身代金の運搬役に家族を指定した場合、自分が車内に潜むと雨宮に仁義を切った。未明には「夫人対策」の婦警が送り込まれてきた。台所で握り飯を作り続ける敏子の傍らにそっと寄り添っていた。

鈴本《すずもと》みずきもいた。夫人対策の交替要員だった。美那子の一期上の婦警で、三上とも所轄の刑事課で一緒だったことがある。半月前に会ったばかりだ。無言電話の後、家から一歩も出なくなった美那子が心配でならず、婦警時代の姉貴分だったみずきに助けを求めたのだ。

雨宮宅のみずきがはっきり像を結んだ。発生翌日の午後に現れたのだった。エプロン姿で洗い物をしていた。敏子の背中を摩るようにしていた。皆にお茶を配って回っていた。三上が雨宮宅を発つ時もまだ姿があった。婦警の観察眼は侮《あなど》れない。彼女はあの家で何を見、何を感じたか。

――そうだ、日吉《ひよし》だ。

不意に名前が出た。科捜研の日吉。彼が自宅班の四番手だった。終始無言で目立たなかった。いつ掛かってくるともしれぬ犯人からの電話に備え、オープンリール式のテープレコーダーのそばを片時も離れずにいた。顔は紙のように白かった。無理もない。身分は技術吏員だ。警察職員ではあるが警察官ではない。勤務時間中は研究室《ラボ》に籠もっている。一刻も早く専門的な助言が欲しい事案を除けば、現場から臨場要請が掛かることはないし、ましてや専従員として事件捜査に組み込まれることなどありえない。日吉の入班はまさしくイレギュラーだった。特殊犯係の人間は皆、録音・傍受機器のセッティングと操作方法の講習を受けている。他に任務のあった漆原と柿沼は無理でも、特殊犯係からもう一人選抜して入班させれば事足りた。その役を日吉に任せた理由は「元NTT職員だから」に尽きる。初めて「本物」の誘拐事件に直面したD県警は浮足立った。初動態勢を手厚くと望むあまり、あるいは「業過係」と化していた特殊犯係の実践能力に不安を覚え、捜査のセオリーを枉《ま》げてまで日吉のインテリジェンスに期待したということだ。

――案外、狙いめか。

そんな気がしてきた。日吉との接点はゼロに等しいが、親しいか否かが会話の駆け引きに直結する人種ではない。刑事部の一セクションでありながら、科捜研の職員のメンタリティーは限りなく学者に近いし、なにより彼らは警察内部のパワーゲームとは無縁のところにいる。秘密を秘密とも思わず喋る。そんなことだって考えられる。科捜研に原則異動はない。日吉は今もラボにいる。

三上は逸《はや》る心を抑えた。

まずは鈴本みずきだ。十年ほど前に銀行員と結婚して退職し、姓は村串《むらくし》に変わっている。頼み事が重なり気が引けるが、改めて先日の礼を言いたい気持ちもあった。みずきは三上が電話したその日に家に駆けつけてくれた。美那子と額を寄せ合い、長い時間話し込んでいた。婦警の世界は狭くて濃密だ。みずきは美雲が出た高校の大先輩でもある。

三上は懐から携帯を取り出した。登録一覧を呼び出す。「鈴本」も「村串」もなかった。舌打ちし、一瞬迷ったが自宅ではなく短縮ダイヤルの「3」を押した。

〈はい、美雲です〉

三上からだとわかって出た声だった。

「休みのところ悪いな。ちょっと村串の自宅の電話番号を教えてくれないか」

〈村……？〉

「みずき先輩だ。村串みずき。年賀状をやりとりしてるって言ってたよな」

〈あ、はい。少々お待ち下さい〉

自宅に掛ければ美那子に理由を訊かれる。詳しい話をしている時間はないので、却って心配させるだけだ。

〈大変お待たせしました。書く物の準備、よろしいでしょうか〉

「頼む」

番号をメモして電話を切り掛けた時、美雲が早口で言った。

〈広報官――何かお手伝いできることはありませんか〉

「今してもらった。ゆっくり休んでくれ。また週明けから大変だからな」

記者たちの険しい顔が脳裏を掠めた。月曜には再び記者対策が正念場を迎える。

三上は頭を一振りして電話を切り、メモの番号に掛け直した。土曜日だ。旦那も家にいるだろうが、構うものかの思いでコール音を聞いた。

〈はい、村串です〉

息せき切った声でみずきが出た。

「三上だけど――なんか、そっち大丈夫か」

〈あ、ごめんなさい。ベランダに出てたから走ってきたの〉

「そうか。いま少し喋れるか」

〈美那子さん、どうかした？〉

途端にみずきの声が真剣になった。

「いや、そうじゃないんだ。この間はありがとう。助かったよ、本当に」

〈昨日、美那子から電話があったのよ〉

「えっ……？」

〈彼女、言ってなかった？〉

三上は言葉に詰まった。思いがけない話だった。すぐ切りたがる美那子が自分から電話を掛けた？

「聞いてない。ゆうべは俺のほうがバタバタしてたもんだから」

〈じゃあ、そのことで掛けてきたんじゃないの？〉

「違うんだ。ちょっと昔の事件のことで聞きたいことがあって電話した」

〈ひょっとしてロクヨンとか？〉

驚きはしたが、相手はD県警の元婦警だ、古い事件と聞かされて真っ先に浮かぶのはロクヨンだろう。

「勘がいいな。聞かせてくれるか」

〈ややっこしい話？〉

「うん。多少な」

〈だったらウチに来ない？　村串と佳樹《よしき》はサッカーしに行っちゃってるから。あ、この電話遠くから？〉

「いや、カイシャの近くだ」

〈だったらいらっしゃいよ。私も話したいことあるし〉

最後の一言で会って話そうと決めた。美那子が掛けたという電話の中身が気になる。

「わかった。十分で行く」

マンションの場所は知っている。三上はハンドルを回して駐車場から車を出した。

前方を細身の男が横切った。あっ、と声が出た。二渡だった。硬い横顔が本部庁舎に入っていく。休日出勤。警務課に行くのか。「人事部屋」か。まさかと思うが、刑事部長室には今、荒木田と松岡がいる――。

揺り戻った庁舎玄関のガラス扉が光を反射した。三上は目線を切り、ゆっくりとアクセルを踏み込んだ。

ゲームの盤上を動く二つの駒。それは確実に近づきつつある。衝突するのか。どちらかが排除されるのか。しかしいまだにわからない、ゲームの勝ち方が。アガリはあるのか。いったい何を以《もっ》てアガリと称するのか。

25

通されたリビングルームの広さは、銀行員の住まいだからと納得するほかなかった。

「いいのか、旦那の留守に」

「いいのいいの。そっちに座って頂戴。いま、お茶淹れるから」

ホームグラウンドにいるせいか、半月前に会った時に比べ、みずきは顔も体も一回りふっくらしているように見える。

「構わないでくれ。こっちも急いでるし」

三上が言うと、キッチンのカウンターの向こうで笑い声がした。

「勝手ねえ、相変わらず言うことが」

「いまさら直るかよ」

自然と気が緩む。屈託のなさというか、さばさばしているというか、ともかくみずきの放つ開放的な空気がそうさせる。顔が大きく目は小さい。美人の要件は一つも満たしていない。だからいいんだな。ずっと以前に頭を掠めた思いが、意味のあることのように太字でなぞられる。

「その後、美那子さんはどう？」

茶托を置きながらみずきが訊いてきた。さん付けしているうちは前振りだ。

「昨日話したんだろ。実際どう思った」

「元気なかったわね」

「何を話した」

「うーん、大した話はしなかったかな」

はぐらかされた気がした。言おうか言うまいか迷っているふうだ。

「日頃の様子はどうなの」

「大分いい時もある」

「悪い時も？」

「いや、前よりはずっといい」

「外出は？」

「相変わらずだ、それは」

「あれから電話とかないんでしょ？」

「ない」

「私、思うんだけど」

みずきは言葉を切った。思案顔だ。

「何だい」

目だけがこちらに向いた。

「言っていい？」

「いいさ」

「例の無言電話、本当にあゆみちゃんからだったのかな」

心の真ん中を指された気がした。郁江夫人に続いてみずきもか。

「間違いないさ。あゆみからだ」

「あのね、なんとなく言いそびれちゃったんだけど、実はウチにもあったのよ、無言電話。三週間ぐらい前だったかな。日曜だったんで村串が出てね、もしもしって何度も言ったんだけど向こうは黙ってて、そのうち村串も怒りだして、誰だ、とか、ウチは警察関係者なんだぞ、とか言ってるうちに切られちゃったの。でもとにかくウチにも——」

「何回あった？」

話を遮って三上は訊いた。

「一回きりよ。警察関係者っていうのが効いたのかも」

「こっちは三回だ。それも同じ日にだぞ。電話帳にも載せてないんだ」

「それは聞いたわよ。でもウチだって載せてないのよ、もう十年以上も。ほら、村串はあんな見てくれだから、若い頃にお嫁さんが来てくれないんじゃないかって心配してたんだって。それで早くに無理してこのマンション買ったのよ。で、まんまと引っ掛かったのがこの私」

三上は鼻で笑った。村串の容姿は知らないが、楽しく聞ける話ではない。

「でね、村串に訊いてみたら、電話帳に名前を載せたのは最初の何年かだけで、セールスの電話とかうるさいから、それ以降は載せてないんだって言うの。ほら、そこの新しいの見てみたけど確かに載ってなかったわよ。なのに無言電話が掛かってきたわけ。大体がさ、昔と違って電話帳に名前を載せる人ってうんと減ったんじゃないかしら。載せてもあんまり意味ないし、煩《わずら》わしいだけでしょ」

「確かにな」

みずきが指さしたカラーボックスの端に、使用感のない電話帳が突っ込まれていた。『ハローページD県中部・東部版（平成十四年）』。改めて確認するまでもなく年々薄くなっている。とはいえ、付録のようなぺらぺらの北部版や西部版と比べればまだ何倍もの厚みがあるが。

「恨まれる覚えとかは？」

「ないとは言えない。逆恨みとかもあるでしょ。銀行のほう、リストラで辞めさせられた人とか結構いたから。そういう人にとってみたら、残れた人はみんな憎いんじゃないかな」

「かもな」

「でもさ、こんな時代だもの、変な人も多いし、でたらめな番号に掛けて喜んだりしてるんじゃないかしら。そうそう、美雲さんの実家にもあったらしいわよ。ちょっと前に『婦警の集い』のことで電話した時そう言ってた」

「で？　だから何だ」

　三上は時間のことが気になり始めていた。

「だ、か、ら、無言電話にはあんまりこだわらないほうがいいと思うの。このままじゃ、美那子、心も体も保《も》たなくなる」

「けどな——」

「わかってる。あゆみちゃんが元気でいる唯一の証拠だって言うんでしょ。もちろん元気でいるわよ、絶対。あゆみちゃんは警察の子よ。日本中の警察官がみんな気に掛けてる。必ず見つかるわ。必ず帰ってくる。だからそれまで美那子が元気でいなくちゃ。三上さんが支えてあげなくちゃでしょ。あのね、美那子、今になって無言だったことがこたえてるみたいなの。さようなら、ってあゆみに言われた気がするって」

　三上はみずきの目を見た。

「美那子が……そう言ったのか」

「言った。昨日の電話で。私、ちょっと怖くなった。だからこんな話をしてるの。少し軌道修正したほうがいい。あの電話はあゆみちゃんじゃなかったかもしれないみたいなこと、三上さんから言ってあげたほうがいいと思う。あゆみだったら何か言ったはずだ、とか」

美那子の俯いた顔が瞬きに映った。

すぐに切りたがる電話を自分から掛けた。少女の遺体と対面した心痛がそうさせたのではないかと考えながらここへ来た。半分は当たっていたか。ビニールシートに横たわった物言わぬ少女は、ただ「さようなら」だけを語っていた。

みずきが感じた恐れは、そのまま三上の抱く恐れの核心と言えた。美那子の上辺《うわべ》を信じてはならない。あゆみにさようならと言われた。そう思い始めたのならそう思い込み、やがては思い咽《むせ》ぶ。

「わかった。考えてみる」

「そうして。私のほうからもまた電話してみるけど」

「悪いな」

「よしてよ。美那子には絶対幸せになってほしいの。こっちこそ協力させて」

耳が嫌な翻訳をした。以前に不幸な目に遭ったから幸せになってほしい――。

前にも感じたことだった。みずきは三上の知らない美那子を知っている。こんな時なのに、父でも夫でもない、男としての感情が鋭敏になる。

「雨宮さんの家に行ったんですってね」

唐突に話を変えられ、三上は頷くのが遅れた。その話も美那子が電話でしたという。

「何が聞きたいの。って言っても私が雨宮さんの家にいたのは半日だけだったけど」

「いつからいつまでだ」

「事件の翌日だから一月六日ね。お昼過ぎに入った。その時、三上さんもいたわよね」

「ん」

「それから夜九時頃、七尾《ななお》さんと交代するまで。あ、七尾さん、元気にしてる？」

婦警で唯一警部に昇任し、本部警務課で婦警担当係長を長く務めている。

「さあな。俺は付き合いがないから」

「同じ警務部でしょ」

「部屋が別だ。ま、警部になって笑わなくなったって噂は耳にする」

「気苦労が多いのよね、きっと。警察で女が頑張るのは大変だもの——あ、ごめんなさい。それで？」

幾つかの質問が頭にあったが、三上は最も率直なものを選んだ。

「家にいる間に、雨宮の家族と自宅班が何か揉めたりしなかったか」

「何それ？」

「話すと長くなる。要は一昨日自宅へ行ってみたら雨宮芳男がつれなかった。ウチに対して反感を持ってる感じがした。その理由を知りたいんだ」

みずきが目を覗き込んできた。

「妙な話ねぇ。広報と何か関係あるわけ」

「話すと長くなるって言ったろう」

みずきは笑った。

「中身は刑事のまんま。自分のネタは絶対明かさず、人には、話せ、話せって。警務のやり方って情報をバーターとかして取り引きするんじゃないの」

「茶化すな」

刑事呼ばわりは痛痒《いたがゆ》かった。

「実際どう感じたよ、家人と自宅班の関係」

「自宅班って、漆原さんと柿沼さんと……」

「あと、幸田と日吉だ」

「うーん」

みずきは男のように腕組みをした。

「私、テンパってたからなぁ。三上さんもいたからわかると思うけど、なにしろ、ご主人が身代金を持って家を飛び出して行くまでは、息もできないくらい緊迫してたわよね。誰かが誰かと揉めるなんてありえた？」

それは三上も同感だった。

「その後は？　夜までに何か変わったことはなかったか」

「もう、そんな怖い顔しないでよ。これって取り調べ？」

三上は苦笑した。みずきが容疑者なら腕のいい刑事も手こずる。

「いいから思い出してくれ」

「なかった……と思うけど……。例えばどんなこと？」

「自宅班の誰かと奥さんが揉めたとかだ」

「亡くなったのよ、奥さん」

「ん。家に行って知ったよ」

「私、七尾さんから連絡貰ってお葬式に行ったんだ。半日だけだったけど夫人担当だったから。でも……そう言えば自宅班の人は誰も来てなかったなぁ」

三上は驚いて聞き返した。

「誰もか？」

「ええ。んー、そうね、やっぱり揉め事なんてなかった。奥さんと班の人が揉める理由なんてないし」

「ちょっと待て。葬式には柿沼も来てなかったのか」

「見なかった」

「キャップだった漆原さんは」

「少なくとも私は見なかった。来てるだろうと思ってきょろきょろしてたんだけどね」

解《げ》せない話だ。辞職した幸田。科捜研の日吉。この二人はともかく、自宅班の後もずっと専従捜査をしてきた柿沼が葬式に顔を出さないはずがない。漆原だってそうだ。署長に出たとはいえ、自宅班の責任者だった人間がそんな不義理をするとは信じがたい。署そうでなくとも警察官にとって冠婚葬祭は、文字通り万障繰り合わせて駆けつけるものなのだ。

顔を出さなかったのではなく、出せなかった。そう考えるべきだろう。やはり自宅班には雨宮宅の敷居を跨《また》げない理由があるのだ。

「ウチから他に誰か行ってたか」

「来てたわよ。松岡さんとか専従班の人たちとか」

「どんな感じだった」

「沈痛よ。決まってるでしょ、捕まえられなかったんだから」

「雨宮の様子は」

「ずっと俯いてた。抜け殻みたいで……お悔みの言葉も聞こえてないような感じで」

「花や花環は」

「なかったと思うな、警察関係のは」

受け取りを拒否されたのかもしれない。普通であれば本部長名の花が届く。

「あ、そうそう」

みずきが急に声を上げた。

「そう言えばあったわ、一つだけ」

「花か」

「変わったことよ。奥さんとは関係ないけど、科捜研の、ほら、眼鏡かけた……」

「日吉」

「そう、その日吉君が泣いてたの」

「泣いてた？」

「そうなのよ、部屋の隅っこで」

話に置いていかれそうになった。葬式でのことではない。十四年前の雨宮宅だ。

「なぜ泣いた」

「それはわからない。ご主人が家を出てしばらくしてね、テレコに覆い被さるみたいに頭を垂れてたから、疲れて眠ってるのかなって思って顔を覗き込んだの。そうしたら彼、目が真っ赤で、どうしたのって訊いた途端、ぽろぽろ泣き出しちゃって」

首筋が張った。初めて具体的な事実を摑んだ気がした。

「それでどうした」

「私、びっくりしちゃって。そうしたら幸田君が慌てて寄ってきて、私のこと押し退けるようにしたの。それから日吉君の肩を叩いて何か耳元で囁いてた」

「何て」

「聞こえなかった。なんか慰めてるみたいだったけど」

雨宮宅入りをした時の光景が浮かんだ。日吉は紙のように白い顔をしていた。極度の緊張。それだけではなかったということか。

「ありがとな。行ってみるわ」

三上は冷めた茶を一気に飲み干し、腰を上げた。

「あらそう。あんまりお役に――」

「何かあったらここに掛けてくれ」

携帯の番号をメモした紙を渡した。

「美那子のこと……？」

「両方だ」

「わかった。でもロクヨンで私が知ってることはもう――」

「幸田メモって聞いたことあるか」

「幸田メモ……？　何それ？　幸田君が書いたメモってこと？」

「忘れてくれ」

目を見ずに言って三上は玄関に向かった。

「ねえ、あんまりそっちに行っちゃわないでね」

後ろからみずきの声が追ってきた。

「美那子にはあなたしかいないの。あなただけが頼りなんだから」

なぜだか素直に聞けなかった。

「邪魔したな」

「また電話して」

今日も秘密を守り通したからか、みずきの小さな目はどこか誇らしげな光を放っていた。

26

車に向かう足元で枯れ葉が渦を巻く。

人前でぽろぽろ涙を溢《こぼ》す男。脆《もろ》い。簡単に落とせる。勇み立つ気持ちを胸に、三上は車の運転席に尻を滑り込ませた。携帯で南川《みなみかわ》に電話を入れる。二期下の本部鑑識課員。同郷なので年に何度か飲む。

〈南川です〉

「三上だ。休みのところ悪いな」

〈あ、どうも〉

声が硬くなった。悪い想像をしつつ三上は続けた。

「ちょっと教えて貰いたいんだ。科捜研に日吉って眼鏡がいるだろ。そいつの住所と電話番号知ってるか」

〈いえ、俺は知りませんけど〉

「知らない？　本当か」

〈付き合いがないんですよ、連中とは〉

「馬鹿言え。科捜研とは兄弟みたいなもんだろうが」

攻めの台詞を吐きながら三上は肩を落とした。職人集団の鑑識までもが反警務に回った。

「言えないのなら言えないと言え」

〈すみません。言えません〉

「いつお触れが回った」

〈昨日です。急に〉

「理由は知らないんだろ」

〈三上さん、知ってるんですか。だったら教えて下さいよ〉

「荒木田に訊け」

三上は手荒に携帯を畳んで車を発進させた。

月曜までは待てない。科捜研の所長に連絡を入れて日吉の住所を聞き出し、今日中に直当たりする。もはや科捜研とて「中立」かどうか疑わしいが、ここは所長の学者バカだか非警察性だかに期待するほかない。

七分で県警本部に戻った。今日二度目だから、玄関当直の刑事は一瞬身を乗り出した。構わず当直室に入りキーボックスを開く。所定のフックに広報室の鍵がなかった。部下が登庁している。ちらりと警務課のフックを見た。ない。二渡はまだ庁内か。

三上は省エネで灯を半分落とした廊下を歩いて広報室に入った。予想した通り、末席のデスクに美雲がいた。慌てて立ち上がる。ちゃんと制服を着込んでいる。

「どうした」

「はい。まもりの締切が近いので、少しやっておこうと思って出てきました」

デスクの上には『広報まもり』のゲラと写真が散らばっていた。匿名騒動で作業が遅れているのは本当だろうが、それだけの理由で美雲が休日出勤したとも思えなかった。

「さっきは電話、すまなかったな」

「いえ」

「蔵前も呼んで手伝ってもらえ」

三上は自分のデスクにつき、最下段の引き出しを鍵で開けた。幹部官舎の警電番号表を取り出して捲る。科捜研の所長、猪俣《いのまた》――警電と一般加入電話の両方が記されている。警電がいい。普通に電話をしてもおそらく猪俣は三上の顔と名前が一致しない。警電を鳴らして心の準備もさせておき、広報官だと名乗ればすぐに用件を切り出せる。

三上は警電に手を伸ばした。その拍子に美雲の横顔が目に入った。聞かれて困ることはない。自分に言い聞かせて番号をプッシュした。

数回のコールで猪俣本人が出た。歳は向こうが五つほど上か。

「お休みのところすみません。広報官の三上ですが」

〈ああ、はいはい、ご苦労様です〉

好々爺《こうこうや》ふうの受け答えだ。

「一件、照会したいことがあってお電話しました。そちらの日吉という職員の住所を知りたいのですが」

〈は？　日吉という名の職員はいませんよ〉

「いない？」

思わず声が大きくなった。美雲を見る。俯き加減で盛んにペンを動かしている。

三上は送話口に口を寄せた。

「確かですか」

〈所長の私が知らないんですからいるはずがありませんよ。何かの間違いじゃないですか。どこか別の部署の〉

鉄のカーテンを念頭に耳を澄ませていたが、猪俣の口ぶりは至って普通だった。

「そちらは異動とか配転とかはないですよね」

〈私が来てからは一人もありません〉

その段になって三上は思い当たった。猪俣が所長に就任したのは七、八年前だった。県警がポストを用意してＤ工科大学から引き抜いたのだ。

「失礼ですが、所長が県警に来られたのはいつでした」

〈八年前です〉

「その当時に遡《さかのぼ》っても日吉という者はいないということですね」

〈まだボケてはいませんよ〉

ややムッとした口調になった。構わず三上は言った。

「では、誠に申し訳ありませんが、十四年前の職員名簿を見ていただけませんか」

〈はい？　十四年前の名簿……ですか〉

「ええ、所属長保管の資料としてそちらにあるはずです」

〈いやあ、急に言われても……。本部にないんですか〉

「ありません。極左やカルトへの流出防止のため総合的な名簿は作成していません」

〈あ、なるほど〉

気圧《けお》された声になった。ここぞとばかり三上は畳みかけた。

「急を要するんです。名簿がすぐ出てこないようでしたら、長く科捜研にいる職員に訊いていただくか何かして、わかり次第、広報室の私三上に回答願います」

〈わ、わかりました。訊いてみます〉

「それと、おそらく日吉さんは退職されたのだと思いますが、時期や理由、その辺りの経緯も併せてお願いします」

辞めていたのだ。幸田だけでなく、日吉も――。

電話を終えてから三上は事の重大さに身を硬くした。日吉は少なくとも八年以上前に退職したということだ。幸田と同じくロクヨンがまだ生々しい時期に辞めた可能性もある。なぜ辞めたのかが問題だ。雨宮宅で溢した涙こそがその理由か。

美雲が立ち上がるのが目に入った。戸棚に向かう。茶を出すタイミングを見計らっていたようだ。

三上は壁の時計に目をやった。三時十五分だ。猪俣が回答にどれほどの時間を要するか、相手が警察官でないだけにちょっと見当がつかなかった。

美雲が湯飲みを盆に載せて歩いてきた。

「実家に無言電話があったんだってな」

考えずに言葉が出ていた。美雲は、えっ、と小さく発した。

「村串に聞いたんだ。いつだ？」

「あ、はい。ひと月くらい前だったそうです」

「何回あった」

「二回あったと言ってましたが」

「同じ日にか」

「ええ、そう言っていました」

「そうかぁ……」

返した声が間延びした。

ひと月前。三上の家の無言電話と同じ頃だ。しかも一度ではなかった。みずきの家は三週間前だったからこれも近い。こんな時代だから変な人が……。みずきの言ったこともあながち的外れではないのかもしれない。こうして二つも偶然が重なってみると、その時期、手当たり次第に無言電話を掛けまくっていた変質者がいたのではないかという気にさせられる。

小さく息を吐いた時、目の前の警電が鳴った。時計を見る。まだ二十分ほどしか経っていない。席に戻る美雲の背中を一瞥して受話器を上げた。

〈あ、猪俣です。わかりましたよ〉

声が弾んでいた。よし。三上は勢い込んだ。

「教えて下さい」

〈探したら名簿が出てきました。えーと、日吉浩一郎《こういちろう》。この人ですよね〉

「他にも日吉がいるんですか」

〈いませんいません、日吉は一人だけです。物理ラボに在籍していました。えーと、それじゃあ言いますよ、お尋ねの件。住所はD市大澄町一二五六番地です。電話は——〉

メモを取りながらまた、よしと思った。四桁番地の住所は古くからの住宅地だ。日吉の実家に違いない。しかも名前からして長男だろう。つまりはこの大澄町の所番地に今も住んでいる公算大だ。

〈古い人にもちょっと訊いてみました。辞めたのは、ほら、十四年前に誘拐事件がありましたよね〉

思わず息を止めた。受話器を強く握る。

「ええ」

〈あの事件の後、三月ほど休職していて、そのまま依願退職扱いになったそうです。辞めた理由はわかりませんが、その日吉という人、誘拐事件で被害者の自宅に詰めたそうなんですよ——あの、聞こえてますか〉

「大丈夫。聞こえてます」

〈それはすぐに終わったんですが、職場に戻ってきてからひどく塞ぎ込んでいて、誰とも口をきかなかったらしいです。そのうち出勤して来なくなって、ということでした。えーと、在籍期間は約二年。その前はＮＴＴに一年弱いたそうです。聞けた話はこれぐらいですが〉

「ありがとうございます。大変助かりました」

本心から言い、三上は住所をメモった紙を胸ポケットに突っ込んだ。

27

大澄町までは車で十五分ほどだった。

構えの大きな旧家が立ち並ぶ一帯で、どの家も高い塀の向こうに職人の手の入った庭を囲っていそうだ。三上は児童公園の脇に車をとめた。もう陽が傾いている。コピーした住宅地図を見ながら歩く。その足が自然と速まる。

角を折れてすぐの瓦屋根の家だった。石造りの門柱に「日吉」の表札が嵌め込まれていた。周囲と比べてもとりわけ大きな家だ。太い松の枝が道に迫《せ》り出し、母屋の脇には白壁の蔵まで建っている。ガレージのシャッターは下りているが、その横幅からして何台もの車を置けるスペースがある。

いいところのお坊ちゃん。多分に軽蔑を含んだ感情が湧き上がって白けた気分になる。科捜研にいたのはたった二年。ＮＴＴは一年足らず。職場で嫌なことがあるたび辞めてしまうのか。雨宮宅で流した涙とやらも、その理由を知る前に重みが目減りした感があった。

三上は短く息を吐き、勝手口に回って呼び鈴を押した。インターホンもカメラの機能もない、大正だか昭和初期だかを彷彿《ほうふつ》させるお碗型の呼び鈴だった。

屋敷の大きさを考えてしばらく待った。木製のサンダルの音が聞こえた。やがて勝手口の小さな木戸が開き、白髪まじりの頭を潜らせて初老の女が出てきた。使用人の身なりではない。日吉の母親なのだろうが、なにやら陰鬱な気配を纏っている。怪訝そうに三上を見上げ、つっけんどんに言った。

「どちら様ですか」

三上はきちんと腰を折って頭を下げた。

「突然押し掛けてすみません。私、県警本部秘書課の三上と申します。以前、科捜研にいらした浩一郎さんはご在宅でしょうか」

「まっ！」

母親の目が倍ほどにも見開かれた。

「県警ですって？　いったい何の用です」

「浩一郎さんにお話があって参りました」

「話？　今さら何です。話を聞きたいのはこっちです。息子にあんな酷《むご》いことをしておいて」

「お怒りはごもっともです」

反射的に受けの構えを取った。「酷いこと」をされたから科捜研を辞めた。己の打たれ弱さを棚に上げての逆恨み的な感情かもしれないが、ともかく日吉とその家族は被虐意識を抱いている。

「だってそうでしょう」

母親は悔しげに顔を歪めた。

「息子はNTTコンピューターで通信の仕事をしてたんですよ。たまたま何かの事件で警察に協力を求められて、そっちの方面に警察があまりに無知なのを知って、役に立ちたいと思って転職したんですよ。それなのに――誘拐事件だなんて」

近所の耳目を思ったのだろう、母親は「入って下さい」と言って敷地に三上を引き入れた。木戸が閉まる。高い塀と背丈ほどのヤツデに囲まれた、冬なのにじめじめとした感じのする一角だった。

母親は押し殺した声で続けた。

「許せません。息子をあんな残忍な事件の真っ只中に放り込んで。ちょっと失敗したら無能呼ばわりして。あなたたちには家族がいないんですか。警察ってそういうところなんですか。大切に育てた親の気持ちになってみて下さい。息子はすっかり傷ついて、人生を台無しにされて。いったいどう責任を取ってくれるんです」

どの部分に反応すべきか迷った。昨日今日あった出来事。母親の剣幕にそんな錯覚すら覚える。

「謝罪旁々《かたがた》、本人にお話を伺いたいと思っています。我々もわからないことが多いので」

「わからないですって？」

母親は肩を怒らせて顎を突き出した。唇が震えている。

「自分たちのしたことがわからないって言うんですか」

「息子さん、誰に無能呼ばわりされたんです」

「そんなこと、あなたたちが百も承知のはずでしょう」

「教えて下さい。こちらもちゃんと調べたいと考えています」

「一緒にいた上の人でしょ。あの子、失敗した、僕は無能だ、って。それきり何も――」

聞かされていないのだ、本当のところは。

「無能呼ばわりされたと言ったのではなく、自分で自分のことを無能だと言ったんですね」

「何を仰りたいんです。誰かに言われなければ、そんなこと言うはずがありません。可哀相にあの子、すっかり悄気《しょげ》て、食事もほとんどとれなくて。ひどく怯えてもいました。心を引き裂かれるようなことを言われたんですよ、あなたたちに」

あなたたち、と言われるたびに胸がざわつく。

「息子さん、どういう失敗をしたか話さなかったんですか」

「何も話しません。教えて下さいよ。本当にあの子が何か失敗したんですか。誰かに責任を押しつけられたんじゃないんですか」

お気持ちはわかりましたの顔で三上は頷いた。これ以上、母親から引き出せる話はなさそうだった。

「本人に直接伺ってみます。息子さんに会わせて下さい」

「できません」

母親はぴしゃりと言った。

「五分で結構です」

「会えないんです、誰も」

「誰も？」

「そうですよ！　もう家族だって――」

母親は口に手を押し当てた。宙を睨んだ目からみるみる涙が溢れ出た。

三上は息を詰めて次の言葉を待った。幾つもの悪い想像が頭の中を駆け巡っていた。

真っ赤な目がこっちに向いた。

「十四年ですよ……。十四年も……。研究所を辞めてからずっと自分の部屋に閉じ籠もって……。私や主人とも口をきかないんです。それだけの傷をあの子に与えたんですよ、あなたたちは」

三上は天を仰いだ。

引き籠もり。

最悪の結果も頭にあった。だが、それ以上の衝撃だった。

「息子さん、今お幾つです」

仕事を忘れて訊いていた。

「三十八です。来月には三十九になるんですよ。もう本当にどうしたらいいか……。いったいこの先……」

母親は両手で顔を覆った。嗚咽《おえつ》が漏れた。

息子の人生を台無しにされた。そう言われた時は大袈裟な物言いだと思ったが、軽く見た分、現実はずしりと重かった。

「意思の疎通はどうしてるんです」

母親はキッと三上を見た。

「話して何になります。あなたたちにはどうでもいいことでしょう。だいたい今頃になって――」

「ウチの娘も同じようなことがありました」

三上は言葉を被せた。半分は仕事として言ったから胸に痛みが走った。

「女房は苦しみました。会話がまったくできなくなって――」

「出たんですか」

今度は母親が言葉を被せてきた。

「お嬢さん、部屋から出てきたんですか」

「……ええ」

胸の痛みが増した。部屋からは出た。だが――。

「どうやって」

食い入るような目に三上はたじろいだ。顔を寄せてくる。「藁《わら》にも縋る」の顔だった。話したことを悔いた。だが今さら奈落に突き落とすわけにはいかない。

「……本心をぶつけ合いました」

こんな顔いらない！　死にたい！

あんたはいいわよ！　醜くたって男だから！

血の気が引いていくのがわかった。頭に痺れを感じた。目眩に備えた。両足を踏ん張った。数秒のことだった。大丈夫だと自分に言い聞かせ、三上は言葉を継いだ。

「カウンセリングにも連れていきました。娘の本心を引き出してもらいました」

母親は曖昧に頷き、そのまま目を伏せてしまった。失望させたことは明らかだった。十四年だ。カウンセリングに行く行かないなどという局面は遠い昔に通り過ぎている。

「気持ちのやりとりはまったくないんですか」

放心した母親に話し掛けた。

「……ありません。ドアの下に毎日手紙を差し込んでいますけど、一度も返事をくれません」

「荒療治のようなことは？」

「最初の頃、主人が何度か……。益々悪くなってしまって……」

三上は母親の細い肩を見つめた。気持ちは仕事と私情の境界線に立っていた。

「私にも手紙を書かせてもらえませんか」

「ええ……そうして下さいな」

上の空で母親は言った。虚ろな視線が、そこが息子の部屋なのだろう、カーテンの閉じられた二階の窓に浮いていた。

28

週末のファミレスに一昔前の賑わいはなかった。窓の外はもうすっかり暗い。

三上はカウンター席の端で腕時計に目を落とした。五時半丁度だ。注文したピラフとコーヒーが届いていたが、それには手をつけず、腕組みをしたままテーブルの上の便箋と睨み合いを続けていた。ここに来る途中、コンビニで買い求めた。一緒に買った煙草は既に五本吸った。今日中に郵便受けに入れておくので息子さんに渡してほしい。日吉の母親にそう告げてあの場を辞したが、手紙の文言は何一つ浮かんでこない。

三上は吐き出す息とともに椅子に凭れた。

役に立ちたい。そう発起《ほっき》して日吉はこっちの世界に飛び込んできた。社会正義のために。鵜呑みにしてやりたいが話が綺麗すぎる。たった一年で転職を考えた心の事情はもっと複雑だったはずだ。渡りに舟とまでは言わないまでも、コンピューター犯罪に対する当時の警察の知識不足は、日吉にとって傷つくことなく前職から逃避する格好の口実となったのではあるまいか。

が、その自尊心は事件現場で砕かれた。

失敗した――。僕は無能だ――。

緊迫の極みにあった雨宮宅に投げ込まれ、そこで大きなミスを犯し、自責の念に押し潰されて自滅した。心が脆かった。温室育ちが仇《あだ》となった。外れてはいまいが、母親が言い連ねた暴言説もまた現実にあったことに思える。誰かがミスに追い打ちを掛けた。殺気立った言葉、酷たらしい言葉で「禁固十四年」の刑を日吉に科した。

キャップだった漆原か。消去法に照らせばそうなる。男気に富む柿沼が弱っている者を踏みにじるとは思えない。幸田も消せる。泣きだした日吉を慰めていたようだったとみずきは言っていた。

日吉が犯した失敗とは何か。

雨宮宅での役割を考えれば録音機材に関することだ。録音ミスがまず浮かぶ。犯人の電話の声をテープレコーダーに録り損ねた。もしそうならまさしく取り返しのつかないミスだ。横紙破り的に日吉を充てた人選が裏目に出たことにもなる。だが違うのだ。録音ミスを犯す機会はなかった。犯人からの電話があった時刻、自宅班の四名はまだ雨宮宅に向かっている途中だった。潜入後、自宅に脅迫電話が掛かることはなく、従って録音のチャンスそのものが一度もなかった。

録音ミスでないなら他にどんな失敗がありえたか。無能。日吉が陥った自虐の深さに見合う痛恨のミス……。致命的なミス……。具体的に浮かんでこない。録音とは別の特殊な仕事を現場で命じられたのか。あるいは職務以外のハプニング的な出来事か。ミス自体は軽微なものだったことも考えられる。事件が誘拐ゆえに過大な責め苦を負わされた。

だが……。思考が前のめりになる。

幸田はどう絡んでくるのか。最も肝心なその部分が少しも見えてこない。日吉の失敗を記したものが幸田メモだと仮定して、しかしなぜ幸田はそんな行為に及んだのか。義憤か。当然あったであろう上からの口止めに反発し、内部告発を意図して真相を文書化した。あるいは懺悔《ざんげ》か。日吉の犯したミスを自宅班の連帯責任と受け止めた。どちらにせよ、メモの存在が年若い日吉に社会的な死を与えかねないという想像は働かなかったのか。それさえ切り捨てる強い意志があってのことか。

幸田という人間がわからない。日吉との関係はどうだったのか。誰かに責任を押しつけられたのでないかと母親は疑っていた。嫌な想像が浮かぶ。日吉の失敗は、幸田の指示命令によって引き起こされたものだった。慰めるふりをして、実際には日吉の告白を封じた。可能性としてはある。暴言の主が幸田だった可能性を低く見積もらせているのはただ一点、みずきの古い記憶の中にある印象だけなのだ。幸田メモに纏《まつわ》る事情のすべてがわかる。解は日吉の胸中にある。彼の心を開かせることができれば幸田メモに纏る事情のすべてがわかる。

三上は六本目の煙草に火を点けた。コーヒーを一口飲み、ペンを握って便箋に向かった。どう書き出すか。どんな手紙を書けば日吉の心を手繰《たぐ》り寄せることができるか。十四年間引き籠もっている。自責の念ばかりではない。警察を恐れている。恨んでもいる。その警察が出口を用意する。何も心配しなくていい、胸の裡をすべてぶちまけろ、と。

ペンは動かなかった。気持ちが動き出さなかった。十分、二十分と時間だけが無為に刻まれた。額に汗が滲んだ。焦れば焦るほど頭の中の空洞が広がっていく気がした。

――なんてこった。

三上はついに投げ出した。一文字も書けず、その無力感たるや相当なものだった。人の心を開かせることなどたやすいと思っていた。取調室で幾多の犯罪者の心をこじ開けてきた。嘘も真実も表も裏も何もかも洗いざらい吐かせて連中の心を丸裸にしてきた。力ずくで。警察という比類なき金看板が持つ圧倒的な力で。

三上は便箋に目を戻した。

いま必要なのは、力ではなく言葉だった。相手の心に届く確かな言葉――。

ないのだ。三上に一片でもその持ち合わせがあったなら、あゆみの心があそこまで遠退くことはなかった。言葉は武器だった。切っ先を研ぎ澄まし、相手の心を切り裂く心理戦の道具だった。仕事を離れても構えは同じだった。誰かの心に言葉を響かせたいなどと本気で考えたことが、これまで生きてきた中で一度でもあったろうか。

「コーヒー、温かいものとお取り替えしましょうか」

三上はハッとして目を上げた。振り向くと、学生アルバイトとおぼしきウエイトレスが小首を傾げていた。まだ仕事に慣れていないのか、その仕種も微笑み方もファミレスのマニュアルからズレている気がした。

「ありがとう。替えてくれ」

三上は冷めたピラフにスプーンを差し入れた。ウエイトレスが手つかずの皿を気にする素振りを見せたからだった。こうして食欲が湧かない時には決まって思い出す。昔、父を訪ねてきた戦友が笑いながら言った台詞だ。〈あっちじゃ、何か食うたび生まれ変わった気がしたなぁ〉。食べ始めて昼食を抜いたことに気づいた。だからだ、と日吉宅での立ちくらみをそのせいにする。半分ほど食べてスプーンを置いた。家でとる夕食の分は腹を空けておく。

煙草に火を点けた。生まれ変わりはしないが、昂りは芯をなくして霧散していた。煙を吐き出す。仕事の頭は現実を直視していた。日吉は落とせない。彼のことはすっぱり忘れて漆原と柿沼を当たる。同時に幸田の消息を探る。テーブルの隅に追いやった便箋の白さが目に痛いが、しかし時間切れだ。僅かでも結果が望めるならともかく、可能性がまったくないとわかっている作業に拘泥するのは、あまりに贅沢すぎて仕事とは呼べない。

　三上はバッグに便箋を押し込み、伝票に手を伸ばした。

「コーヒーのお代わりはいかがですか」

　マニュアル言葉が耳に入った。

「ありがとう。もういい」

　振り向かずに答えるとクスッと笑う声がした。ぎょっとした。容貌を笑われたと思った。目玉だけ動かした。横に回り込んできたのはさっきのウエイトレスだった。

「じゃあ、飲みたくなったら呼んで下さいね」

　今度はまるっきり素の言葉だった。もういいと言ったのにまた呼べ？　三上は首を反らせて彼女の顔を見つめた。器量は良いほうではない。目が細く、鼻は上を向いている。

「あ、ウザイですよねアタシ。でもなんか嬉しくて。ここでありがとうなんて言われたの初めてだったから」

　ウエイトレスはまた小さく笑った。三上は反応できなかった。離れていく彼女の後ろ姿を凝視した。奇怪な思いに囚われていた。何かの化身。そうでなければ起こるはずのない出来事に思えた。

　伝票をテーブルに戻した。それから一時間、三上は席を立たなかった。

　便箋と向き合っていた。ペンは置いたままだった。目を閉じている時間が長かった。

脳は借り物のようで頼りない。睡魔がまとわりついてくる。イメージだけがゆらゆらと網膜の裏で揺れていた。樹海のような薄暗い場所を日吉が彷徨《さまよ》っている。木々の間を縫うあゆみの姿も見え隠れする。森に迷い込んでいる。二人が。おそらく三上のほうが。

説得の手紙を書くはずが、短いメッセージになった。

《君がどこにいるのか教えてほしい。行ける場所なら会いに行く》

贅沢すぎる時間は終わった。

三上は自宅と携帯の電話番号を書き添え、畳んだ便箋を封筒に押し込み、伝票をさらってレジへ急いだ。目はウエイトレスを探していた。衝立《ついたて》の向こうにいるのか、それともバイトの時間が終わったのか、フロアに彼女の姿はなかった。

29

車のラジオから七時のニュースが流れ始めた。

赤信号が長く感じた。学習塾らしき建物の窓に眩しいほどの灯がある。人が吐き出されてくる。濃紺のダッフルコート。タータンチェックのマフラー。ピンク色の毛糸の手袋。あゆみの冬の身支度そのままの女子高生が、一人また一人と車の脇スレスレを自転車で走り抜けていく。

さようなら、ってあゆみに言われた気がする――。

三上は自宅に向かっていた。本部には寄らなかった。日吉に充てたメッセージを母親に託し、その時にはもう、家の電話で出来る仕事だってあると自分を言いくるめていた。美那子は煮魚と酢の物を用意していた。お疲れ様。思ったより早かった。すぐに温めるから——。

声に張りがあった。口数も多い。努めてそうしているように見えた。空腹とは言い難い。ピラフの他にも未消化の問題が腹に沈んでいる。それでも自然と「お、いい匂いだな」と弾んだ言葉が口をついて出た。美那子の甲斐甲斐しさは、雲間から覗く陽光に思えた。

理由はおいおいわかった。

「みずきさんのお宅に行ったんですってね」

食べ始めてまもなく美那子が切り出した。

「電話したのか」

「夕方、みずきさんがくれたの」

舌打ちが出そうになった。あのお喋りめ——。

「ちょっと聞きたいことがあって寄ったんだ」

「あなたのこと、すごく大変そうだって言ってた」

三上は笑った。

「あいつはオーバーなんだ。広報は勝手が違うだけさ」

「やっぱり刑事のままがよかった？」

「どっちもどっちだな。まあ、こっちは体が楽だ」

「気は遣うでしょ」

「だからどっちもどっちだ。カイシャにいる限り、遊ばせちゃくれないさ」

笑みを切らさずに言ったが、美那子は小さく溜め息をついた。

「でも警務に来てまで翔子ちゃん事件だなんて……」

「村串に聞いたのか」

「やだ、あなたよ。警察庁の偉い人が来るんで雨宮さんの家に行った、って」

三上は箸を動かした。日々、会話のための会話を重ねているから喋ったことをすぐに忘れる。

「うまくいかないの？」

「まあ、とんとん拍子とはいかないな。雨宮が長官慰問を渋ってるんだ」

「偉い人って長官なの？」

美那子が目を丸くしたので三上は少し慌てた。

「ただの気まぐれだよ。物見遊山《ものみゆさん》さ」

「でもどうして？」

「ん？」

「雨宮さん、長官の慰問を断るだなんて……」

「ホシが挙がっていないからさ。誰だって警察嫌いになる」

「あなたが説得しなければいけないの？」

美那子の表情は硬かった。警察庁長官。その重みは元婦警だからわかる。

「せいぜい口説くさ。できなかったらできなかったで長官には当時の現場を見てもらえばいいんだ。どうってことない」

「でも……」

「心配するなって」

「みずきさんに言われたの」

美那子が白状するように言った。

「何をだ」

「すごく大変そうに見えたけど、三上さんが本当に大変かどうかわかるのはあなただけよね、って」

「あのアマ、偉そうに」

狼狽を汚い言葉で誤魔化した。

みずきが意図したことはわかる。深い穴の底で一点を見つめ続けている美那子の肩を揺さぶった。夫を気遣うことが、美那子の救いにもなると考えたのだろう。夫婦の隙間を見透かされたような不快感はあったものの、目を伏せることも宙に泳がせることもしない今夜の美那子と向き合っていれば、自然と感謝の気持ちも湧いてくる。

だから思い切って話す気になった。

「今日聞いたんだが、村串のところにも電話があったんだそうだ」

「何の電話?」

「無言電話さ」

ひくりと美那子の頬がつれた。

「……そうなの?」

「ああ。ウチと同じ頃だ」

抑揚のない喋り方になった。それが却って場に緊張をもたらした。

「何回?」

「一回だ」

「そう」

美那子はそれきり黙り込んだ。どう受け止めたのか計りかねた。ウチとは無関係と切り捨てたか。関連を疑って不安を覚えたか。美那子の反応によっては、美雲の実家に二回あったことも告げる気でいたが、それはひどく残酷なことに思えた。

「ウチにしてきたのはあゆみさ。三回も掛けてきたんだからな」

たまらず美那子の気持ちを支えた。そうしてみて今度は己を叱咤《しった》した。いいのか。いつものオチをつけてしまったのでは、この話を切り出した意味がない。

「でもな」

ひょっとすると、ただの悪戯電話だったかもしれないぞ——。

喉元で止まった。やはり言えない。言葉にした時の美那子の顔を想像すると、とても口にできなかった。三上自身、可能性としても受け入れがたいのだ。他の家にも無言電話があった。それだけのことだ。なぜグラつく必要がある。あゆみからか、悪戯電話か、どちらも推測の域を出ない。ならば良い想像を信じればいい。信じることをやめてしまったら夫婦は羅針盤を失う。

だが――。

悪い想像のほうを締め出すからには、あゆみの電話が無言だった意味を改めて話し合わねばならなかった。「さようなら」ではない、別の理由が要る。無言の決別。それもまた悪い想像の一つでしかないのだと美那子に気づかせるストーリーが、今この場に必要だった。

「あゆみのやつ、俺に怒鳴られるのが怖かったんだな。言いたいことも言えずに切っちまって」

自然な言葉にはならなかった。美那子は複雑な表情を見せた。電話が無言だった意味と、三上が話を蒸し返した理由を同時に考えたに違いない。

「けどまあ、目的の半分は遂げたってことだ。お前と俺の声を聞きたかった。だからあゆみは電話をしてきたんだ」

「あなたの声は……そうだと思う」

美那子がぽつりと言った。

「どういう意味だ」

「私が二度電話に出て、もう一度掛けてきたんだもの。あゆみはあなたの声が聞きたかったんだと思う」

「馬鹿言え。お前の声は二度聞いて満足したんだ」

「そうじゃない」

美那子の口元が震えた。

「あゆみは私の声なんか聞きたくなかったし、言いたいこともなかったんだと思う。もしあったとすれば――」

「もうよせ」

声を荒らげた。その自分の声に三上は慌てた。

「もうよそうや。悪く考えたらきりがないだろ。なっ」

美那子は頷いた。そのまま俯いてしまいそうだった。

「あれはあゆみからの電話さ。しかしまあ、違うかもしれないって思うこともあるし、あったっていいさ。どうせあゆみは元気なんだ。本人が元気なら本当のところ電話なんてどうだっていいんだ」

強引に言い切った。

「そうよね」

美那子が顔を上げた。笑おうとしている。

「そうさ」

勢い込んで言った時、電話が鳴った。美那子の体が一瞬浮いたように見えた。仕事の連絡なら廊下の警電が鳴るからだ。

「ああいい、俺が出る」

三上は軽く言った。小机に上体を伸ばしてディスプレイを見る。市内の番号だが記憶にない。緊張を美那子に気取られないよう鈍い動作で子機を上げた。途端に聞き慣れた声が耳に吹き込まれた。

〈もしもし、三上君？〉

石井秘書課長だった。怒鳴りつけたい衝動に駆られた。なぜ警電に掛けてこないのか。

「なんでしょう」

ぞんざいな受け答えになった。

〈遺族のほう、どうなったかと思ってさ〉

「やっているところです」

〈家でかい？〉

皮肉以上の棘があった。昨日、赤間の前で土下座した石井は、帰りしな吐き捨てた。君と心中はご免だ――。

「少々お待ち下さい」

美那子に「秘書課長だ」と囁き、子機を持って廊下に出た。後ろ髪を引かれる思いがした。美那子の胸中はどうか。多少なりとも気持ちが楽になることを言ってやれたか。

寝室は冷えきっていた。

「お待たせしました——雨宮の件ですが、懐柔の糸口が摑めたので明日にでもまた当たります」

〈まだ、ってこと?〉

——そう言ったろう。

〈困るよ、そんなんじゃ〉

「鋭意進めます」

三上は寝室の電気ストーブを点けた。すぐには茶の間に戻らないほうがいいような気がして腰を落ち着けた。どのみち今夜中にQ署の署長官舎に警電を入れる腹積もりだった。さっさとこの電話を済ませたいが、しかし石井の用件は厭味だけではなかった。

〈月曜のマス懇、君が匿名問題の釈明をするよね〉

「釈明ではなく、経過の説明をしろと」

〈どっちも同じだろ〉

いつになく強い口調だった。

〈それで、これから各社に招集の電話を入れるんだけど、君の釈明だけじゃ弱いから形を見せようと思うんだ。何が何でも視察の取材拒否は撤回してもらわなくちゃならないわけだから〉

「形って何です」

〈早い話、広報サービスの充実だよ。深夜や祝日でも事件事故の速報を各社にファックスで流すとか、向こうが希望するなら電子メールで記者個人宛てに送ってやるとか〉

鼻から荒い息が漏れた。他の警察本部では速報サービスを始めているところもあると聞くが、それは陣容の整った広報課の話であって、たった四人の広報室が対応できることではない。いや、そもそも——。

「課長の発案ですか」

赤間部長が言い出すはずがなかった。この局面での新たなサービス提供は記者クラブに対する謝罪に等しい。

〈いや、白田さんだよ〉

「警務課長が？」

三上は少なからず驚いた。警務部の筆頭課長とはいえ、秘書課の所管事務に口を挟む権限はない。

〈自分もマス懇に出席するんで気にしてるらしい。こっちが揉めてるのは知ってるからね〉

「しかし、そんな見え透いた機嫌取りをしても先方は納得せんでしょう」

〈記者たちはそうだろうけど、支局長クラスは現場ほど熱くなっちゃいないさ。こういう取り引きは効くよ。自尊心をくすぐられるから〉

「前倒しでマス懇を開くんです。こっちが匿名を軽く見ていないことはそれで伝わるでしょう」

〈わかってないなあ、君は。こっちが前倒し開催を申し入れれば彼らは期待を抱くだろ。謝罪とか譲歩とか。要はそれに代わる土産を持たせるってことさ〉

溜め息を呑み込んだ。

「過剰サービスですね。電子メールまで送ってやった日には、記者はますます堕落する。足を泣かせるどころか事件事故の警戒電話すら掛けずに済む」

〈おいおい、どこまでも堕落してもらって結構じゃないか、こっちとすりゃあ〉

「夜間と休日をカバーするとなれば人員増が必要です。今の体制ではとても対応できません」

話を終わらせるつもりで言ったが、石井はまたも皮肉たっぷりに切り返してきた。

〈刑事一筋の男の言葉とも思えないなあ。無理を承知でやれるところまでやるのが君たちの流儀なんじゃないの〉

――知ったふうなことを。

「部長は了解しているんですか」

一瞬、石井の気配が消えた。話していないのだ。

「許さんでしょう、弱腰交渉は」

赤間を使ってとどめを刺しにいった。取調室のホシに肉親話を向けた時のような疚《やま》しさがある。だが――。

〈大丈夫さ。そのために各社に根回ししておくんだ。僕がサービスの中身を電話で伝えておいて、マス懇の席では君が暈《ぼか》す。今後とも広報サービスの充実に努めます、とかね。それなら部長も聞き流すさ。万一怒ったら、あれはカラ手形ですと説明すればいい〉

「カラ手形？」

言いっ放しで実行しないということか。

〈部長は納得するだろうって白田さんは言ってたよ〉

抜け目なく白田警務課長にも取り入ったということだ。昨日の土下座がこたえた。赤間の信を失ったと思い詰めて保険を掛けた。赤間はいずれ本庁に戻るが、地元生え抜きの白田は退官までＤ県警の重鎮であり続ける。

〈ともかくマス懇を切り抜けることさ。まあ、まるっきりカラ手形にはしないまでも口約束の類だし、実際のサービス体制は後からぼちぼち作っていけばいいんだ〉

返事をする気が失せた。今夜も石井と同じテーブルについている。自嘲が何層もの怒りを縫うようにして込み上げてくる。

〈じゃあいいね？　頼んだよ〉

「………」

〈聞いてるかい？〉

「………」

〈あのさ、わかってると思うけど、匿名問題で既に土俵際なんだ。長官視察までしくじったら君も僕も――〉

「一つ訊いていいですか」

三上は意を固めて切り返した。打開すべき窮状の核心は、マス懇などとは懸け離れた場所にある。

〈何だい、改まって〉

「警務課の二渡が妙な動きをしています。心当たりはありませんか」

〈妙な動き？　知らないよ。どんな動き？〉

「翔子ちゃん事件のことを調べ回ってます」

〈どういうこと？　彼が首を突っ込む話じゃないだろ〉

だから訊いている。

「こっちと連動していないんですか」

〈連動って……？〉

「二渡が赤間部長の命で動いているのか、そうでないのか訊いてるんです」

〈それはないと思うよ。二渡君は今、庁舎建て直しの件で手一杯だから〉

「動いているんですよ、実際に。警務のエースがロクヨンを掻き回しているんで刑事部が態度を硬化させています」

〈知らないよ、そんな話は。僕は何も聞いてない〉

すっかり逃げ腰だ。

「白田課長はどうです。普通と違う動きはしていませんか」

〈してないと思うけど……。二渡君に何かやらせているってこと？〉

「赤間―白田―二渡のラインが引けるかどうかってことです」

〈危ない話なら白田さんは知らないふりしてスルーしてると思うよ。万事、責任を取りたがらない人だから〉

どの口が言っているのかと思う。

〈気になるなら二渡君に直接訊いてみればいいじゃないか。君たち同期だし、高校も部活も一緒だったんだろ。まあ、刑事と警務で長いこと接点もなかったんだろうけど、今は君も警務にいるんだし、会ってちゃんと訊いてみればいい〉

「そうするつもりです」

三上は電話を切った。しばらく苛立ちは収まらなかった。石井が垂れ流した空疎で不誠実な言葉の数々がそうさせた。

でもなんか嬉しくて。ここでありがとうなんて言われたの初めてだったから――。

遠い昔に聞いた声に思える。言葉は通じるものだ。一瞬でもそう思った自分を愚かしく感じた。日吉に宛てたメッセージも然《しか》りだ。すべてのチャンネルを閉ざし、十四年も閉じ籠もっている人間に通じる言葉などあろうはずがない。

三上は勢いよく立ち上がって廊下に出た。警電を摑み上げ、空いた手でコードを引っ張りながら寝室に戻った。

Q署の署長官舎。警電番号は頭に入っている。電話で出来る仕事ではなく、電話でしか出来ない仕事を考えていた。耳を奇襲する。漆原にカマを掛けて揺さぶる。署長の椅子に尻が馴染んだとはいえ、元は腕っこきの刑事で勘も滅法いい。対面して攻めたのでは、十中八九こちらの持ちネタレベルを見抜かれる。だが電話なら——。

三上は目覚まし時計を見た。八時十五分。いい頃合いだ。風呂も飯も済ませて寛《くつろ》いでいるに違いない。受話器を上げて官舎の番号を押した。同時に生唾を飲み下した。

三回目のコールで漆原本人が出た。三上が名乗ると声が一オクターブ上がった。

〈おう、おう、久しぶりだな〉

「ご無沙汰してすみません」

〈おっと、最近はどうだ。相変わらず女房と楽しんでるか〉

防御のジャブだ。相変わらずなのは漆原のほうだと思わせておいて、三上の用件が何か想像を巡らせている。

「そちらはどうです」

〈快適だよ。出先は伸び伸びできていい。何でも署員がやってくれるしな〉

「羨ましいですね。俺も呼んで下さいよ、刑事官あたりで」

〈ハハッ、お前にその気があるなら考えないでもないけどな。で、突然何だよ。広報用の連絡にミスでもあったか〉

「いえ、ちょっと訊きたいことがあって電話しました」

〈ほう、何だ。もったいぶらずに言え〉

「実は今日、日吉に会ってきました」

さらりと言って耳を澄ませた。

〈日吉……？〉

「前に科捜研にいた日吉浩一郎ですよ。ロクヨンで大ポカをやって辞めた」

一瞬の間があり、だが何でもない声が戻ってきた。

〈ああ、そう言えばそんな奴がいたな。大ポカってのは何だ？〉

今度は三上が数秒黙した。「日吉に会った」とかましたにもかかわらず揺らがない。

「大ポカ」にも反問を忘れなかった。漆原の鎧《よろい》は錆びついていない。

ままよと斬り込む。

「自宅班が雨宮宅に乗り込んだ時のことですよ。彼はテレコ番だった」

〈それで？〉

「日吉は致命的なミスを犯した」

〈ほう、それで？〉

「あなたに無能呼ばわりされてカイシャを辞めた」

〈それで？〉

ペースを握られた。無反応を決め込んで話の先を促すのは刑事の技だ。

「日吉は深手を負った。科捜研を辞めて十四年間、ずっと家に引き籠もっている。知ってますよね」

〈ふーん。それで？〉

「懺悔でも恨み言でもいい、何でも聞く――私は彼にそう言いました」

〈うん、それで？〉

こっちのネタの底を探っている。苦しくなった。ここで無理押しして虚実のさじ加減を間違えれば漆原の高笑いを聞くことになる。

「日吉はテレコを抱いて泣いていたそうじゃないですか。雨宮夫妻がいるのに」

流れは変えられなかった。すうっと息を吸う音がして漆原の声が近くなった。

〈で？　日吉は懺悔したのか〉

三上は口を結んだ。それを言ってしまっていいのか？　ブラフを無言に込めたが見切られた。

〈話がさっぱり見えねえ。大ポカってのはいったい何だ。俺が無能呼ばわりした？　そんな記憶はないぜ〉

優勢を意識した口調に変わっていた。

〈よう、どこでそんなガセネタ摑まされたんだ。それに何だってお前が監察みたいな真似してるんだよ。広報は清く正しい警察の宣伝係だろうが〉

「ガセネタとは思っていません」

〈まるっきりのガセだよ。俺が保証してやる。いったい誰なんだ、デタラメを吹聴してる野郎は〉

「幸田メモで知りました」

一か八かでぶつけた。

〈何だと……？〉

漆原の声が濁った。初めての確かな反応に思えた。だが――。

〈なるほど、二渡とグルってことか〉

鼻筋を殴りつけられた気がした。

〈昨日、アポなしで署に来たぜ。幸田メモについて知ってることを訊かせろ、ってな〉

全身が熱くなった。一発勝負の奇襲作戦のはずが、電話を掛ける前から負けが決まっていた。二渡の直当たりが漆原に心の備えを許した。三上の電話を受けた瞬間、脳のスイッチが入ったのだ。質問をいなし、会話をコントロールし、そうしながら返り討ちのキメ台詞まで用意していた。二渡とグル――。

〈お前も飼い馴らされちまったってことか。警務の犬とつるむなんてよ〉

「奴とは無関係です」

〈どっちも飼い主は赤間だ。あってもポチとタロウの違いぐらいだろうが〉

なぶって楽しんでいる。だが本当のところはどうか。二渡に署まで乗り込まれた今の漆原に果たしてそんな余裕があるのか。

「これだけは言えます。幸田メモにはあなたのクビが飛ぶ自宅班のミスが書かれている」

〈見たのか〉

即座に反問されて三上は言葉に詰まった。

笑い声が鼓膜を震わせた。

〈ないもんは見られないわな〉

勝ち誇った声だった。もしやと思う。幸田メモは存在しない。あったが現存しない。

それが漆原の余裕の源か。

〈話としては面白かったよ。また何か仕入れたら電話してこい〉

引っ込みがつかなくなった。

「見た人間から直接聞きました」

〈誰からだ？　二渡か〉

「名前は言えません」

〈わかったわかった。だったらはっきり言ってみろ。俺のクビが飛ぶその致命的なミスっていうのは何だ〉

三上は唇を噛んだ。させてはならない質問だった。

〈どうした？　言えよ〉

「現段階では言えません」

漆原はまた笑った。

〈監察ごっこも大概にしとけ。もう切るぞ。昔のよしみで付き合ってやったが、警務とは一切関わるなと部長直々のお達しだ〉

その言葉尻にしがみついた。

「あなたもポチってことだ」

〈何だと？〉

「箝口令の理由を知らされないまま従っている」

小さな間の後、舌打ちが届いた。

〈俺を怒らせたいのか〉

「訊いてるんです。知ってるのなら教えて下さい」

〈逆に教えてくれや。どう答えればお前は喜ぶんだ〉

まやかしの台詞に聞こえた。

刑事部のトップシークレットは当事者だから先刻承知。しかしその漆原ですら、ここにきてにわかに生じたD県警のトップシークレットは知らない。シャットアウトされている。そうだとするなら――。

「幸田メモが長官の手に渡ったらどうなります」

〈長官……？　何を言ってるんだ、お前は〉

効いた。

「来週、長官の視察が入るのはご存知ですよね」

〈それがどうした〉

「視察がなければ箝口令もなかった。刑事部は幸田メモを跡形もなく消したがっている」

〈わからん。何が言いたい？〉

「わかるでしょう。相手はサッ庁だ。いざとなれば荒木田部長はあなたを守らない」

〈おいおい――〉

「すべての責任を自宅班に押しつけてくる。あの人はそういう人です。私は身をもって知っている」

〈………〉

黙考の間が三上に期待を抱かせた。だが――。

〈お前、まだ部長を恨んでるのか〉

――何だと？

〈みんながみんないい目を見る異動なんてありえないんだ。いちいち引きずるな。二、三年おとなしくしてりゃあ吉報も舞い込むさ〉

挑発返し。わかっていながら受け流せなかった。

「それは違う」

〈荒木田憎けりゃ部まで憎いってか。とばっちりで俺にまで弾を撃ち込みやがって。い

い迷惑だぜ〉

「違う」

〈だったら、なぜこんなふざけた電話を寄越した〉

「それは――」

〈職務だよな。けどそれだけか、って訊いてるんだ。職務に託《かこ》つけて荒木田と部に意趣返し。ないと言えるか〉

「ない」

断じた自分の声が頭蓋に響いた。

〈ないならないらしく振る舞え。確かに荒木田はただ声がでかいだけの号令男だ。だが、どんな上でも上は上だ。こっちでまた仕事をしたいのなら、部にも部長にも敬意を払え。話はそれからだ〉


矢は受けた。だが急所を外れていたから三上は質問の舵を切れた。

「上に言われて葬式を欠席したんですか」

〈葬式？　誰のだ？〉

「雨宮敏子です。亡くなったのは知ってましたよね」

〈ああ、耳には入った〉

「なぜ行かなかったんです。自宅班の元キャップが」

〈あの日は……〉

「行きますよね、刑事なら」

何かを言い掛けて、だが漆原は押し黙った。苦い汁が込み上げたのかもしれない。雨宮宅の漆原は最良だった。誰の目にもそう映った。

「上が行くなと命じた。遺族を刺激しないために。違いますか」

唸るような息の束が三上の耳を威嚇《いかく》した。

「幸田メモはどこにあるんです」

〈もういい〉

「号令男に義理立てして職を失うんですか」

〈くだらん妄想だ。そんなことに血道を上げてないで、今夜もせいぜい楽しめ〉

ぷつりと電話が切れた。

三上は慌てて番号ボタンに指を伸ばし、だが掛け直すことはしなかった。緊張の糸を再生できる気がしない。耳に静寂が訪れてみると、漆原の存在は故人のように遠かった。どっと疲労感が襲ってきた。徒労感が上塗りされていく。揺さぶりは漆原の免震システムを崩せなかった。わかっていた。彼に心の準備があろうがなかろうが、結果は似たり寄ったりだった。それでも二渡の無策が腹立たしかった。よもや面と向かって手練《てだれ》の刑事を攻略できると考えたわけではあるまい。反応を探った。感触を取りにいった。それこそが思い上がりなのだ。なまじ警務畑での成功体験があるから、刑事の内面をスキャンしようなどという気を起こす。結果はどうだ。漆原に手の内を知られた。今回だけではない。あちこちで幸田メモを安売りし、徒《いたずら》に刑事部の怒りと警戒心を増幅させている。下手な鉄砲よろしく、狙いも定めずただ数を撃っているということか。疑わしくなる。二渡という男は真に優れた調査官なのか。

漆原は難なくかわしたろう。事の一切を心底に沈め、墓場まで持っていく気だ。その一方で、事は表沙汰にならないと高を括っているふしもある。三上がぶつけた長官ネタに不安を感じはしたろうが、だからといって漆原が馬脚を露《あら》わす可能性は、相手が相手だけに期待できない。

残るは柿沼だ。もう三上の頭は次に行っていた。勝算があるわけではない。彼は今も専従班に籍を置いている。歳も階級も下だから、電話を掛ければ「勘弁して下さい」の一言で切られてしまいそうだ。頼みの綱は彼の男気か。そのツボを正確に刺すためにも直当たりが必須だろう。

――明日だ。

三上は重い腰を上げた。警電を廊下の電話台に戻し、何気ない顔を作って茶の間に入った。

美那子はテレビを観ていた。懐かしい光景に思えた。小さな変化か。懸命にそうしているのか。

「大変？」

「ああ、どうってことない」

「お風呂どうぞ」

「お前、先に入れ」

「ちょっと風邪気味だから……」

「だったら休め。今夜はもう電話は使わないから」

ふと五年後、十年後を思った。今日と同じ会話をしている。互いにいたわり合いながら、普通を装うことが日常となって生活している。

三上は長風呂をした。茶の間で少し酒を飲み、寝室へ向かった。

美那子は布団に入っていた。いつものように電話の子機が枕元に置かれている。スタンドの豆電球の灯が、ほっそりとしたうなじを橙色《だいだい》に染めている。

眠っていない。そんな気がした。

今夜もせいぜい楽しめ——。

湯船でも茶の間で飲んでいる間も、心ないその一言が羽音のように耳にあった。ずっと美那子を抱いていない。二人であゆみをつくった。そのあゆみが自分を壊していくさまをともに見つめた。以来、快楽を貪るために体を重ねることも、新たな命を望んでそうすることもできなくなった。

三上は自分の布団に入り、音のない息を吐いた。

子供は二人。はっきり決めたわけではないが、夫婦の間には暗黙の了解があった。あゆみが生まれ、育つうち、いつしか立ち消えになった。美那子が二人目を望んでいないことは言わずとも伝わってきた。あゆみは三上に似ていた。美那子は密かに恐れていたのではなかったか。次の子がまた娘で、もしも自分に似ていたら、と。

三上は目を閉じた。

若かった。捜査一課の盗犯特捜係に在籍していた。美那子は別館の交通規制課で内勤をしていた。河川敷の職員駐車場で車上荒らしが頻発し、警察の沽券に関わるとばかり特捜が駆り出された。美那子の軽自動車も被害に遭っていたので事情を聴いた。覚えているのは声だけだ。まともに顔を見られなかった。翌年、所轄で一緒になった。署内で顔を合わせれば挨拶を交わす。それだけの仲だった。ただ眩しい存在だった。生涯縁のない女だと決めつけていた。それがある日、何の前触れもなく、交通安全のお守りをくれた。もしよかったら、これ……。美那子ははにかんでいた。あまりに思いがけなくて、三上は礼の言葉すら口にできなかった。

微かな寝息が聞こえる。こんなにも近くにいる。

――後悔してないか。

言葉にはできない問い掛けを、今夜も心の中で呟いた。

30

明くる日曜日、三上は午前九時前に車で家を出た。

ロクヨン発生当時、柿沼は結婚したてで、中央町にあるアパート型の家族寮にいた。

自宅班の一員として雨宮宅に入り、その後もロクヨンの専従班に居残った。以来一度も異動がないというのだから、おそらく住まいも当時のままだろうと踏んだ。

外観は中層の市営住宅と見紛う。通称「中央待機寮」は合計六棟あって、一度訪ねた三上の記憶では、柿沼の部屋は右端の棟の一階だった。車を降りる前に野球帽と眼鏡をつけた。集合郵便受はカルト対策で撤廃されていた。記憶など当てにならないものだ。迷った挙げ句、三上は右から二番目の棟の二階に「柿沼」の表札を見つけた。妻の芽生《めい》子《こ》と三人の子供の名も記してある。

おそらくゆうべのうちにQ署長の漆原から口止めの電話が入った。その頭でブザーを鳴らす。すぐに「はーい」と女の甲高い返事がして、チェーンロックの幅だけドアが開いた。

「どちら様ですか」

芽生子の顔が覗いた。一瞬目を疑った。昔会った時と変わらぬ若々しい顔だったからだ。

「三上です。ずっと以前、特殊犯係にいた頃に――」

言い終わる前に芽生子は声を上げた。

「はい、覚えています！　その節は主人が大変お世話になりまして」

芽生子はサンダルをつっかけて表に出てきた。村串みずきと近いものがある。決して器量がいいとは言えないが、屈託のない笑顔は眩しいほどだ。母の死期と重なり、披露宴には出られなかったので、三上が芽生子を目にしたのは捜査一課が催した「柿沼君の結婚を祝う会」と、仲間数人で新居訪問をした時の二度だけだ。あれから十五年近く経っている。なのに芽生子は二十代と言っても通るほど瑞々《みずみず》しく、ましてや三人の子の母には到底見えなかった。

「いつも噂しているんですよ、三上さんのこと。時々耳が痒くなりません？」

三上は苦笑で応えた。大方「美女と野獣」の噂だろう。

「お酒を飲むと、いっつも主人が言うんです。あの人はホンモノの刑事だ。デカっていうのは、ああいう人のことを言うんだって」

社交辞令として聞き流したが、芽生子はそれが不服だったらしい。

「本当なんですって！　一課も二課も総ナメにしたのは三上さんだけだって。それがどれだけスゴイことか、とくとくと私に聞かせるんですよ」

「買いかぶりですよ」

周囲の目と耳が気になり沓脱《くつぬ》ぎに邪魔をした。パタパタと足音がして、小学校低学年ぐらいの女の子と、幼稚園に入ったか入らないかの、ちょっと男女の判別が難しい顔の子が現れた。廊下の奥のほうでは、もう中学生なのか、斜に構えた感じの男の子がこちらの様子を窺っている。

「ご主人は今日は？」

不在を察しつつ切り出すと、芽生子は下の子を抱き上げながら口を尖らせた。

「それが、ほんの少し前に出てしまったんですよ。十分ぐらい前に」

「中央署ですか」

看板倒れとはいえ、ロクヨンの特捜本部は今もD中央署に置かれている。

「いいえ、違うんですよ。仕事は仕事なんでしょうけど」

「最近は土日は休めるそうですね」

「ねー、いいんだか悪いんだか。子供にあんな酷《むご》いことしたんですもの、捕まってくれるといいですよねぇ」

芽生子は抱き抱えた子の顔を覗き見た。キャッと笑ったその声で、ようやく女の子だとわかった。

「ウチなんか、結婚してずっとですもん。まるでロクヨンと結婚したみたい。捕まらないと主人も可哀相ですよねぇ。時効になって異動したんじゃ一生悔いが残るでしょ」

三上は深く頷いた。

「主人ね、三上さんに戻ってきてほしいって。そうすりゃ捕まるんじゃないのかなあ、なんて言ってます」

胸がちくりと痛んだ。ここにいる自分を俯瞰《ふかん》している自分がいる。

「きっとご主人が捕まえますよ。誰よりも事件に詳しいんですから」

「だといいんですけど。で、三階級ぐらい特進してくれれば私は言うことなしです」

からからと笑う芽生子に付け入った。

「ゆうべ漆原さんから電話があったでしょう」

「あ、はい。ありました。二渡さんという方からも」

予想の範疇だったから三上は表情を変えずに済んだ。

「初めてですか」

「いえ、ちょくちょくありますよ、主人からもたまに電話してます」

「二渡のほうです」

「ああ、初めてです。電話だけじゃなくて、夜遅くにいらしたんですよ、ウチに」

フットワークの良さに舌を巻く。またしても先んじられた。

芽生子は顔を曇らせた。

「主人は警務のお偉いさんだって言ってましたけど、本当はどういう方なんですか」

「というと？」

「会わなかったんですよ、居留守を使って」

「そうでしたか……」

「あの、何か監察みたいなことでしょうか」

三上は咄嗟に笑顔を作った。

「違いますよ。私の同期で人事を担当している男です。きっとそっちの方面の話でしょう。ご主人、十四年も動いていないわけですから、異動希望がないか聞きたかったんじゃないですか」

芽生子はすっかり真に受けた。

「あーあ、馬鹿ねぇ、だったら会えば良かったのに」

「やはり動きたがってるんですか、ご主人」

「だと思うんですけど。酔うと、時効まで塩漬けだ、とかヤケっぽく言ってます」

塩漬け。誰かにそうさせられている、という意味だ。

抱っこされている子が芽生子の髪を引いた。その虚を突いた。

「ご主人、携帯お持ちですよね」

「ごめんなさい」

芽生子は顔を戻し、片手で拝むポーズをして見せた。

「駄目だってきつく言われてるんです」

「ええ、わかります」

相手が警察官でも携帯の番号は教えるな。刑事なら誰でも家人にそう言っている。

出直そう。三上が頭を下げ掛けた時、芽生子が言った。

「でも行き先はあそこかな」

「えっ？」

「松川町にトクマツってスーパーがあるのご存じですか」

「知ってます。パチンコ屋の並びの」

「そうですそうです。そこの駐車場の入口の近くに車を停めているかも。私、二日置きにトクマツで買物するんですけど、ここのところ何度も見かけてるんですよ、主人の車」

張り込み……？

「路上駐車をしてるんですか」

「あ、駐車場の入口は表通りから一本裏に入ったところで、でも結構道幅が広いんで邪魔にはならないんです」

芽生子は見当違いに夫を庇《かば》った。

「車の中にいるんですね。一人で」

「そうなんですよ。怪しい人をマークしてるんじゃないかしら。一度、声を掛けてみたんですけど、そうしたらすごく怒られて。近づくんじゃない、とか言われちゃいました」

また怒られることになる。携帯の番号を守っておきながら行き先を喋ってしまっては元も子もない。勝手に言い出したこととはいえ、芽生子の人の良さに付け込んだようで気まずかった。

「ちょっと行ってみます」

「そうしてみて下さい。せっかくいらしていただいたのにすみません」

「とんでもない。こちらこそ突然お邪魔してすみませんでした。それと奥さん、トクマツには私がたまたま通り掛かったことにしますから」

芽生子は、あ、と嬉しげに叫んだ。

「お願いします。また怒られちゃいますから」

気にも留めていないふうだった。そういう家庭なのだ、きっと。

三上は踵を返し、が、すぐに首を回した。

「ご主人の車は」

「深緑のスカイラインです。ものすごく古いです」

「ありがとう。今度またゆっくり寄らせてもらいます」

バイバイの声にもう一度振り返った。夫婦の特徴がほどよく混ざり合った小さな顔が、照れ臭そうに母親の胸に埋まった。

31

黄色信号で交差点を右折した。

芽生子の話を頭から信じたわけではなかった。車中に柿沼一人というなら真っ当な張り込みではない。何をしているのか。バイパスを飛ばしながら三上は何度も首を捻った。

松川町に入った。郊外型の大型店舗が居並ぶ地域だ。師走の街は気が立っている。車も人も動きが鋭角だ。『スーパー・トクマツ』の巨大な看板が嫌でも目に入る。手前の道を左折して店舗の脇の道に入り、今度は十字路を右折して裏手に回り込む。

思わずブレーキを踏んだ。

──本当にいやがった。

道の左端、家電量販店の壁沿いに五、六台の駐車車両があり、その先頭に深緑のスカイラインが駐まっていた。

三上は緩いアクセルで車を徐行させた。背後からスカイラインに近づく。マフラーを見る。微かに白煙を吐き出している。さらに接近する。リアウインドウ越しに車内が見えた。やや後方に倒した運転席のシートに短髪の頭。横を通過する。追い越しざま眼球だけ動かした。男の横顔。柿沼だ。前方を見据えている。その視線の十メートルほど先に『トクマツ』の駐車場の入口がある。制服を着込んだ警備員が二人、慌ただしく出入りする客の車を赤色棒で誘導している。

柿沼は客の顔か車をチェックしている。そう思ったのは一瞬だった。スカイラインを駐めた場所が駐車場の入口に近すぎる。車列の先頭にいるので、客の車からも柿沼の顔が丸見えだ。張り込みのセオリーに照らすなら、柿沼が注視しているのは駐車場の入口からさらに十五メートルほど先にあるパチンコ店の裏口。もしくはその向かいに建つ雑居ビルの出入口付近──。

三上は左折、また左折と路地の角を折れ、再び駐車車両の列の背後に回り込んだ。その最後尾に車をつけてエンジンを切り、路上に降り立った。ホンモノの刑事。芽生子から聞かされた柿沼の台詞が胸につかえていた。取調室に向かう心境で歩く。スカイラインの脇で足を止め、指の関節で運転席の窓を軽く叩いた。車内で柿沼の体が浮いたのがわかった。三上に向けた目が大きく見開かれている。

開けろ。口の形だけで言った。柿沼が慌ててロックを解除する。車はぴったり壁に寄せて駐めてあるので助手席に乗り込むのは無理だ。三上は後部ドアを開いて座席に尻を滑り込ませた。助手席のシートを摑んで身を乗り出し、柿沼の横顔を見る。真っ青だった。

「こんなところで何してるんだ」

もっともらしい理由を考える時間は与えなかった。柿沼は「いえ……」と発するのがやっとだった。

「誰を待ってる？　それとも誰かをマーク中か」

張り込み。行動確認。どちらかに違いあるまいが、実際に車に乗り込んでみると、フロントウインドウから見える「絵」はそのどちらにもそぐわない気がした。やはり『トクマツ』の駐車場入口は近すぎる。どうぞ見て下さいと言わんばかりにこちらの車内を晒してしまっている。その逆にパチンコ店と雑居ビルの出入口は遠すぎて、ここから肉眼で人定をするには少々無理がある。

「出します」

唐突に言って柿沼はサイドブレーキを下ろした。オートマのギアをドライブに入れ、アクセルを踏んだ。三上が腕を伸ばしてサイドブレーキを引き上げたのがほぼ同時だったから、車は急発進した直後に急停車し、二人の体は前方につんのめった。スリップ音が耳に届いたのだろう、駐車場の誘導係をしている警備員の一人が驚いた顔で振り向いた。

　三上は座席に尻を戻して言った。

「仕事の邪魔をしにきたわけじゃないんだ。構わず続行してくれ」

「いえ、もう終わりましたから」

　終わった？　どういうことだ。

「いいから続けろって。俺だってロクヨンのホシが挙がってほしいと思ってる」

　柿沼が唾を飲んだのがわかった。

「俺が来たのは別件だ。前を見たままでいいから話を聞かせてくれ」

「何でしょう」

　三上はルームミラーを見つめた。柿沼の両眼が映っている。目は合わない。

「昨日、元科捜研の日吉の実家に行ってきた」

　会ったとは言わず、正直に「行ってきた」と口にした。

　柿沼の瞬きが速まった。漆原からの電話で三上の急襲は予想していたろうが、体の反応は完全にコントロールできるものではない。

「話は日吉の母親から聞いた。雨宮宅で日吉は大きなミスを犯し、キャップだった漆原に無能呼ばわりされた――間違いないな」

「し、知りません」

答えた声は上擦《うわず》った。

「日吉はカイシャを辞め、それから十四年間、自宅で引き籠もりだ。そのことは知ってたか」

「……いえ」

「雨宮宅の二日目、日吉は泣いてたらしいじゃないか」

ミラーの中の瞳が落ち着きなく動く。

「私は知りませんでした」

「見た奴がいるんだ。幸田が慰めてたそうだ。お前は何をしてたんだ」

「覚えていません……。本部との連絡に追われていたかと」

三上は再び身を乗り出し、柿沼に顔を寄せた。耳たぶが真っ赤だ。

「お前、幸田メモって知ってるか」

「聞いたことないです」

返答が早すぎた。半開きの唇が微かに震えている。

「日吉のミスを幸田が書き留めた。そうだな？」

「ですから――」

「漆原がミスもメモも封殺した。自分のクビが飛ぶのを恐れてそうした」

「ですから私は何も――」

「お前、上を庇って下を見殺しにするのか」

その一言に賭けていた。柿沼の首筋が張った。浮き上がった頸動脈が波を打つ。答えを待った。

しばらくして柿沼の唇が開いた。

「……何のことかわかりません」

三上は重たい息を吐き出した。反応はすべてイエス。言葉はすべてノー。予想された展開ではあった。柿沼は、男気だけでは渡れぬ濁流の向こう岸にいる。

「出していいですか」

硬い声がした。柿沼はサイドブレーキに手を掛けていた。

「お前の仕事を続けろ」

「ですから終わりました」

「何が終わったんだ」

「仕事です」

嚙み合わない。それが狭い車内にもどかしい空気を広げる。

「出します」

「出すな」

三上は強く言った。脳が何かに気づこうとしている。

「ここは人目につきますし、話なら別の場所で」

「お前が人目につくところに駐めたんだろうが」

言葉にしてみて得心する。柿沼が意図的にそうしたとしか思えないのだ。張り込みのセオリーを無視し、わざわざ目立つ場所に車を駐めた——。

萎縮した瞳がちらりとミラーの中の三上を見た。

「車までお送りします」

「俺の車はすぐ後ろだ。話が終わったらここで降りる」

「話は終わってないんですか」

「まだだ」

柿沼にぶつけるネタはもうなかった。このうえ脅すのも辛《つら》い。芽生子の顔が浮かぶ。三人の子供の顔も目にしてしまった。三上と同じだ。柿沼は筋を通したくとも通せないのだ、家族のために。

気持ちが萎えていく。諦めの思いが波のように押し寄せてきた。だがそうなってみて余計に嚙み合わない会話の正体が気になった。破綻なくシラを切り通したにもかかわらず、柿沼の警戒心は緩むどころか、秒を追うごとに益々張り詰めていくように感じる。息苦しそうだ。握ったサイドブレーキを半分下ろし、一刻も早くこの場を離れたがっている。

いや、違う。

この場を離れたがっているのではない。この場から遠ざけたがっているのだ、三上を。

なぜだ？

三上は目線を上げ、フロントガラスの向こうの「絵」を見つめた。

「何かまだ話があるなら言って下さい」

柿沼が早口で言った。具体的な危機に直面した声だった。

「三上さん」

「……」

「ないのなら降りて下さい」

柿沼が体ごと振り向き、視界を塞いだ。その体を手で押し退けて三上は前方を凝視した。

「三上さん、もういいでしょう！」

悲鳴に近い声は、だが三上の集中力を妨げなかった。目の焦点が一所《ひとところ》に絞り込まれていく感覚があった。雑踏で人待ちをしていて、膨大な顔の中から見知った顔がふっと浮き上がってくる、あの瞬間の感覚。

幸田一樹がいた。

『トクマツ』駐車場の入口。車の誘導をしている二人の警備員の片割れが幸田だった。制帽を目深《まぶか》に被り、十四年の歳月を経て風貌も大きく変化しているが、しかし間違いない。細い目、高い鼻梁《びりょう》、締まった口元。どれもが記憶と重なっていく。

柿沼は深くうなだれていた。その絶望感を露にした姿を目にして、三上の驚愕は現実のものとなった。

布が切り裂かれるように謎が解けた。

張り込みでも行動確認でもなかった。示威《じい》行為だった。柿沼はわざと至近に車を駐め、顔を晒し、幸田を威嚇していた。雨宮宅で起こったことは誰にも話すな。警察はいつでもお前を追い込める――。

おそらく柿沼は定期的に姿を現していた。監視が半永久的に続くことを幸田に思い知らせていた。それが柿沼の「仕事」だったのだ。

三上は改めて戦慄を覚え、丸まった背中を見つめた。

「ずっとか」

「……………」

「そうなのか。お前、十四年間ずっと……」

柿沼は呻《うめ》き声を発して頭を抱えた。命令に従っていた。この威嚇装置こそが漆原の余裕の正体だった。

「邪魔したな。あとは幸田に訊く」

三上はドアレバーに手を掛けた。小さく何か叫んで柿沼が体を反転させた。血走った目が濡れていた。

「そっとしておいてやって下さい」

「言えた立場か」

「……そうです。仰る通りです。でも違うんです。もう脅しているとか監視しているとか、そういうんじゃないんです。ただの習慣です。私にとっても幸田にとっても」

「習慣……？」

「十四年もやってればそうなります。いるな、来てるな、それだけです。あとは互いに目も合わせません。暗黙の了解です。だから私も幸田もやってこられた」

柿沼は深々と頭を下げた。

「後生です、三上さん。波風を立てないで下さい。あなたの力で攻めれば幸田は何か喋ってしまうかもしれない。そうしたら私は上に報告をせねばならなくなります」

三上は頷かなかった。

「私はずっと見てきたんです。カイシャを辞めてから幸田は苦労続きでした。いい仕事には就けません。依願退職でも警察を辞めた人間は色眼鏡で見られる。幸田は飛び出すように辞めたので県警の紹介状も貰えなかった。幾つも仕事を変わりました。体を酷使する仕事ばかりです。でも結婚して子供も出来て、やっと最近生活が落ち着いてきたんです。だから――」

「何があった」

「えっ？」

「雨宮宅だ。幸田に言わせたくないのならお前が言え」

「三上さん……」

柿沼は絶句した。満面、失望の色に染まっていた。

「お前と同じだ。俺も仕事でここにいる」

「……」

「俺は今日、お前と会っていない。話もしていない――言え」

柿沼は目を瞑った。ややあって力なく首を横に振った。

三上はドアを押した。その手首を摑まれた。強い力だった。

「幸田だけじゃない。私にも家族がいるんです」

「俺にもいる」

三上は柿沼の手首を摑み返した。

「聞け。俺の口からお前の名前が出ることは生涯ないんだ。俺もお前も幸田も生き残れる。俺とお前と幸田の家族も無傷だ。他にいい手があったら教えろ」

長い沈黙の間があった。

柿沼が顔を上げた。悲しげな目で駐車場の幸田を見つめ、やがてゆっくりと顔を戻した。嚙み締めていた唇が半開きになった。それでも言葉が出るまでにさらに長い間があった。

「……ホシの声を取り逃がしました」

えっ？　三上は小さく発した。

「テープレコーダーが回らなかったんです」

頭が空転した。声を取り逃がした？　テレコが？　柿沼は何を言っているのか。

「どういうことだ。お前らが入った時には既に――」

「もう一本あったんです」

三上は息を呑んだ。まさか――。

「そういうことです。自宅への脅迫電話は、公表した二本とは別にもう一本あったんです。それを録り損ないました」

言葉が耳鳴りに聞こえた。

「三上さんたちが到着する少し前でした。ホシから三度目の電話が掛かってきました。準備は出来ていた。録音も逆探知の職員配置も。ですが……」

柿沼は苦しげに唾を飲み下した。

「電話が鳴った瞬間、雨宮さんは極度に興奮して、事前の申し合わせを忘れて受話器を上げそうになりました。私たちは慌てて止めました。NTTに連絡を入れ、同時に日吉がテレコのスイッチを入れました。しかし作動しなかった。テープが回らなかった。日吉はパニックに陥りました。スイッチをガチャガチャ入れたり切ったりして、でもテープは回らない。電話のコール音は続いている。切れてしまうと焦ったのでしょう、混乱の中で雨宮さんが電話に出てしまった」

電話に出た？　咄嗟に刑事の頭が反応した。

「ホシと話したのか」

「ええ」

「ホシは何て言った」

「警察には言ってないだろうな。ずっと監視しているぞ——と。雨宮さんが、言ってません、翔子の声を聞かせて下さいと懇願しましたが切れました。通話が短すぎて逆探知も駄目でした」

「前の二本と同じ声か」

「雨宮さんは同じだと言いました」

「お前も聞いたんだな、ホシの声を」

柿沼は無念そうに首を振った。

「聞いたのは雨宮さんだけです」

「ヘッドホンをしてたろう」

「してました。私も幸田も。ですがパニクった日吉をサポートするので外してしまいました。電源やテープの弛みを確認しているうちに雨宮さんが……ということです」

車内はしんとした。

広報官の頭は遅れてやってきた。

録音ミスを隠蔽した。世間を欺《あざむ》き、誘拐殺人事件の犯人から掛かってきた電話を闇に葬り去ってしまった。

ありえない話だった。あってはならない話だった。今頃になって体に震えが走った。

「誰が隠蔽を決めた」

「……」

「時間の無駄だ。言え」

「……班長です」

「どう言った、漆原は」

「この件は報告無用だ。雨宮も理解している。死んでも他言するな、と」

「雨宮を丸め込んだのか」

「いえ、していないと思います。雨宮さんは電話の直後はこっちに詫びていましたし。勝手に電話に出てしまって申し訳ありませんでした、と」

電話の直後は、だ。

「時間が経って変わった。録音ミスが許せなくなった。それが元でウチとの関係が悪化した」

「私は雨宮家との接触を禁じられているので、その辺の事情はわかりません。ですが、報道が解禁になって新聞に事件経過が詳しく載ったわけですから、ウチがあの電話をなかったことにしたのは当然知っているかと」

そういうことかもしれない。録音ミスでなく、ミスを隠蔽したD県警に背を向けた――。

「電話は何時だった」

「七時半丁度でした」

三上が到着するたった一時間前だ。何も気づかなかった。いや、日吉の真っ白い顔を緊張のためだと思ったように、何を目にしようが、それが誘拐事件の被害者宅なのだと受け止めたに違いない。

「NTTにはどう言った」

失敗したとはいえ、逆探知を頼んでおいてそのままというわけにはいかない。

「間違い電話だったと連絡を入れました」

「それも漆原の指示か」

「そうです」

「漆原は誰かに指示を仰いでそうしたのか」

「それはありません。何もかも班長の咄嗟の判断で、といった状況でした」

あくまで自宅班の所業。だが——。

「幸田メモっていうのは何だ」

最後の抵抗を予想したが、柿沼はもう逡巡しなかった。

「それが正確に何を指すのかはわかりませんが、ともかく幸田はひどく憤慨していました。身代金が奪われた後、班長に食ってかかりました。録音ミスは自宅班全員の責任だ。本部に報告を上げて四人揃って腹を切るべきだ、と。班長は一喝した。ここで世間を敵に回してどうする、青臭い正義はホシを縛ってから言え、と。私も……幸田を説得しました。堪《こら》えろ、堪えてくれ、と。幸田の気持ちは痛いほどわかりましたが、私は弱かった。恐ろしかった。ミスを騒ぎ立てても捜査のプラスにはならないという班長の言い分にも一理あると自分に言い聞かせたんです。幸田は口をきかなくなりました。事件はさらに悪いほうに転がり、翔子ちゃんが死体で発見され……幸田が胸を掻きむしるようにしている姿を見ました。結局、収まりがつかなかった。雨宮宅を撤収した後のことです。幸田は報告書に録音ミスの顚末を書いて刑事部長の官舎に投げ込みました」

なんだと？

それは本当のことなのか。十四年前に報告が上がっていた。刑事部長は隠蔽の事実を知らされていた。自宅班が生き埋めにした秘密が今になって化けて出たのではなかった。事件当時から刑事部トップは録音ミスを承知していた。しかし事は公にならなかった。幸田メモを黙殺したということだ。いや、漆原の行為を是として追認したのだ。告発した幸田は慰留もされず辞職した。なのに隠蔽を指揮した漆原は署長にまで出世しているではないか。

組織ぐるみ。D県警による隠蔽。それこそが「幸田メモ」の正体だった。

「正義感が強いだけじゃない。幸田は本当に義理堅くていい奴なんです。翔子ちゃんの月命日には必ず墓に出向いて線香を上げていました。去年、奥さんが亡くなって、その時もこっそりお参りに行って……」

「だから塩漬けにされたのか」

「えっ……？」

「お前の話だ。幸田の監視役は替えがきかない。そういうことか」

「……ええ。歴代刑事部長の申し送り事項になっているそうです」

「わかった」

三上は唾棄《だき》する思いで言った。視界に警備員の制服が入っていた。寒風にズボンがはためいている。

辞めて十四年……。己の良心に忠実だったばかりに……。

「さぞカイシャを恨んでるだろうな」

溜め息が言葉になった。

いえ、と柿沼が呟いた。

「幸田は感謝していると思います」

「感謝だと？」

「初めての正社員なんです。班長が口を利いてくれて」

言われて三上は唸った。そうとも、警備会社はどこだって警察のOBだらけだ。普通であれば「危険分子」である幸田が警備員の職を得られるはずがなかった。温情ではない。漆原は仕上げをしたのだ。幸田に恩を売って無力化し、警備会社に入れることで監視をたやすくした。電話一本で幸田の今日の勤務地がわかる。明日も、明後日も、明明後日もだ。

「あいつ、もう許してほしいって班長に土下座して頼んだんですよ」

柿沼は目頭に指を押し当てた。

「もう許して下さい、助けて下さい、女房子供と普通の暮らしをさせて下さい、って」

服従……。哀れだった。身につまされもした。警察官。警備員。制服が違うだけだ。風の向こうで幸田が笑っている。軍手に赤色棒を握っている。車の窓越しに客と言葉を交わしている。ぺこぺこ頭を下げている。牙は抜かれた。もはや危険分子たりえない。それでも定期的に柿沼の顔を拝まされる。柿沼が幸田の顔を拝まされているのだとも言える。その合わせ鏡は、隠蔽の内実を知る柿沼に対する威嚇としても機能している。喋れば同じ目に遭わされる。十四年間、監視者であるはずの柿沼が、幸田に匹敵する恐怖心を植えつけられてきた。

柿沼を、幸田を、解放したい衝動に駆られた。

「俺は行く。あと一つだけ聞かせろ。雨宮宅で日吉はなぜ泣いた」

「それは……責任を感じて」

「それだけか」

柿沼の顔が歪んだ。

「漆原が何か言った。そうだな」

「……ええ」

「聞かせろ」

「……翔子ちゃんのことを言いました」

「もし万が一ってことになったら、お前のせいだからな――そう言いました」

「何と言った」

32

アクセルを踏む足が自然と強まる。

柿沼と別れた三上は県道を東進していた。雨宮芳男に会う。摑んだ情報が慰問を呑ませる手助けになるかどうかはわからないが、少なくとも再訪問の資格は得た。もっとも気持ちは雨宮宅でなく、この足でQ市にある署長官舎に乗り込み、漆原の首を締め上げてやりたかった。

喉元に胃液が溜まっているような感覚がある。心に囲いを作って隔離しておける話ではなかった。憤怒ばかりではない。口惜しさも込み上げてくる。録音のチャンスがあった。成功していれば犯人の声を日本中に流せた。声紋分析によって容疑性のある男の声と片っ端から照合作業を行えた。

三上は掌底でハンドルを叩いた。次から次へと負の極から感情が込み上げてくる。

脅迫電話の録音に失敗した。当時その事実を公表していたらどうなっていたか。事件は身代金を奪われたうえ、雨宮翔子が死体で発見されるという最悪の結果をみていた。その捜査過程で犯人に直結しうる証拠を取りこぼした。テープが回りませんでした。非難囂々《ごうごう》だ。幹部は揃って打ち首だ。そうしたところで火勢は弱まらなかったろう。事件が解決しない限り、マスコミはことあるごとに捜査ミスをあげつらい、何年経とうが古傷に塩を擦りつけてくる。電話の声さえ録れていればと繰り返し断罪される。だが――。

現状の罪はさらに重い。

古傷ではないのだ。認識すべきは、今この時も生々しい傷を包帯の下に隠しているという現実だ。第一級の誘拐殺人事件で挽回不能の捜査ミスを犯しておきながら、その事実を組織的に隠蔽し、十四年もの間、ずっと世間を欺き続けてきた。もしこの事実が今、マスコミに漏れ、ニュースとして流されたら――。

考えるのもおぞましい。録音ミスはそれがいかに重大であろうとミスでしかないが、隠蔽は作為だ。そればかりかミスを覆い隠すために犯人から電話があった事実まで隠し、事件の根幹をなす捜査情報を握り潰してしまった。捜査機関にあるまじき犯罪的行為だ。暴かれればD県警は申し開きができない。自ら捜査ミスを公表した場合とは次元の異なる、苛烈な批判に晒されることになる。

まだある。誘拐事件には「報道協定」という極めてデリケートな問題がつきまとう。広報官になって全国の報道対策資料を読み込んだから怖さがわかる。ルールも節操もなかった過去の誘拐報道への反省が協定を生んだ。警察には知らせるなと脅迫している犯人に、警察が動いていることを新聞やテレビで知らせてしまったのでは被害者の命を守れない。だから誘拐事件が発生するとマスコミは協定を結び、被害者の安否が判明するか、犯人逮捕が確認されるまで取材と報道を自粛する。協定によって生じる情報の空白は警察が穴埋めする。各社に対して、事件と捜査の進展状況をリアルタイムで提供する決まりになっている。問題となるのはこの点だ。
報道協定はあくまでマスコミ相互の「各社間協定」であって、警察がマスコミと協定を結ぶわけではない。だが誘拐事件を認知するのも、それが被害者の生命に関わるケースだと判断するのもまずは警察だから、協定締結に向けての事務手続きは警察主導で進む。記者クラブに事件内容を説明し、各社間協定を結ぶよう申し入れ、大抵の場合、マスコミ側がそれを「呑む」という流れになるので、端《はた》から見ればまさしく「警察・マスコミ間協定」だ。権力の介入を嫌うマスコミの拘わりがシステムをややこしくさせているが、要するに、マスコミが自発的に各社間協定を締結した上で警察とも「紳士協定」を結ぶ、ということだ。
人命の尊重の一点で双方が指切りをするわけだが、その内実はバーター契約に近い。警察的には申し入れを呑んでもらわねば困るし、呑ませてしまえば記者の動きに神経を遣うことなく捜査に専念できる。一方、マスコミ側は、報道の自由や国民の知る権利を自ら縛るジレンマに陥るが、その反動を利用して権力のチェック機能の重要さを声高に叫び、さらには申し入れを呑んだ側の強みも手伝って徹底した捜査の情報開示を警察サイドに迫れる。冷静に考えれば、通常の取材では到底収集できない大量の捜査情報が黙っていても転がり込むマスコミ有利の契約なのだが、そう受け止める記者はまずいない。勇
ひとたび誘拐事件が起これば百人、二百人の記者とカメラマンが現地に押し寄せる。

んで来てはみたものの、協定に縛られてナマの取材はできず、記者会見場の閉鎖空間ですし詰め状態が続くうち、彼らは警察にそうされているかのような錯覚を起こしてフラストレーションを溜め込む。報道の自由を制限してまで捜査に協力してやっている。そんな恩着せがましい空気が充満し、だから協定継続中に少しでも警察が情報を出し渋ろうものなら、集団ヒステリーを起こして白兵戦さながらの総攻撃を仕掛けてくる。

ロクヨンはどうだったか。無論、報道協定が結ばれた。そのさなかにD県警は「犯人からの電話」を隠匿し、情報提供の責務を放棄した。最も悪質な形でマスコミとの約束を反故《ほご》にしたと言っていい。匿名問題の成り行きのいかんに拘わらず、D県警とマスコミとの信頼関係は十四年前に遡って崩壊する。敵意剝き出しの報道で組織の権威も信用もズタズタに引き裂かれる。だがそれとて嵐の前触れに過ぎない。ロクヨンの会見場に詰めた記者はどれほどの数に上ったか。当時のヒラ記者も今では皆ベテランだ。全国各地の支局長やデスク、本社の要職に就いている者も多いだろう。その全員が当事者だ。D県警の裏切りに驚愕し、激昂し、糾弾の声を上げる。それは社の声となり、マスコミの峻烈《しゅんれつ》な論調となって警察庁に襲い掛かる。タイミングも極めて悪い。国会では今、個人情報保護法案と人権擁護法案を審議中だ。野党が勢いづく。マスコミが全面的に後押しする。下手をすれば法案の成否にだって影響を与えかねない。

――馬鹿が。

三上は荒い息を吐き出した。

漆原の罪は万死に値する。地方の一警部の責任逃れが、警察組織そのものを窮地に陥れる。いや、真の戦犯は当時の刑事部長、久間清太郎《きゅうませいたろう》だ。個人の犯罪を黙過し、組織の犯罪に格上げしてしまった。部長官舎への「投文」は幸田の心の叫びだった。久間がそれを握り潰した。知性派を気取り、実際の事件にはからきし弱かったあの伊達男は、漆原の現場判断に軍配を挙げたのだ。

ああ、そうだとも、組織防衛のためだ。公表するには事件も失策の中身も大きすぎた。知った時期も悪かった。録音ミスから日が経ち、雨宮翔子の死体も発見されて、D県警は既に批判の矢面に立たされていた。あのタイミングでカメラの砲列の前に立ち、脅迫電話はもう一本ありましたと口にすることがどれほどの苦境であるかはわかる。だが——。

所詮は我身かわいさだ。久間は退官間際で外郭団体への天下りも決まっていた。事情はどうあれ残された結果は一つ、保身に駆られた最高幹部が、後に続く者たちに危険極まりない爆弾を置き土産にしたということだ。内部処理で不発弾にできる。久間はそう踏んだのかもしれないが、だとすれば当時の噂通りの浅はかな男だったと言うほかない。現実に幸田という告発者が存在していた。被害者の父親である雨宮も真相を知っている。いつ掘り返されるともわからない眠りの浅い巨人なのだ。

まさしく「負の遺産」だ。歴代刑事部長の申し送り事項。柿沼はそう言っていた。退官時、久間は次の刑事部長——室井忠彦《むろいただひこ》に真相を告げたのだ。録音ミス。隠蔽。幸田メモ。室井は驚愕したろうが、しかし聞かされたその場で否も応もなく共犯関係が成立した。発覚すれば部長就任の会見がそのまま辞任会見になってしまう。室井は言われるまま毒を飲み下した。いや、おそらく彼の代で秘密保持の壁が塗り固められた。退職した幸田の行動確認と威嚇。その任に柿沼を充て、さらに漆原に監督を命じた。自宅班というチームの枷《かせ》を継続させておくことが秘密漏洩を防ぐ策であり、だから柿沼の「禁異動」が申し送り事項になった。刑事部のトップシークレット。それは現職の荒木田に至るまで八人の部長に引き継がれてきた。

暗澹《あんたん》たる気持ちになる。

八人の歴代部長の中には、あの尾坂部道夫もいた。やはり名指揮官と謳《うた》われた大舘章三もだ。三上と美那子の仲人親であり、「刑事の父」とも思っていた。彼らに何ができたという話ではない。隠蔽のリスクは、隠されていた期間の長さに比例する。既に十分熟成して破壊力を増した爆弾を手渡され、それこそ保身などとは無縁の境地で腹の底に沈めたのだろう。

だが……。

やる瀬ない。尾坂部と大舘ですら負の連鎖を断ち切れなかった。刑事部の正義。矜持《きょうじ》。伝統。あると信じていたものが砂上の楼閣に思えてくる。

刑事が長かったからそう感じるだけか。

きょうび世間の目はドライで冷徹だ。警察を、民間と少しも変わらぬ五欲に塗《まみ》れた組織であると見切っている。現代人が警察に求めているのは正義でも親しみやすさでもなく、安全を担保する「機械」としての役割だ。自分と家族の生活圏から速やかに危険を排除してくれる高性能の機械をただ欲している。尾坂部と大舘は望まれる機械だったと言えるのかもしれない。淡々と事件を挙げる。一人でも多くの犯罪者を隔離して娑婆《しゃば》を浄化する。刑事部の暗部に半身を置き、しかしその暗部に呑み込まれることなく警察本来の役割に徹した。ひたすら検挙数を積み上げ、結果として刑事警察の存在意義を証明し続けた。

今の刑事部にその力はない。大舘が四年前に退官した後、警備部あがりの刑事部長が二代続いた。荒木田にしても刑事の在任期間より機動隊詰めが長かった男で、出世は早かったが世辞にも事件に強いとは言えない。数字が物語っている。大舘退官後に起きた殺しは自首や現行犯逮捕を除けば半数以上を取りこぼした。捜査一課長に松岡が就くまでは、あろうことか全敗を喫《きっ》していた。

部長の「不作」は今後も続く。D県警の刑事部長職は地元採用の生え抜き警察官が到達しうる最高ポストだ。刑事部の長なのだから刑事職に長《た》けた人間が適任に決まっているが、尾坂部や大舘のように他県にまで鳴り響く圧倒的な力量を持っていない限り、昇任試験で後手を踏む生粋の刑事が部長まで登り詰めるのは不可能に近い。荒木田は来春退官予定だが、次期刑事部長も警備部あがりの梨本鶴男《なしもとつるお》が最有力と目されている。

それでも組織は回る。悪い意味で「ポストが人を作る」。刑事経験が浅かろうが実績がなかろうが、部長席に座れば誰もがそれなりに刑事頭の顔つきになるものだ。数少ない手柄話を誇大妄想的に語り出し、事件が起きれば猿のように興奮して声を張り上げ、玉石混淆《ぎょくせきこんこう》の捜査情報の雨の中で踊り、そうして時間を逆行するかのように刑事部に身も心も染まっていく。その典型が荒木田だ。今や己が名実ともに刑事部の顔であることを微塵も疑っていない。だからこそ親の仇《かたき》のごとく警務部を遮断し、自分の何倍も刑事が長い三上を部外者呼ばわりできる。

三上は運転席のウインドウを少し下げた。冷気が頬を撫でる。わずかばかりの葉を残した歩道の冬木立が北風に鳴いている。

ともかく、と頭を切り替える。

荒木田の内面事情は読めた。長官視察に裏の目的があることを察知して震撼した。時を違わず二渡が幸田メモを探っていると報告が上がった。爆弾を隠し持つ懐に手を突っ込まれた思いがしたろう。慌て、怯え、窮鼠に近い精神状態で箝口の城壁を一夜で築いた。追い詰められれば本当に猫を嚙むか。いや、荒木田はともかく松岡が黙っていない。刑事部の命運に関わるとあらば、あの男は本庁にだって弓を引く。

二渡の動き――延《ひ》いては赤間率いる警務部の狙いも見えてきた。本庁の目的を達成すべく、D県警内部の阻害要因を排除しようとしている。ロクヨンの粗探しは目的遂行の手段か。蔵の奥から大黒星を引きずり出し、さらなる弱みを見つけて刑事部の喉元に突きつけ、無血入城的に任務を完遂する。そんな目論見か。

しかしロクヨンが内包する爆弾が、刑事部のみならずD県警を転覆させかねない隠蔽事案だと知った今、二渡の動きが益々理解しがたくなった。つつけば藪蛇になりかねない。闇雲に幸田メモを聞き回るのは爆弾の存在を流布《るふ》しているに等しい。人事にせよ監察にせよ、警務の調査は「音も姿もなく」が常だ。ましてや警務調査官は、警察に対する風評把握や訴訟対策まで担う危機管理のエキスパートなのだ。組織防衛の任にありながら組織全体を危険に晒す。それで平気なのか。事が公になれば、本庁はもとより、全国二十六万人の仲間から白眼を浴びてD県警は立つ瀬をなくす。禊《みそ》ぎを強制され、発言力は奪われ、警察一家の軒下で長い冬の時代を過ごすことになる。D県警が死に体になる。それは二渡が最も恐れる事態ではないのか。

いや待て。

二渡の調査が進展したとどうして言える。春先まで刑事部にいた三上でさえ、幸田メモの正体に辿り着いたのはたったの十五分前だったのだ。二渡は柿沼とのコンタクトに失敗している。漆原は言うに及ばず、警務との接触を禁じられた現職組が敵方のエースに隙を見せるはずがない。そもそも下部の人間は上から何も知らされていないのだ。八方塞がりだ。二渡はいまだ真相の大外《おおそと》にいると考えていい。彼が知っているのは、どこぞで小耳に挟んだ幸田メモという符丁だけだ。中身までは知らない。その危うさに気付いていないからこそ、ぺいぺいの刑事たちにまでネタをぶつけて——。

思考が止まった。

どこぞで小耳に……。どこでだ？

胸に納まり掛けた推論が大きく揺らいだ。

歴代刑事部長が繋いできた闇のバトンだ。小耳に挟める次元の符丁ではない。二渡はいったいどこで聞き齧ったのか。吹き込んだのは誰か。調査を命じた赤間か。ロクヨンの符丁は知っていた。確かに部長級の情報収集力は下っ端には計り知れないものがある。しかし頷けない。人事権者におもねる職員がどれほどいようとも、かつて庁内で流通したことのない符丁が赤間の耳に入る道理がない。

わからなくなった。二渡の不気味さだけが頭の中心で膨脹していく。知るはずのないことを知っている。口にしてはならないことを口にしている。感情を殺した黒い瞳が脳裏で点滅する。あの男がリスクに気づかずに動く。ない。ありえない。そう思えてくる。いっときたりともリスクマネージメントを怠らなかったからこそ、今のエースの座がある。

――やはり確信犯ってことだ。

二渡は幸田メモの危うさを認識している。中身はわからずとも、相当危険な代物だと推断している。一連の経過は真っ先に調べたろう。自宅班のうち二人が辞職している。幸田は消息不明。日吉は引き籠もり。県警と遺族は断絶状態。それらの情報を突き合わせれば、幸田の名を冠した秘密メモがただのメモでないことは察しがつく。火薬の臭いがする。事はロクヨンだ、下手に弄ればD県警が吹っ飛ぶ。わかっていながら二渡は調査のアクセルを踏み続けている。

なぜか。

立場がそうさせている。

もはや二渡にとっての組織はD県警だけではないからだ。公安を擁する警備部のみならず、警務部もまた警察庁の地方直営店だ。二渡はD県警の調査官であると同時に本庁の手駒でもある。組織の階段を駆け上がって特別な存在となり、キャリア組からは懐刀として信頼を得、それがために上部組織の力学で動かざるをえなくなっている。四日後に長官が来る。それまでに刑事部を制圧し、東京の意思を迎え入れる準備を完了させるよう命じられた。時間がない。手持ちの武器は幸田メモのみ。結果、二渡はD県警のリスクに目を瞑って露払いの剣を抜いた。

今度の推論は水が滲み込むように胸全体に広がった。三上と同じなのだ。二渡も追い込まれている。切羽詰まっている。ポーカーフェイスの仮面の下、血走らせた目でカレンダーと時計を睨み付けている。四日後の長官視察が天王山。デッドライン。

——そういうことだ。

はっきりと認識させられた。視察を機に刑事部と本庁一派の抗争が激化する。そんな漠とした思い込みが三上にはあった。だが違う。短期決戦だ。既にカウントダウンが始まっている。視察当日にカタがつく。パフォーマンスや象徴的なセレモニーではなく、視察イコール執行なのだ。小塚長官自らが真の目的を果たすということだ。視察中に重大発言をする。そうみて間違いあるまい。

問題は中身だ。長官はいったい何を言うのか。

ロクヨン絡みか。隠蔽事案をか。馬鹿げている。即刻、長官は引責辞任に追い込まれる。しかしロクヨンでないとしたら何か。刑事部にどんな瑕疵《かし》がある。別の問題を抱えているのか。本庁の逆鱗に触れる出来事でもあったか。だとしても浮かばない。見当がつかない。刑事部が被る具体的な「罰」の中身が。

不意に心が粟立った。

長官が何を言うのかはわからない。だが、いつどこで発言するかはわかっている。雨宮宅だ。そこで行われるぶらさがり会見で――。

三上はハッとした。脳が前方の赤信号に反応して急ブレーキを踏んでいた。車は停止線を大きく越えて停まった。見回したどの方向にも車や人の姿はなかった。田園地帯にぽつりとある小さな交差点。もう合併前の旧森川町の一帯に入っている。雨宮宅までは数分の距離だ。

このまま引き返したい思いに駆られた。自分の役割が浮き彫りになった。雨宮を説得する。翻意させる。それは単なる視察コースのお膳立てではなかった。ぶらさがり会見を使って刑事部に対する「沙汰」を天下に公言する。活字と電波の力で結果を不動のものとする。それこそが本庁一派の目指すところだとするなら、三上は今、刑事部を吊るす刑場の足場を組んでいる。そのクライマックスシーンを効果的に見せるための演出をする。視察当日、ぶらさがり会見を現場で仕切るのも広報官の仕事だからだ。

信号が変わって車を出したが、雨宮漬物の工場が見えてきたところでたまらず急ハンドルを切った。川沿いの道を進んだ先に小さな親水公園があると知っていた。ポプラとクスノキ。アスレチックの遊具。古びた電話ボックス。木々の枝振りが見事になったことを除けば十四年前の記憶そのままの風景だった。電話ボックスも残っていた。携帯に押されて撤去が進んでいるが、ロクヨンの後、周辺で子供を遊ばせる家族連れの姿も消え、この公園の存在自体が忘れ去られてしまったのかもしれない。

三上は電話ボックスの横に車を止めた。

二度と刑事部には戻れなくなる。恐れが現実のものとなった。無理やり脇に押しやっていた刑事職への愛着が、本当に復帰できないとわかって炙《あぶ》りだされていく。

そうするしかなく赤間に屈した。何もかも呑み込んで服従の皮を被り続けた。しかし希望を捨ててしまったわけではなかった。あゆみは帰ってくる。赤間は異動で東京に戻る。やがてすべてが好転する。偽りの皮を脱ぎ捨て、広報改革の道筋をつけ、胸を張って刑事部に復帰する日が来る。心の中で何度念じたことだろう。

だが刑事部は三上を許さない。加担。共謀。背信。皮を脱いだところで裏切り者の刻印が際立つだけだ。今頃になって槌金の台詞が胸に迫ってきた。まさかお前、退官まで二階でゲス奉公を続ける気じゃあるまいな――。

刑場の足場を壊してしまえばいい。

囁くような、誘うような声に三上はゆっくり頷いた。

雨宮の説得をやめてしまえば慰問の話は流れる。いや、現状からして説得しようがしまいが雨宮が慰問を受け入れる可能性は極めて低いのだ。赤間へのアリバイ作りのために再度訪問はする。しかし積極的には口説かない。それで慰問もぶらさがりも白紙に戻る。長官の重大発言は決行されるだろう。場所は事件現場か。それとも専従班の面々を前にしてか。効果は弱まる。遺族宅のインパクトに比べれば雲泥の差だ。広報官が三上だったから最悪の場面は避けられた。いじましくも、そんな裏話が刑事部に伝わってくれれば一縷の望みを繋げる。

赤間は憤激するだろうが、彼が責めるのは雨宮説得に失敗した三上の能力の低さであって、故意に失敗を呼び込んだとまでは考えまい。いや、よしんば三上のサボタージュを見透かしたとしても、実際に赤間が下せる科罰には限界というか、越えられない一線がある。あゆみをネタに三上をいたぶることはできても、「身内の娘」であるあゆみを蔑ろにはできない。赤間直々の特別な家出人手配は、三上との関係が今後どうなろうと無傷で生き続けるということだ。要するにこちらの気持ち一つで景色は変わる。本庁にあゆみの手配ファックスを送ってくれた、あの一瞬の恩義が、その残滓《ざんし》が、自分を骨抜きにするためにそうしたのだと思い知った後も三上の反抗心をくすませてきた。それさえ払拭すれば、広報改革が頓挫した今、赤間の前でことさら萎縮する理由はなくなる。人事は無論恐ろしい。サボタージュとみなされれば即決で山間部に飛ばされる。だが、たとえ左遷が元で刑事人生が終わってしまったとしても「不名誉除隊」よりはましだ。刑事部を撃った男として警務で生き長らえるぐらいなら、山あいの所轄で一から警察官をやり直すほうがいい。どれほど道幅が狭まろうと道は道だ。辞職さえしなければあゆみは「身内の娘」でいられる。必ずや二十六万人の仲間が――。

懐の携帯が震えた。

ディスプレイを見る。自宅からだった。美那子が？　まさかの思いで三上は通話ボタンを押した。

「どうした？」

〈ごめんなさい、仕事中に〉

早口だ。やや昂ってもいる。

「何かあったのか」

〈あなたに話したいことがあって。あゆみからの電話は十一月四日だったでしょ〉

すぐには暦が頭に浮かばなかった。だが美那子が言うのだ、その日で間違いない。

「ああ、そうだったな」

〈村串さんのお宅に無言電話があったのは日曜日の十七日だったんですって〉

「電話したのか」

〈ええ。気になったからみずきさんに訊いてみたの。ね、だから違うでしょ〉

「違う？　何が？」

〈あゆみの電話は三十四日前で、みずきさんのところは三週間前だもの〉

「そう言わなかったか」

〈あなた、同じ頃にあったって〉

非難めいた口ぶりだった。

「まあ、一カ月ちょっとと三週間だからな。同じ頃と言えば——」

〈同じ頃だなんて言えない。二週間近くも離れているのよ。全然関係ないと思う〉

それが用件のすべてだと知って三上は絶句した。ゆうべからずっと、美那子はそのことを考えていたのだ。

「確かにお前の言う通りだな。まったく無関係だ」

やっと言った。美那子は息を吐いたようだった。そして電話を切りたがった。

耳に静けさが戻った。

三上は運転席のウインドウを全開にした。車内の空気が入れ替わる。川のせせらぎが聞こえる。それでも気道を圧迫されているかのような息苦しさは居座ったままだった。口が半開きになる。呼吸を深くしようとして三上は激しく噎《む》せた。

見落としの大きさに心も噎せた。

山あいの所轄に美那子がついてくるはずがなかった。家で電話を待つ。ひょっこり帰ってくるかもしれないあゆみを待つ。ならば美那子を置いて行くのか。独りあの家に残して、自分は山奥で警察官をやり直すのか。

いい気なものだ。三上は自嘲した。まだ組織の中に自分の居場所を探していた。あゆみの不幸に託つけてヒロイックな刑事の死に場所を夢想した。なぜ気づかなかった。山に飛ばされたら、美那子と離れ離れになったら、二度と家族には戻れなくなる。

固く握った拳を膝頭に打ちつけた。

忘れたのか。警務部の犬でいい。そう誓ったではないか。

「雨宮を落とせ」

三上は自分に命じた。

33

雨宮芳男は不在だった。

悲しみが結晶化したような姿を目にしたのがわずか三日前で、だから外出の可能性は頭になかった。もっとも雨宮は妻の敏子に先立たれて独り暮らしの身だ。買物も食事も自分で賄っているのかもしれない。玄関の横手に回って駐車場を覗いてみた。自転車が一台。車はなかったが遠出とは限らない。雨宮宅の周辺には商店らしい商店もなく、もとより交通の便の悪いD県では、町場に住んでいても車は足代わりの必需品だ。

三上は十五分ほど車で走って県道沿いのファミレスに腰を落ち着けた。昨日入ったのと同じ系列の店だった。構えは幾分大きく、内装を一新したばかりのようで見栄えはいいが、日曜の昼時だというのにやはり席は半分も埋まっていなかった。

どう攻略するか。車中も、ここへ来てからも、そればかり考えていた。なのに脳が騒ぎ立てるほどには気持ちが尖ってこない。雨宮の不在が三上にささやかな解放感をもたらしていた。戦略を練る時間を与えられたというより、それは苦手科目のテストが延期になったと知った時の気分に近かった。

「ご注文はお決まりでしょうか」

主婦のパートらしき中年のウエイトレスが、何か面白くないことでもあったのか、どことなく投げやりな態度で注文を取りにきた。昨日のウエイトレスとの落差を思ったが、しかし、こうした店でどちらも素の顔を覗かせているという意味では、希有《けう》な偶然が重なったと言えるのかもしれなかった。

三上はカレーとコーヒーを頼んだ。

解放感はともかく、勝算なきまま再アタックすることへの逡巡がこの店に足を運ばせたのは確かだった。三度目はない。今日行って駄目なら時間切れになる。無論、何も知らずに訪ねた前回とは違う。柿沼から多くの情報を得た強みがある。自宅班と雨宮との間には「幻の脅迫電話」が生き埋めにされていた。録音ミスに加えて、隠蔽にまで走った自宅班の行動が雨宮を硬化させた可能性は高い。とはいえ、それを会話の切り口にすることには慎重にならざるをえない。今もってD県警に致命傷を与えかねない爆弾である以上、三上のほうから持ち出して雨宮を刺激するのはあまりに危険な賭と言うほかない。ならばどうする。前回のようにお為ごかしに警察の都合を並べ立てたところで、雨宮が眉一つ動かさないことは目に見えているのだ。

三上は届いたカレーをかき込んだ。食える時に食っとけ。明日は何があるかわからんからな。父の戦友は笑いながら土産にチョコレートや当時はまだ珍しかったアイスクリームのケーキをくれた。ほら、食え食え。早く食わないと溶けちゃうぞ。カレーが甘く感じられた。味覚の記憶は幾ばくかの幸福感を伴っていた。

――雨宮は何を食ったろう。

そこからだ、と三上は思った。雨宮の気持ちに寄り添うことだ。刑事流に言うなら、被疑者との同化を試みる。心の来歴を見極める。そうして導き出した「落としの一言」を狙い澄ましてぶつける。

三上は煙草に火を点けた。

録音ミスは雨宮の眼前で起きた。にもかかわらず雨宮は自宅班のメンバーを責めることなく、その逆に独断で電話に出てしまったことを詫びたという。

そうした心境になってもおかしくない。雨宮は警察に頼りきっていた。自宅班の指示に従って行動するよう要請され、一人娘の翔子を取り戻したい一心で承諾した。班員に一寸の弛みもないのは見ていればわかる。家族と班員は心をひとつにして犯人からの電話を待っていた。その電話が鳴った。雨宮はテープが回らないことに焦りこそすれ、腹を立てる間などなかったろう。待たせれば犯人を怒らせてしまうと思った。電話に出れば娘の声を聞けると期待した。ともかくこの電話が切れてしまったら終わりだ。止むに止まれぬ思いに駆られて受話器を取り上げた。

テレコの起動テストは当然したろう。準備段階ではテレコは回っていたということだ。録音ミスは故障というより一時的な接触不良のようなものではなかったか。だとするなら、あと何回かのコールを雨宮が我慢していれば「犯人の声」が得られた可能性があった。電話を切られた後で雨宮はそのことに気づいた。警察との約束を破り、捜査の貴重な手掛かりをフイにした。自宅班との連帯感を損なったことへの自省も膨らんだろう。だから謝罪の言葉が口をついて出た。それは雨宮の偽らざる気持ちだったに違いない。だが――。

雨宮はその時、翔子が生きて帰ってくることを疑っていなかった。

膝に煙草の灰が落ちた。三上は慌てて手で払い、灰皿を引き寄せて煙草を揉み消した。そうしながら思う。十四年だ。ただ嘆き悲しんでいたわけではあるまい。事件の顚末を幾度となく振り返り、見つめ直し、微に入り細を穿《うが》って思考を巡らせるに足る膨大な時間が雨宮にはあった。

録音ミスは雨宮の心中でどう検証されたか。報道協定が解除され、事件に関する一部始終が記事になりテレビニュースとして流された後も、あの脅迫電話だけは一切明るみに出なかった。柿沼が言ったように、雨宮は警察が世の批判を恐れて隠したと理解したに違いない。

翔子の死体が発見された時点で自宅班は役目を終えた。一心同体だったはずの班員は雨宮宅から撤収した。逃げるように。そう映ったかもしれない。以来、誰も現れなくなった。去年、敏子が死んだ時でさえ姿を見せなかった。

それらの出来事は雨宮の心のどこにどんな形でしまわれているか。娘の死の大きさの陰でとっくに霞《かす》んでしまったかもしれないし、娘の死に絡んでいることだけに黒々とした怨嗟《えんさ》に凝縮されている可能性もある。後者であるなら、三上が選択すべき落としの言葉は一つ、謝罪だ。思えば十四年間、誰一人として雨宮に赦《ゆる》しを請うていない。初動だけとはいえ三上もロクヨンの捜査に関わった。D県警の代表として謝罪をする要件は満たしていると言っていい。雨宮に、そして仏壇の母娘に詫びる。理由を口にせずとも、何に対する謝罪か雨宮にはわかるはずだ。

「コーヒーのお代わりはいかがですか」

三上はぎょっとして顔を上げた。ウエイトレスが、さっきとは打って変わって朗らかに声を掛けてきた。さしずめ家庭内の鬱憤だか揉め事だかを店まで引きずってきたのだろうと想像していたが、豹変ぶりから察するに、店のスタッフに恋仲の男でもいるのかもしれない。生活に汲々とする、くたびれた主婦にしか見えなかった女が、そう思って眺めてみると妙に艶《なまめ》かしく感じられてくる。取調室でも同じことが起こる。ぺらぺらの平面図のように見えていた被疑者が、ある一瞬を境に厚みと膨らみを得て立体化する。調書に記された名前が、単なる記号から人に変わる。ウエイトレスと違うのは、変化の一瞬をもたらすのが色男の気まぐれな態度などではなく、取調官の計算尽くの一言である点だ。

三上はコーヒーを半分貰った。

謝罪は雨宮の心の扉を開けるのか。ないとは言えない。一度は信じた警察の、その一片の正義が謝罪として示される日を長い年月待っていた可能性はある。問題は三上がちゃんとやれるかだ。謝罪を落としの武器として使う。あゆみのためだ。再び家族が一つになるためだ。しかし、そうして作られた謝罪の言葉を聞くのは、永久に家族を失った男なのだ。

――やるさ。

伝票に手を伸ばした時、携帯が震えた。またか。美那子の顔が脳裏を過ったが、着信はもう一つの「またか」だった。

〈どうだい、雨宮は〉

石井秘書課長の声は昨夜にもましてせわしなかった。

三上は周囲を見回し、小声で答えた。

「まだです」

〈まだ当たってないってこと？〉

「雨宮が外出しています」

〈君はどこ？〉

「近くです」

〈今、部長が電話を寄越したんだ。そっちを気にして〉

赤間の目にもデッドラインが見えている。刑事部を出し抜き、早々に「刑場」を確保してしまうはずが、遺族の抵抗はまさかの読み違いだったろう。

〈わかってる？　催促の電話なんだよ〉

「わかってます」

〈だったら雨宮の家に張りついててくれよ。結局会えませんでしたなんて部長に言えないだろ〉

三上が黙ると石井はわざとらしく息を吐いた。

〈いいよな君は。直接じゃないから〉

電波が乱れたらしく、ぷつりと電話が切れた。それきり着信はなかった。

石井にとっての「直接」は遺族でも事件関係者でもない。何も知らず、知ろうともせず、そんな石井までもがロクヨンの波に翻弄されている。赤色棒を振る幸田の姿が目に浮かんだ。柿沼の苦しげな顔が浮かび、両手で顔を覆った日吉の母親が浮かんだ。

もし万が一ってことになったら、お前のせいだからな――。

三上はバッグを引き寄せ、開き、昨日買った便箋を引っ張り出した。

《君のせいじゃない》

それだけ書いた。本気で日吉を救いたいと思ったわけではなかった。

いいことをすりゃあ、返ってくるさ。

父の口癖だった。情けは人のためならず。そんなことを言いたかったのだろうが、学のない父は、いつも「返ってくるさ」で間に合わせていた。

温《ぬる》くなったコーヒーを飲み干し、三上は腰を上げた。

何がいいことなのか、正直わからなくなっていた。ゲンを担ぐ思いで店内を見渡したが、あのウエイトレスの姿は探せなかった。

34

雲行きが怪しく、午後二時を回ったばかりだというのに辺りは薄暗かった。

雨宮宅の駐車場に車が戻っていた。歩きながらボンネットに触れると既に冷たかった。外出は短かったのか。それとも吹きさらしのせいか。

三上は呼び鈴を鳴らし、両手で背広の皺を伸ばした。居留守を疑うほどの長い間があった。やがて玄関の引き戸が開き、雨宮が姿を見せた。無表情だ。艶のない土気色の肌。こけた頰。それでも三日前より生気を感じたのは、伸び放題だった白髪を散髪したからだと気づく。

「すみません。また参上しました」

三上は深く腰を折った。返事はない。皺に埋もれた目が静かに来意を問い掛けてくる。

「もう一度だけ、お話をさせて下さい」

「……」

「お願いします。さほどお時間は取らせません」

ややあって雨宮は小さな溜め息を漏らした。

「……どうぞ」

「ありがとうございます」

細い背を追った。前と同じく居間に通された。今日は座る前に言った。

「お参りをさせていただけませんか」

断られるだろうと覚悟していたが、雨宮は無言で頷き、隣の仏間に入って行った。内心安堵の息を吐いた、その時だった。「幸田」の二文字が目を掠めて三上はぎょっとした。封書の差出人だった。居間の壁に吊られた状差しから苗字だけが覗いていた。

これが「幸田メモ」か。瞬時そう思った。刑事部長官舎に投げ込んだ報告書を雨宮にも送っていた。隠蔽の舞台裏まですべて明かしていた。だから雨宮は――。

もはやどうでもいいことだった。幸田が明かさずとも雨宮は警察の不実を見抜いている。だから詫びるのだ。こうして線香を上げる機会を得た。蠟燭に火を灯した雨宮がこちらを振り向いている。

三上は深く一礼して仏間に入った。足の裏に畳の冷たさを感じた。紫色の座布団をそっと脇によけ、仏壇の前で膝を揃えた。謝罪の言葉は既に喉元近くにあった。

合掌する。目を上げて仏壇を見つめる。重なり合う位牌の手前に翔子と敏子の写真が飾られている。どちらも満面の笑みを浮かべている。

その笑みがぼやけた。

三上は狼狽した。感情は置いてきぼりを食っていた。目頭が熱くなったと感じた時にはもう涙が溢れ出ていた。

信じがたかった。何に涙したのかわからなかった。慌ててハンカチを取り出し目と頬を拭った。線香の箱に向けて伸ばした指先は震えていた。二度、三度と摘み損ねた。斜め後ろに雨宮の気配を感じていた。どれほどうまく贖罪の演技をしようがこうはいくまいと思った。

線香を蠟燭の灯に翳した。指の震えは止まらず、先端は中々赤くなってくれない。母娘の笑顔がこちらを見つめている。新たな涙が溢れた。頰には触れず、直接畳を打った。この場から逃げ出したかった。なぜ泣いているのか説明のつかないことが母娘の魂を冒《ぼう》瀆《とく》している気がした。

やっとのことで線香を立てた。両手を合わせた。その手に額を押しつけた。嗚咽を呑み込もうとしてそうなった。

何も祈らなかった。冥福すらも。

三上は膝頭を回して雨宮に向き直った。顔を伏せたまま両手を畳についた。ぼやけた視界に雨宮の膝と手だけが見えた。人差し指の先に焦点が合った。血豆のような黒々としたその爪に雨宮の憎悪の念を見た思いがした。

涙は止まってくれない。用意した言葉も頭から飛んでいた。

三上は畳に額をつけた。

「申し訳ありません。出直して参ります」

ひどい鼻声だった。三上は勢いをつけて立ち上がり、雨宮に一礼し、足早に廊下を歩いて玄関に向かった。

靴に足先を突っ込んだ時だった。背後から声が掛かった。

「ご用件があったんでしょう？」

「いえ……出直して参ります」

振り返らずに歩きだした。

「東京から偉い人が来るという話ですよね」

足が止まった。

「私のほうは構いません。来てもらって下さい」

三上はゆっくり振り向いた。廊下の中ほどで雨宮が伏目がちにこちらを見ていた。

「……いいんですか」

「木曜日でしたね。お待ちしています」

35

目尻がごわついていた。

三上は市内に向けて車を走らせた。赤間警務部長の官舎。頭は行き先だけを考えていた。気持ちはざらついていた。文字通り「泣き落とし」で雨宮を懐柔した。不測の涙だった。あゆみのため。美那子のため。だからどんな手を使ってでも。そんな思いが心に潜んでいたか。雨宮は絆《ほだ》された。謝罪の涙と受け止め翻意した。自分自身に恐れをなす。無意識にやってのけた。まんまと遺族を転がした――。

それでも雨宮宅が遠のくにつれて気持ちは徐々に軽くなっていった。経緯はともかく結果を出した。諦めかけていた星を拾った。部長官舎のある屋敷街が見えてきた頃には胸に薄日が射し込んでいた。そのあざとさに三上は安堵したようなところがあった。どうかしていたのだ。人前で突然涙が溢れ出す。そんな自分は過去のどの場面にも存在しないし、今後つき合っていける自信もない。

急ぎ赤間に報告しようと考えたのも計算が働いてのことだった。無能な広報官。一昨日、そう罵倒されたまま赤間との時間は止まっている。視察当日までに記者クラブと和解できる保証はないのだ。遺族宅が受け入れＯＫでも、記者に長官のぶらさがり会見をボイコットされてしまえば意味がない。だから雨宮懐柔に成功したこの段階で確実に赤間からプラス評価をもぎ取っておきたかった。そこまで警務の犬に徹しなければ刑事部に対する負い目がぶり返す。刑場をセッティングしたのだ。もはや長官視察の目的を知らないでは済まされない。刑事部の罪と罰は何なのか。その内実を聞き出すためにも赤間と会う必要があった。

部長官舎が建ち並ぶ筋沿いは休日の静けさに包まれていた。路肩に車を駐め、十メートルほど歩いて警務部長官舎のインターホンを押した。

〈三上……？　いったい何事です〉

応対した赤間の声はひどく不快そうだった。もう三上には何も期待していないということか。オフタイムの来訪を嫌うのはキャリア組の常として、だが雨宮懐柔の成否が気掛かりで石井に発破《はっぱ》を掛けたばかりではないか。

「雨宮の件でご報告があります」

〈えっ？　何です？〉

感度が悪く聞き取れなかったようだ。ややあって玄関の扉が開いた。別人かと思った。顔に眼鏡はなく、出で立ちもセーターにスラックスの軽装だった。撫で肩と胸板の薄さが目を引く。平素の威厳はもっぱら仕立てのいい背広と金縁眼鏡によるものだと再認識するが、口を開けばいつもの赤間だった。

「突然来られては迷惑です。石井さんを通しなさい」

「雨宮芳男が慰問を受諾しました」

早口で言った。赤間は、ほう、の顔になった。三上を沓脱ぎに招じ入れ、だが家に上げる気はないらしく、自分だけ一段高い上がり框でスリッパを履いた。

「長官は遺族宅に上がれる。線香も上げられる。間違いありませんね」

「確約を取りました」

奥で女の笑い声がした。土日を利用して東京の妻子を呼んだのだろう。赤間は苛立ちを覗かせた。プライベートな空間に異物が混入していることへの嫌悪に違いなかった。

「で？　車を駐める場所は確保できますか」

「母屋の前庭に数台分のスペースがあります」

「前庭では近すぎますね。雨宮宅を出た長官が、少し歩いてから記者に囲まれるようになりませんか」

「家の前の道路ならばかなり幅員があります」

「そのセッティングでバックに母屋が映り込みますか」

細部にこだわる赤間に確信が高まる。本庁は何としてもロクヨンの遺族宅を発信場所にしたいのだ。

「肝心なのはテレビの絵です。線香を上げた長官が硬い表情のまま外で記者の質問に答える――そうなりますか」

「繋がると思います。道路側から撮れば長官のバックに母屋が入ります」

「思いますでは困ります。前日にリハーサルをして万全を期しなさい」

労《ねぎら》いの言葉はなかった。しかし眉間の開いた表情からして赤間が気を良くしていることは明らかだった。記者クラブが宣言した会見ボイコットに言及する気配もない。明日のマス懇で支局長クラスと大人の話をすれば沈静化できると考えているのか。他に何か秘策でもあるのか。

奥でまた笑い声が上がった。

「話が終わったのなら帰りなさい。僕は——」

「部長」

三上は言葉を被せた。言いそびれるわけにはいかない。

「すみません。一点だけお聞かせ下さい」

「何です」

赤間は奥をちらりと見た。気もそぞろだ。

「長官の発言の狙いは何なのでしょうか」

瞬時、赤間の瞳が揺れた。だがそれだけだった。

「何を言ってるんです。好き勝手に発言するのではありません。長官は記者の質問に答えるんです」

「それは承知しておりますが」

ここで怒らせてしまっては元も子もない。だが——。

「刑事部が神経を尖らせています」

「ほう、そうですか」

「一触即発の状態です。幸田メモの件を突きつけられて煮えたぎっています」

「幸田メモ……？」

赤間は首を捻った。惚《とぼ》けているのか。まさか本当に知らないのか。二渡が報告を上げていない？　そんなことがあり得るのか。

「言っていることがわかりません。わかるように言いなさい」

「ですから――」

三上は続く言葉を呑み込んだ。知らないのであれば話がややこしくなる。聞きたいのは一点、長官視察の真の目的だ。

「私は広報官として現況を把握したいと考えています。是非、本庁の真意をお聞かせ下さい」

「いい加減、学習しなさい」

うんざりの顔で赤間は言った。

「あなたが知ることに何の意味があるんです。広報室は壁のスピーカーです。放送室は別の場所にあり、マイクを握るのは限られた人間ということです」

壁のスピーカー。限られた人間。三上が顔を作れず足元に目を落とした、その時だった。

「パパ、まだ？」

声と同時に白いソックスが廊下に滑り出た。中学一、二年だろうか、目のくりっとした小柄な少女だった。三上と視線が合うなり、おどけるような仕種で柱の陰に半身を隠した。

赤間は甘く崩れた。

「ごめんごめん。あとちょっとだけ待っててね」

「もう行かないと始まっちゃう」

「大丈夫だよ。開場から開演まで時間があるから」

「でもママが道が混むかもしれないって」

「わかったわかった。アッちゃんとヨシ君は先に車に乗ってなさい」

居たたまれなくなった。もはやこれまで。そんな心境で三上は一礼した。

「では、私はこれで――」

踵を返しかけた時だった。クスッと笑う声が耳に入った。目をやると、半身のままの少女が片目で三上を見ていた。口に手を押し当てて笑いをこらえている。

えもいわれぬ感情に襲われた。

鳥肌が全身を舐めていた。少女が見ている自分の顔が見えた気がした。鏡でもなく、写真でもなく、他人の目に映る自分の顔――。

あゆみを近くに感じた。

何かで自分を覆い隠したかった。愛嬌なのかもしれない少女の三日月の目が、悪魔のものにも犯罪者のものにも感じられていた。

36

外は今にも降り出しそうな空だった。雨か、雪か、どちらに転んでもいいような分厚い雲に覆われている。

三上は車に戻った。懐で携帯が震えていた。赤間の官舎にいた時も震えた気がする。ディスプレイを見る。村串みずきからだった。

音に目を上げた。警務部長官舎のシャッターが上がっていく。シルバーメタリックのセダンがゆっくりと出てきた。赤間がハンドルを握っている。助手席に華やいだ夫人。後部座席で二つの頭が躍っている。こっちに向かってくる。擦れ違う。三上は顔を伏せていた。

上目遣いでルームミラーとドアミラーを交互に見た。車が遠ざかっていく。バックランプが点いた。角を折れた。それでもまだ、幾つもの笑った目がこちらを見ている気がした。

懐がまた震え出した。三上は正気に戻った思いで通話ボタンを押した。

〈仕事中よね。掛け直したほうがいい？〉

言葉とは裏腹に、みずきの声は喋る気満々といった感じだった。

「いや、話せる。何だ？」

〈美那子から電話があったの、一時間くらい前に〉

「ん」

予想通りの用件に安堵と煩わしさが相半ばした。

〈無言電話のこと事細かに訊かれた。結局、ウチのとは違う、あゆみちゃんからだった、

って言いたかったみたい〉

「ん」

〈ねえ、美那子にちゃんと話した?〉

「話したよ。ちゃんとかどうかはわからんが」

〈逆効果だったってこと? なんか私にもキツイ感じだったんだ〉

「すまなかったな」

〈何それ?〉

おざなりな言葉に聞こえたか。

「逆効果なんてことはない。心配しないでくれ」

〈本当に? 美那子が独りで思い詰めているんじゃないかと思うと気が気じゃないのよ。実はね、松岡さんからもウチに電話があったの〉

不意に松岡の名が出て三上は面食らった。

〈違うわよ。参事官じゃなくて郁江さんがくれたの。官舎に行ったでしょ?〉

「行った」

〈でね、郁江さんもあゆみちゃんからとは思えなかったみたい。三上さんから無言電話の話を聞いたけど、本当のところどうなのか、って」

婦警ネットワークで電話が回ったということだ。煩わしさが増した。当事者抜きの話は、それがどれほど真剣に交わされようと、親身とは異質のものになっていそうな気がする。

〈無言電話なんて、聞いてみればどこの家にもあるのよ。参事官の実家にも二月ぐらい前にあったんだって〉

「そうか」

〈ねえ、もう一度、夫婦で話してみたらどう？〉

「ああ」

〈でね、じっくり話してみて、それでも美那子が絶対あゆみちゃんからの電話だって言うならもうそれでいい。三上さんに距離を感じたりしたら最悪だもの。私が入れ知恵したんだから、悪者にでも何にでもして美那子の気持ちに寄り添ってあげて〉

前言撤回はともかく素直に頷けなかった。姉妹でもここまでは言うまい。

〈聞いてる？〉

「ああ」

〈怒ってる？〉

「誰が」

〈三上さんよ。私、本当に余計な入れ知恵をした気になってきた〉

「気にするな。あいつはみんな自分で決めてる」

〈どういう意味？〉

聞き返されて舌打ちが出た。

「だから、俺が言おうがお前が言おうが考えを変えないってことさ」

〈あなたの言葉は違うわよ。美那子は心から信頼してる。自信持ってよ〉

ぷんぷん臭った。幹部官舎街のど真ん中で「三上の知らない美那子」を嗅がす気か。

「話はわかった。もういいか」

〈あ、やだ、ちょっと待ってよ。なんか投げやりっぽくない？　最初からそう。どうして？　やっぱり美那子と擦れ違った？　私のせい？〉

「関係ないって言ったろう」

〈だって——〉

「ずっと擦れ違ってるんだ。本当のところ、あいつが何を考えてるのか俺にはわからん」

〈それってあゆみちゃんが家出して……〉

「そうじゃない。昔からずっとだ」

伝えるつもりのない気持ちまで伝わったのかもしれなかった。みずきはしばし黙り込み、そして吐く息で言った。

〈だったら話す。美那子の気持ち〉

「そんなことはいい」

〈話す。絶対に嫌だもの。夫婦が一つでなくちゃならない時に亀裂みたいなこと。どんなにちっちゃくたって駄目。今まで擦れ違ってきたっていうのなら尚更《なおさら》〉

「刑事だったんだ。家のことなんか――」

〈そういうことじゃないでしょ。誤魔化さないでよ。三上さんの考えてることとわかる。そう、みんな仰天したわよ、二人の結婚。D県警の七不思議だって。同じ所轄にいたけど短かったし、刑事課と交通課じゃ接点もなかったろうにって。男の人たち、本気で悔しがってた。三上の奴、いったいどんな手を使ったんだ、って。でも三上さん、あなたも知らないのよね、自分がどんな手を使ったか。そうでしょ？〉

ぐっと心が押し込まれた。

〈教えてあげる。その所轄にいた時にね――〉

「よしとけ」

〈いいから聞いて。あのね、美那子、プライベートで辛いことがあって一晩泣き明かしたことがあったの。でもほら、彼女、誰よりも婦警だから職場まで引きずったりしなかった。気持ちを吹っ切って、お化粧で明るい顔を作って出勤した。普通に朝の挨拶をして普通に仕事をした。お昼は同僚と食べて、喋って、曇った顔一つ見せなかった。だから誰も何も気づかなかった。ところがね、帰りがけに三上さんと通用口でばったり出くわした。で、小首を傾げて言われたの。大丈夫か、って。たったひと言。それからよ、美那子があなたのこと意識するようになったの。しばらくして交通安全のお守りをあげたって聞かされた〉

記憶の断片すらなかった。

「そいつは――」

口が勝手に動いた。

「当てずっぽうだな。あいつの気を引きたくて何か言ったか、さもなきゃ千里眼だ」

〈混ぜっ返さないで。こうなったら聞かなきゃ済まないでしょ、美那子がなぜ泣き明かしたのか〉

三上は咳き込んだ。もういい。よせ。やっと言った。

〈よくない。そこのところをすっきりさせなきゃ、約束破ってまでこの話をした意味がないもの。最初に言っとくけど、想像しているようなことじゃないから。でも披露宴のスピーチで話せるような中身でもなかったの。美那子の友達が自殺したのよ。高校時代、書道部で一緒だった同級生。部員はみんな仲が良くて、卒業してからもたまに集まったりしてたらしいんだけど、その自殺した娘、机の上に走り書きのメモを残してたの。美那子には知らせないでほしい、って〉

「……知らせるな？　死んだことをか」

〈お葬式に来ないでっていうメッセージかな。美那子もそう思ったって。向こうの親御さんも動転してたのね、美那子に電話してきて、ウチの子と何かあったんですかって何度も訊いたそうよ。トラブルなんて何もなかったのよ。忙しくてしばらく会ってもいなかったんだから。でも名指しで書かれたのは事実。友達に死なれて、知らせるなって書かれて、しかもその日がお通夜だった。行ったわよ、美那子は。針の筵《むしろ》よね。友達が死んで悲しいのに、自分は悲しんじゃいけないような、ここにいてはいけないような、そんな気持ちだったって。お清めの席には出ずに、寮に帰って、それから涙が止まらなくなったって〉

速射砲のような声が途切れた。

「自殺の理由は？　書き残してなかったのか」

〈何も。ただしご主人とは別居してたそうよ。結婚三年目で子供はなし。なんで別居したのかはわからないけど、自殺の理由にそれがあるのは確かな気がするな。ご主人は元は近くの男子校の書道部員でね、地区の合同合宿で知り合って大恋愛の末にゴールインしたんだって。イケメンで頭が良くてモテモテだったらしい。で、ここからは私の想像。彼は合宿で美那子に一目惚れした。だからその娘は相当頑張って彼をモノにした。結婚したては世界中の幸せを手に入れたような気分になったけど、彼とうまくいかなくなって、独りになって、死のうと思い詰めた時に美那子の顔が浮かんだ。最期にひとこと言ってやりたくなって、あんなことを書き残した〉

単なる想像には聞こえなかった。

「別居に……美那子が絡んでるってことか」

〈ああもう、そういうことじゃないの。あれだけ綺麗な娘が身近にいたら、周りの女たちは心が休まらないってこと。書道部の彼が美那子に一目惚れしなくても、彼女にはそれが疑わしいの。不安でたまらないの。私たちみたいなその他大勢組の女は誰だって思い知ってるから。わかる？　要するに彼女の一人相撲。でも彼女自身は妄想だなんて思ってないわけ。懸命に美那子と競って、リードを広げて、勝利して、だから十倍も百倍も舞い上がったの。なのにたった三年で破綻した。彼が悪かったんだか他に原因があったんだかわからないけど、あれこれ悔やんで、終《しま》いには絶望して、そんな時に無傷でのほほんとしている美那子が憎らしくなった。不幸のかけらを投げつけたくなった〉

無傷？　のほほん？

「なんで美那子が――」

〈始めから終わりまで美那子がなんにも知らないでいた、ってこと。競ってたこともリードされたことも知らない。ましてや負けたなんて夢にも知らず、彼女の結婚を無邪気に喜んでたでしょ。逆恨み以外の何物でもないけど、彼女、冷めきった頭で、美那子がいなかったら彼と結婚しただろうかとか考えたんじゃないかな。美那子に煽られたとか、人生狂わされたとか、そこまで気持ちが行かないと、あんな残酷なこと書き残せないと思う。あとね、彼にお葬式で悔やんで哀れんで罪悪感まみれで泣き崩れてほしいわけ。その最期の対面の場に美那子にいてほしくなかった。たとえ一瞬でも彼の気が自分から逸れないように邪魔者を遠ざけた。どっちにしても最低だけどね〉

最低だけど気持ちはわかる。そんな余韻が耳に伝わってきた。

三上が黙ると、みずきは突然笑った。

〈いやだ、真に受けないでよ。想像よ、想像。そんな想像をさせちゃうぐらい美那子は特別だったってこと。私だって大変だったんだから。美那子が卒配で下に来た時は悪夢かと思った。よしてよ、なんでよりによって婦警になんかなったわけ？　進んで苦労したいとか、仕事で誇りを得たいとか、ちょっと欲張りすぎてない？　私たちのやってた頃って婦警はカイシャのマスコット扱いで、どうにか仕事で認めてもらおうって必死だったから、お願いだからマスコットの権化みたいな娘を入れないでよ、って。なーんて言いつつ、自分たちもしっかりちやほやされてたし、嬉しがってたところもあったのよね。そっちのほうも干上がったなあ。若い男の視線は全部美那子に持っていかれちゃうし、上は叱っても褒めても下心見え見えだし、やっかみとか通り越して脱力しちゃうことも多かった〉

みずきはまた笑った。喋らなくていいことを喋っているのはわかっているらしかった。

〈でね、今だから言うけど職場イジメみたいなこともあったのよ。私もしたな、ちょっとだけ。ところがどっこい、美那子は強かった。雑音によろけないの。根っからの仕事人間だったわね。ある意味、男以上。へー、自分が綺麗なことを忘れちゃう美人もいるんだあ、って感心したわよ。真っ直ぐでいい娘だってこともわかった。それでも可愛い後輩とは中々思えなかったな。そばで見てるとやっぱり日々得してるわけ。気づかないふりして、ちゃんと計算してるんじゃないのとか、こっちがムシャクシャしてる時なんかにふと思っちゃうのね。だから本当に美那子を好きになったのは、三上さんと結婚するって聞かされた後かな。まさかと思ったもの。嘘でしょ、って聞き返しちゃった。あ、気を悪くしないでよね。美那子が損を取ったとか言ってるんじゃないからね。三上さんは有望な若手刑事だったわけだし、私はお守りの理由も知ってたんだから。でもまあ、そういうことよ。あれが決定的だった。美那子が三上さんを選んで婦警の空気はほっこりした。でもね、あなたの評価はガタ落ちしたのよ。事件以外興味ねえよみたいな顔して、なーんだ、やっぱりイチコロね、って〉

三上は鼻で笑った。口元も緩んだ。

最後のほうは耳だけで聞いていた。みずきが脱線した理由はもう考えていなかったし、美那子の身に降り掛かった災難にしても、それに纏《まつわ》る痛ましい想像にしても、好きな童話に出てくる嫌いな一場面のように都合よく読み飛ばしていた。頬に熱を感じていた。さっきまでとは心の明度がまるで違う。みずきの昔話がもたらした効能は大きかった。だから、ふと上げた視線の先に捉えたのが他の誰かだったら、いましばらく恩人の電話に付き合っていたろう。

「悪い。また聞かせてくれ」

携帯を畳み、車のキーを抜き、ドアを開け、その間、三上は一瞬たりとも二渡から目を離さなかった。

37

同じ盤上の駒。もはや奇遇の驚きはなかった。

二渡のほうも同様だ。官舎が建ち並ぶ道を、表情も歩調も変えずに真っ直ぐにこちらに向かってくる。普段通りの背広姿だ。赤間に用か。いや、別の官舎から出てきたところかもしれない。最初に視界に捉えた時、二渡の背後に本部長官舎と刑事部長官舎があった。辻内本部長を訪ねたのなら納得がいく。赤間は幸田メモの存在を知らなかった。二渡は本部長の「勅命」で動いている可能性があるということだ。

車を降りた三上が待ち構える格好になった。互いの距離が縮まったところで声を掛けた。

「赤間部長はお出かけだ」

二渡は無言で歩を進めてくる。至近で見ると表情が険しい。視線は微妙に三上を避けている。

「随分と稼ぐな」

今度は両眼を見据えて言った。が、二渡は前を見たまま「そっちこそな」とだけ発し、足を止めることなく三上の傍らを通り過ぎた。

――この野郎。

三上は踵を返して歩き出した。細い背中の斜め後ろにつき、警務部長官舎の外壁が切れたところで肩を並べた。と、二渡は十字路の角を折れて路地に入った。少し先の、幅員が広くなった道に濃紺のセダンが路上駐車してあった。

「本部長と密談ってことか」

返事はない。

「だんまりかよ。つれないな」

「悪いが急いでる」

その言葉に嘘がないことは見ていてわかる。

「俺は幸田メモの内容に辿り着いた」

フリーズさせるために言った。だが二渡は止まらなかった。歩幅を狭めてズボンのポケットから車のキーを摘み出し、リモコンボタンでセダンのロックを解除した。

「刑事部をどうする気だ」

二渡は答えず運転席のドアに手を伸ばした。

「待てよ」

三上は低く言って二渡と車の間に体を割り込ませた。

「急いでいると言ったはずだ」

二渡は眉間に皺を寄せた。三上も同じ顔を作った。

「俺も急いでる」

「だったらそれをやれ」

「長官はこっちに来て何を言う」

「お前には関係ない」

「ある。訳もわからず刑事部潰しの片棒を担がされるのはご免だ」

「小事だ」

耳を疑った。小事。そう言ったのか。

三上は声を殺した。

「聞け。幸田メモはパンドラの箱だ。刑事部どころかD県警をぶっ壊しかねない代物なんだ」

「それがどうした」

「何だと？」

「どけ」

二渡は吐き出すように言って再びドアに手を伸ばした。その手首を摑んで言った。

「お前、D県警を東京に売る気か」

驚くべき荒っぽさで手を弾かれた。

「狭い了見で物を言うな。県警も本庁もない。警察は一つの生き物だ」

虚を突かれた。強引に体を押し退けられた。二渡の細い体が運転席に滑り込み、エンジンが始動した。

待て。声は急発進の音にかき消された。

三上は歩き出し、すぐに駆け足になった。自分の車に乗り込み発進させた。二渡が向かった表通りは信号だらけだ。今なら追いつける。

聞き捨てならなかった。

警察は一つの生き物――。それが二渡の行動原理か。手や足や尻尾の犠牲は厭わない。大義のために刑事部の危機を小事と切り捨てる。自分が属するD県警の不利益すら甘受する。だが一体、この騒動で警務一派が振り翳している大義とは何か。警察は純然たる捜査機関だ。過去も現在も未来永劫そうだ。存在理由の原点とでも言うべき刑事部の力を殺《そ》ぐ大義などあろうはずがない。要するに地方を無視した「東京」の専制だ。一握りのキャリア組が安楽椅子で夢想する、かくあるべし、の押しつけに違いないのだ。

三上は急ハンドルを切って表通りに出た。前方に目を凝らした。いた。二つ先の赤信号に濃紺のセダンがつかまっている。

もはや二渡と相容れないことはわかっていた。それでも期待した。上が絶対の組織の中、一つの体に二つの心を持たされた者同士だ。面と向かえば互いの葛藤を映し合うことになる。さしもの二渡もポーカーフェイスを保てまいと踏んだ。

見込み違いだった。二渡に迷いはなかった。恥じても怖《お》じてもいなかった。立場が行動を決しているはずなのに、発した言葉には揺るぎない信念の響きすらあった。一つの体に一つの心。その潔癖なまでの非情さが三上を狼狽させていた。こちらの葛藤ばかりが炙り出された。境遇を嘆いている。己を憐れんでいる。だから二渡に傷の舐め合いを期待した。家族のために行動すると誓った。刑事部への復帰も諦めた。しかし生まれ変わったわけではない。そんな境地には程遠い。心は二つのままだ。どうにもならないとわかっているのにどうにかならないかと身悶えている。自己憐憫に首まで漬かって職務の意味さえ見失っている。情けない。自分を買いかぶっていた。よもやこんな不甲斐ない男だとは思ってもみなかった。だが――。

　胸に熱風が渦巻いた。

　春に異動がなく、捜査二課に残留していたらどうだったか。あるいは刑事の身分のまま東京に出向していたら。

　メッキを剝がされることはなかった。刑事部のテリトリーにいる限り、生涯見ずに済む地金《じがね》だった。きっと誇れる自分でいられた。葉でも枝でもなく、刑事として一本の木になっていた。法治の大地にしっかりと根を張り、検挙実績の年輪を重ね、朽ち果てるまでここに立ち続けることを信じて疑わなかった。そんな唯一無二のリアルな世界が辞令交付の紙切れ一枚で瓦解した。職種の縄張りだけでなく、厳密に線引きしていた公私の境まで破られた。娘を思う心に手を突っ込まれた。組織の触手で家族を雁字《がんじ》搦《がら》めにされた上、あるはずのない疑念まで植えつけられた。あゆみのため。美那子のため。果たしてそれは真の思いか、と。

　――補欠野郎が。

　あの夏の仕返しをされたのだ。本決まりだったはずの東京行きが土壇場で引っ繰り返った。二渡の仕業としか考えられない。指先一つで三上の名を消去し、近しい前島にプラチナチケットを回した。一人の刑事の未来を拓き、もう一人の刑事を無酸素の空間に放逐した。いや、放逐ではない。自分のホームグラウンドに三上を引きずり込んだのだ。

昔と逆転した立場をとくと見せつけるために。

青信号と同時に三上は強くアクセルを踏んだ。横に並んでいた黄色の軽を抜き去って右車線に入り、さらに加速してトラックをかわすと、また左車線に戻った。濃紺のセダンは十台ほど前方だ。辺りはもう薄暗い。好都合だ。三上は目元近くまでサンバイザーを下げ、片手でネクタイを外した。機を逃さず前の車をパスしていく。サンデードライバーばかりだ。奇妙なほどゆっくりだったり馬鹿馬鹿しくはしゃいだ運転をしているので神経を使う。加速、減速を繰り返す。濃紺のセダンは四台先。教科書通りの追尾態勢に入った。

――サツ官のくせにケツをとられやがって。

管理部門の溜め池に棲む魔物。それがどうした。こっちは溜め池どころかドブ川の番人だった。人間の欲で濁りきった汚泥を掬《すく》い、熱し、沸騰させ、掻き回し、休むことなく灰汁《あく》を取り続けてきた。刑事は職業ではなく血肉の一部なのだ。三上に対する私怨はともかく、そもそも刑事の本質を解さない者に警察の人事を司る資格があるのか。

三上は荒いハンドルさばきで車線を変えた。リアウインドウ越しに二渡の頭が見えた。急ぎの用事。どこへ行き、誰と会うのか。とことん追い回し、追い詰め、真の狙いを吐かせてやる。

二渡のセダンは交差点を左折して川沿いの旧道に入った。道は片側一車線に減る。車二台を挟んで後方につけた。車窓からビルが消え、左手に河川敷が広がる。蛇行する川に合わせて道も右に左に緩いカーブを描く。その都度、二台の遮蔽物がずれてセダンのテールが覗く。すぐ前のファミリーカーがブレーキを踏んだ。先を行く二渡が減速したからだとわかった。右にウインカーを出している。タイミングよく対向車をやり過ごして十字路を折れた。

三上も後に続いた。追尾を勘づかれぬようゆっくりと曲がった。セダンが一つ目の角を左に折れるのが見えた。周囲は昔ながらの閑静な住宅街だ。その段になって三上は二渡の行き先に思い当たった。いや、行き先に思い当たったのではなく、この近くに住む男の名前が頭を過ったのだ。

――まさか。

三上は息を詰めてそろそろと車を進ませた。セダンの入った路地を見やる。目が衝撃を拾った。セダンはベニカナメの生け垣にぴたりと横付けされていた。

刑事部の神、尾坂部道夫の自宅。その玄関に細い背中が吸い込まれていった。

（下巻につづく）

単行本　二〇一二年一〇月　文藝春秋刊

文春文庫

64《ロクヨン》 上

定価はカバーに
表示してあります

2015年2月10日　第1刷
2016年5月25日　第9刷

著　者　横《よこ》山《やま》秀《ひで》夫《お》
発行者　飯窪成幸
発行所　株式会社 文藝春秋

東京都千代田区紀尾井町 3-23　〒102-8008
TEL 03・3265・1211
文藝春秋ホームページ　http://www.bunshun.co.jp

落丁、乱丁本は、お手数ですが小社製作部宛お送り下さい。送料小社負担でお取替致します。

印刷・凸版印刷　製本・加藤製本　Printed in Japan
ISBN978-4-16-790292-6

（　）内は解説者。品切の節はご容赦下さい。

赤川次郎
幽霊晩餐会
殺人予告を受けたシェフが催す豪華晩餐会の招待を受けた宇野警部と夕子。フルコースに隠された味な仕掛けから犯人を暴く表題作他、ユーモアあふれる全七編。シリーズ第二十二弾。
あ-1-36

赤川次郎
マリオネットの罠
私はガラスの人形と呼ばれていた――。森の館に幽閉された美少女、都会の空白に起こる連続殺人。複雑に絡み合った人間の欲望を鮮やかに描いた、赤川次郎の処女長篇。（権田萬治）
あ-1-27

赤川次郎
充ち足りた悪漢たち
つぶらな瞳、あどけない顔、可愛くて無邪気な子供たち。しかし彼らには大人に見せないコワイ素顔があるのです。屈託なき悪辣ぶりを描くチビッ子版ピカレスク、全6篇。（権田萬治）
あ-1-37

阿刀田　高
ストーリーの迷宮
小泉八雲の「雪おんな」、志賀直哉の「城の崎にて」など、古今の名作を振り返るうち、いつしか自分が同じような状況に陥り、夢と現実が混ざりゆく。不思議な味わいの十の短篇。（森　絵都）
あ-2-25

阿刀田　高
佐保姫伝説
数年ぶりに神社の境内で出くわした古い親友は、塗りつぶした絵馬に何を託したのか。歳を重ねた大人たちの、日常の裂けめから静かに覗く夢幻。名手による芳醇な短篇集。（鴨下信一）
あ-2-26

明野照葉
海鳴（ｕｍｉｎａｒｉ）
十五年前、自ら棄てたはずの世界に、娘の類まれな才能を世に出すべく、再び足を踏み入れた女。人間の暗部を鋭く抉る著者が、華やかな芸能界を舞台に描く衝撃の問題作。（酒井政利）
あ-42-4

明野照葉
愛しいひと
一流企業勤務の夫が失踪した。事件に巻き込まれたのか？　他に女がいるのか？　苦悩する妻は家庭を守るために立ち上がる。心理サスペンスの気鋭が〝家族の病魔〟を抉る。（大矢博子）
あ-42-5

（　）内は解説者。品切の節はご容赦下さい。

芦辺　拓
裁判員法廷
芒洋とした弁護士、森江春策と敏腕女性検事、菊園綾子が火花を散らす法廷で、裁判員に選ばれたあなたは無事評決を下すことができるのか。ドラマ化もされた本邦初の裁判員ミステリー。
あ-45-2

我孫子武丸
弥勒《みろく》の掌《て》
妻を殺され汚職の疑いをかけられた刑事と、失踪した妻を捜し宗教団体に接触する高校教師。二つの事件は錯綜し、やがて驚愕の真相が明らかになる！　これぞ新本格の進化型。（巽　昌章）
あ-46-1

我孫子武丸
狩人は都を駆ける
「私」の探偵事務所に持ち込まれる事件は、なぜか苦手な動物がらみのものばかり。京都を舞台に繰り広げられる「ペット探偵」の活躍と困惑！　傑作ユーモア・ハードボイルド。（兵藤哲夫）
あ-46-3

愛川　晶《あきら》
六月六日生まれの天使
記憶喪失の女と前向性健忘の男が、ベッドの中で出会った。二人の奇妙な同居生活の行方は？　究極の恋愛と究極のミステリが合体。あなたはこの仕掛けを見抜けますか？（大矢博子）
あ-47-1

愛川　晶
七週間の闇
臨死体験者・磯村澄子が歓喜仏の絵画《タンカ》に抱かれて縊死した。奇妙な衣裳に極彩色の化粧、そして額には第三の目が！　チベット「死者の書」をテーマにした出色の本格ホラー。（濤岡寿子）
あ-47-2

愛川　晶
神楽坂謎ばなし
出版社勤務の希美子は仕事で大失敗、同時に恋人も失う。どん底の彼女がひょんなことから寄席の席亭代理に。お仕事小説兼本格ミステリのハイブリッド新シリーズ。（柳家小せん）
あ-47-3

有栖川有栖
火村英生に捧げる犯罪
臨床犯罪学者・火村英生のもとに送られてきた犯罪予告めいたファックス。術策の小さな綻びから犯罪が露呈する表題作他、哀切でエレガントな珠玉の作品が並ぶ人気シリーズ。（柄刀　一）
あ-59-1

（　）内は解説者。品切の節はご容赦下さい。

青柳碧人
西川麻子は地理が好き。
「世界一長い駅名とは」『世界初の国旗は？』などなど、世界地理のトリビアで難事件を見事解決。地理マニア西川麻子の事件簿。読めば地理の楽しさを学べる勉強系ユーモアミステリー。
あ-67-1

石田衣良
ブルータワー
悪性脳腫瘍で死を宣告された男が二百年後の世界に意識だけスリップ。そこは殺人ウイルスが蔓延し、人々はタワーに閉じ込められた世界。明日をつかむため男の闘いが始まる。（香山二三郎）
い-47-16

池井戸　潤
株価暴落
連続爆破事件に襲われた巨大スーパーの緊急追加支援要請を巡って白水銀行審査部の板東は企画部の二戸と対立する。日本経済の闇と向き合うバンカー達を描く傑作金融ミステリー。
い-64-1

乾《いぬい》　くるみ
イニシエーション・ラブ
甘美で、ときにほろ苦い青春のひとときを瑞々しい筆致で描いた青春小説――と思いきや、最後の二行で全く違った物語に！「必ず二回読みたくなる」と絶賛の傑作ミステリ。（大矢博子）
い-66-1

乾　くるみ
セカンド・ラブ
一九八三年元旦、春香と出会った。僕たちは幸せだった。春香とそっくりな美奈子が現れるまでは。『イニシエーション・ラブ』の衝撃、ふたたび。恋愛ミステリ第二弾。（円堂都司昭）
い-66-5

乾　ルカ
プロメテウスの涙
激しい発作に襲われる少女と不死の死刑囚。時空を超えて二人をつなぐものとは？　巧みなストーリーテリングと独特のグロテスクな美意識で異彩を放つ乾ルカの話題作。（大槻ケンヂ）
い-78-2

石持浅海
ブック・ジャングル
閉鎖された市立図書館に忍び込んだ昆虫学者の卵と友人、そして高校を卒業したばかりの女子三人。思い出に浸りたいだけだった罪なき不法侵入者達を猛烈な悪意が襲う。（円堂都司昭）
い-89-1

（　）内は解説者。品切の節はご容赦下さい。

内田康夫
しまなみ幻想
しまなみ海道の橋から飛び降りたという母の死に疑問を持つ少女と、偶然知り合った光彦。真相を探るべく二人は、小さな探偵団を結成して母の死因の調査を始めるが……。（自作解説）
う-14-14

内田康夫
神《か》苦《ぐ》楽《ら》島《じま》（上下）
秋葉原からの帰路、若い女性が浅見光彦の腕の中に倒れ込み、絶命してしまう。そして彼女の故郷・淡路島へ赴いた光彦は、事件の背後に巨大な闇が存在することに気づく。（自作解説）
う-14-15

内田康夫
平城《なら》山《やま》を越えた女
奈良坂に消えた女、ホトケ谷の変死体、50年前に盗まれた香薬師仏。奈良街道を舞台に起きた三つの事件が繋がるとき、浅見光彦は、ある夜の悲劇の真相を知る。（山前　譲）
う-14-17

内田康夫
還らざる道
「帰らない」と決めたはずの故郷への旅路に出た老人が他殺体となって見つかった。その死の謎を追う浅見光彦は、事件の背景に木曾の山中で封印された歴史の闇を見る。（自作解説）
う-14-18

歌野晶午
葉桜の季節に君を想うということ
元私立探偵・成瀬将虎は、同じフィットネスクラブに通う愛子から霊感商法の調査を依頼された。その意外な顚末とは？　あらゆる賞を総なめにした現代ミステリーの最高傑作。
う-20-1

歌野晶午
春から夏、やがて冬
スーパーの保安責任者・平田は万引き犯の末永ますみを捕まえた。偶然の出会いは神の導きか、悪魔の罠か？　動き始めた運命の歯車が二人を究極の結末へと導いていく。（榎本正樹）
う-20-2

逢坂　剛
禿鷹狩り
禿鷹IV（上下）
悪徳刑事・禿富鷹秋の前に最強の刺客現わる！　同僚にして屈強でしたたかな女警部・岩動寿満子に追い回されるハゲタカを衝撃のラストが待つ。息飲む展開のシリーズ白眉。（大矢博子）
お-13-11

（　）内は解説者。品切の節はご容赦下さい。

大沢在昌
心では重すぎる（上下）
失踪した人気漫画家の行方を追う探偵・佐久間公の前に立ちはだかる謎の女子高生。背後には新興宗教や暴力団の影が……。渋谷を舞台に現代の闇を描き切った渾身の長篇。（福井晴敏）
お-32-1

大沢在昌
闇先案内人（上下）
「逃がし屋」葛原に下った指令は、「日本に潜入した隣国の重要人物を生きて故国へ帰せ」。工作員、公安が入り乱れ、陰謀と裏切りが渦巻く中、壮絶な死闘が始まった。（吉田伸子）
お-32-3

恩田　陸
夏の名残りの薔薇
沢渡三姉妹が山奥のホテルで毎秋、開催する豪華なパーティ。不穏な雰囲気の中、関係者の変死事件が起きる。犯人は誰なのか、そもそもこの事件は真実なのか幻なのか――。（杉江松恋）
お-42-2

恩田　陸
木洩れ日に泳ぐ魚
アパートの一室で語り合う男女。過去を懐かしむ二人の言葉に、意外な真実が混じり始める。初夏の風、大きな柱時計、あの男の背中。心理戦が冴える舞台型ミステリー。（鴻上尚史）
お-42-3

太田忠司
月読《つくよみ》
「月読」――それは死者の最期の思い「月導《つきしるべ》」を読みとる能力者。異能の青年が自らの過去を求めて地方都市を訪れたとき、次々と不可解な事件が……。慟哭の青春ミステリー。（真中耕平）
お-45-1

太田忠司
落下する花　―月読《つくよみ》―
校舎の屋上から飛び降りた憧れの女性。彼女が残した月導には殺人の告白が!?　人が亡くなると現れる〝月導〟の意味を読み解く異能者「月読」が活躍する青春ミステリー第二弾。（大矢博子）
お-45-2

垣根涼介
ギャングスター・レッスン　ヒート アイランドⅡ
渋谷のチーム「雅」の頭、アキは、チーム解散後、海外放浪を経て、裏金強奪のプロ、柿沢と桃井に誘われその一員に加わる。『ヒートアイランド』の続篇となる痛快クライムノベル。
か-30-4

（　）内は解説者。品切の節はご容赦下さい。

垣根涼介
ボーダー　ヒート アイランドⅣ
〈雅〉を解散して三年。東大生となったカオルは自分たちの名を騙ってファイトパーティを主催する偽者の存在を知る。過去の発覚を恐れたカオルは、裏の世界で生きるアキに接触するが。
か-30-5

香納諒一
贄《にえ》の夜会（上下）
《犯罪被害者家族の集い》に参加した女性二人が惨殺された。容疑者は少年時代に同級生を殺害した弁護士！　サイコサスペンス＋警察小説＋犯人探しの傑作ミステリー。（吉野　仁）
か-41-1

門井慶喜
天才までの距離　美術探偵・神永美有
黎明期の日本美術界に君臨した岡倉天心が、自ら描いたという仏像画は果たして本物なのか？　神永美有と佐々木昭友のコンビが東西の逸品と対峙する、人気シリーズ第二弾。（福井健太）
か-48-2

門井慶喜
悪血《あくのち》
高名な画家の家系に生まれながらペットの肖像画家に身をやつす時島一雅は、怪しげなブリーダーに出資を申し出る。血の呪縛に悩み、かつ血の操作に手を貸す男を、神は赦し給うか？
か-48-3

紀田順一郎
古本屋探偵登場
世界最大の古書店街・神田に登場した探偵は古本屋の主人。蔵書家、愛書家、収集家の過去、愛憎綾なす古書界に展開する推理とペダントリー。「殺意の収集」「書鬼」も収録。（瀬戸川猛資）
き-5-1

北方謙三
擬態
四年前、平凡な会社員立原の躰に生じたある感覚……。今や彼にとって人間性など無意味なものでしかなく、鍛え上げた肉体は凶器と化していく。異色のハードボイルド長篇。（池上冬樹）
き-7-7

北村　薫
街の灯
昭和七年、士族出身の上流家庭・花村家にやってきた若い女性運転手〈ベッキーさん〉。令嬢・英子は、武道をたしなみ博識な彼女に魅かれてゆく。そして不思議な事件が……。（貫井徳郎）
き-17-4

（　）内は解説者。品切の節はご容赦下さい。

北村　薫
玻璃《はり》の天
ステンドグラスの天窓から墜落した思想家の死は、事故か殺人か——表題作「玻璃の天」ほか、ベッキーさんの知られざる過去が明かされる、『街の灯』に続くシリーズ第二弾。（岸本葉子）
き-17-5

北村　薫
鷺《さぎ》と雪《ゆき》
日本にいないはずの婚約者がなぜか写真に映っていた。英子が解き明かしたそのからくりとは——。そして昭和十一年二月、物語は結末を迎える。第百四十一回直木賞受賞作。（佳多山大地）
き-17-7

桐野夏生
柔らかな頬（上下）
旅先で五歳の娘が突然失踪。家族を裏切っていたカスミは、必死に娘を探し続ける。四年後、死期の迫った元刑事が、事件の再調査を……。話題騒然の直木賞受賞作にして代表作。（福田和也）
き-19-6

北森　鴻
深淵のガランス
画壇の大家の孫娘の依頼で、いわくつきの傑作を修復することになった佐月恭壱。描かれたパリの街並の下に隠されていたのは!?　裏の裏をかく北森ワールドを堪能できる一冊。（ピーコ）
き-21-6

北森　鴻
虚栄の肖像
銀座の花師にして絵画修復師の佐月恭壱が、絵画修復に纏わる謎を解く極上の美術ミステリー。肖像画、藤田嗣治、女体の緊縛画……絵に秘められた思いが切なく迫る傑作三篇。（愛川　晶）
き-21-7

北川歩実
猿の証言
類人猿は人間の言葉を理解できると主張する井手元助教授が失踪。井手元は神の領域を侵す禁断の実験に手を染めたのか？　先端科学に材をとった傑作ミステリー。（金子邦彦・笠井　潔）
き-32-1

貴志祐介
悪の教典（上下）
人気教師の蓮実聖司は裏で巧妙な細工と犯罪を重ねていたが、綻びから狂気の殺戮へ。クラスを襲う戦慄の一夜。ミステリー界の話題を攫った超弩級エンターテインメント。（三池崇史）
き-35-1

（　）内は解説者。品切の節はご容赦下さい。

木下半太
女王ゲーム
女王ゲームとは命がけのババ抜き。優勝賞金10億円、イカサマ自由、但し負ければ死。さまざまな事情を背負った男女8人の死闘がはじまる。一気読み必至のギャンブル・サスペンス。

き-37-1

黒川博行
蒼煌
芸術院会員の座を狙う日本画家の室生は、選挙の投票権を持つ現会員らへの接待攻勢に出る。弟子、画商、政治家まで巻き込み、手段を選ばぬ彼に周囲は翻弄されていく。（篠田節子）
く-9-8

黒川博行
煙霞《えんか》
学校理事長を誘拐した美術講師と音楽教諭。馘首の噂に踊らされ、正教員の資格を得るための賭けに出たが、なぜか百キロの金塊が現れて事件は一転。ノンストップミステリー。（辻　喜代治）
く-9-9

黒川博行
国境（上下）
「疫病神コンビ」こと二宮と桑原は、詐欺師を追って北朝鮮に潜入する。だがそこで待っていたものは……。ふたりは本当の黒幕に辿り着けるのか？　圧倒的スケールの傑作！（藤原伊織）
く-9-10

黒田研二
キュート&ニート
引きこもりニートの鋭一は、ひょんなことから姪のリサの面倒を見るはめに。幼稚園で起る様々な事件をリサと一緒に解決するうち、縮こまった鋭一の心も開かれていく。（佳多山大地）
く-31-2

今野　敏《びん》
曙光の街
元KGBの日露混血の殺し屋が日本に潜入した。彼を迎え撃つのはヤクザと警視庁外事課員。やがて物語は単なる暗殺事件から警視庁上層部のスキャンダルへと繋がっていく！（細谷正充）
こ-32-1

今野　敏
凍土の密約
公安部でロシア事案を担当する倉島警部補は、なぜか殺人事件の捜査本部に呼ばれる。だがそこで、日本人ではありえないプロの殺し屋の存在を感じる。やがて第2、第3の事件が……。

こ-32-3

（　）内は解説者。品切の節はご容赦下さい。

近藤史恵
モップの精は深夜に現れる
大介と結婚したキリコは短期派遣の清掃の仕事を始めた。ミニスカートにニーハイブーツの掃除のプロは、オフィスの事件を引き起こす日常の綻びをけっして見逃さない。（辻村深月）
こ-34-5

近藤史恵
ふたつめの月
契約から社員本採用となった途端の解雇。家族の手前、出社のフリで街をさまよう久里子に元同僚が不審な一言を告げる。まさか自分から辞めたことになっているとは。（松尾たいこ）
こ-34-4

五條　瑛《あきら》
エデン
ストリートギャングの柾人は、なぜか政治・思想犯専用の刑務所に入れられる。K七号施設と呼ばれるそこに、柾人は陰謀のにおいを感じるが……。ノンストップ近未来サスペンスの傑作。
こ-39-2

佐野　洋
事件の年輪
老境にさしかかり、みずからの人生を振り返る男たちの前に、かつての出来事が謎をまとってよみがえる。軽妙な筆致で老いがもたらす災厄を描く傑作短篇ミステリー全十話。（阿部達二）
さ-3-25

笹本稜平
時の渚
探偵の茜沢は死期迫る老人から、昔生き別れになった息子を捜し出すよう依頼される。やがて明らかになる「血」の因縁と意外な結末。第18回サントリーミステリー大賞受賞作品。（日下三蔵）
さ-41-1

笹本稜平
フォックス・ストーン
あるジャズピアニストの死の真相に、親友が命を賭して迫る。そこには恐るべき国際的謀略が。「フォックス・ストーン」の謎とは？　デビュー作『時の渚』を超えるミステリー。（井家上隆幸）
さ-41-2

佐々木　譲
勇士は還らず
米サンディエゴで日本人男性が射殺され、遺留品には、六九年サイゴンで起きた学生の爆死事件の切り抜きが……。だが、被害者の妻はなぜか過去のことについて口を閉ざす。（中辻理夫）
さ-43-4